ACIDENTE em MATACAVALLOS
e outros faits divers

ACIDENTE em MATACAVALLOS
e outros faits divers

UM ROMANCE

Mateus KACOWICZ

EDITORA RECORD
RIO DE JANEIRO • SÃO PAULO
2010

CIP-Brasil. Catalogação-na-fonte
Sindicato Nacional dos Editores de Livros, RJ

K13a Kacowicz, Mateus
Acidente em Matacavallos / Mateus Kacowicz. – Rio de Janeiro: Record, 2010.

ISBN 978-85-01-08874-1

1. Romance brasileiro. I. Título.

10-0777.   CDD: 813
                                               CDU: 821.111(73)-3

Copyright © Mateus Kacowicz, 2010

Editoração eletrônica: Abreu's System

Capa: Victor Burton

Imagem de capa: Vincenzo Lombardo/Getty Images

Texto revisado segundo o Novo Acordo Ortográfico da Língua Portuguesa.

Direitos exclusivos desta edição reservados pela
EDITORA RECORD LTDA.
Rua Argentina 171 – Rio de Janeiro, RJ – 20921-380 – Tel.: 2585-2000

Impresso no Brasil

ISBN 978-85-01-08874-1

PEDIDOS PELO REEMBOLSO POSTAL
Caixa Postal 23.052 - Rio de Janeiro, RJ - 20922-97

1

"Quasi dávamos á estampa a presente edição quando fomos informados de que mais uma familia foi enluctada por um bonde n'esta cidade. D'esta feita o infausto se deu a Matacavallos. A portugueza Maria Couceiro, lavadeira, cuja edade nos é desconhecida, foi colhida pelo carro-motor N° 8, conduzido pelo nacional Clemente Euphrasio. O collectivo ia no trajecto que demanda de Paula Mattos ao Passeio e não reduziu sua furiosa marcha na descida da ladeira, vindo a colher a desditosa e provocar o infortunio. Atropellada pela poderosa machina, a infeliz veio a fallecer no proprio local. Era ella moradora em uma cabeça-de-porco das redondezas e foi reconhecida por visinhos. Até o encerramento da presente edição não havia qualquer parente a reclamal-a no necroterio da Santa Casa.

É a quarta vez este anno que um tramcar da Rio de Janeiro Electric Street Railway Company provoca accidente assemelhado, sendo a segunda com desenlace fatal. Nosso reporter procurou o escriptorio da empresa de carris, mas foi summariamente despachado da porta.

E nós, indignados cidadãos, perguntamos: Até quando estes estrangeiros que nos exploram com preços escorchantes e pessimos serviços estarão matando e mutilando impunemente nossos compatricios?"

Sobre a mesa da diretoria da Rio de Janeiro Electric Street Railway Company a *Folha da Capital* estava aberta na página dos faits divers. A notícia do atropelamento estava circundada a lápis vermelho, com destaque ainda maior para a peroração do último parágrafo, sublinhada linha por linha. Outros jornais também lá estavam. Nem todos traziam essa notícia e, dos que a publicavam, nenhum deu o tom grandiloquente da *Folha da Capital*.

O próprio Mr. Reginald Phineas Gross, diretor-geral da Electric, não sofria qualquer abalo com esses acidentes. Sequer com a repercussão por eles causada. Era o preço a pagar pela introdução do progresso em uma cidade que contrastava sua Avenida Central faceira e cosmopolita, amplos bairros litorâneos cheirando a tinta fresca, com as ruelas tortuosas da suja vila colonial que o Rio de Janeiro ainda era. De mais a mais, Mr. Gross já estava de data marcada para retornar a Londres, dali para a sua fazenda no Kenya e, finalmente, mandar tudo isso aqui à merda.

O que realmente irritava Mr. Gross era a insistência, especialmente da *Folha da Capital*, do seu amigo Diógenes Braga, em dar um tom escandaloso e político ao que ele concebia como uma inexorável e rotineira fatalidade. E, homessa!, de que valiam os vinte contos de réis que aplicava mensalmente em reclames desnecessários naquele jornaleco? Não seria o suficiente para angariar-lhe as devidas simpatias? Pelo visto era pouco. Os reclames não valiam de nada. A *Folha da Capital* nunca deixava de publicar as notícias desagradáveis associadas à Electric, apenas agora resolvia subir o tom.

No calor do instante Gross tomou a decisão que lhe pareceu a mais acertada. Em lugar de pagar para ser atacado, resolveu suspender os anúncios diários das tabelas de horários dos bondes na *Folha da Capital* e empregar os vinte contos mensais em coisa mais útil.

"Vamos ver o que vai achar aquele cretino", pensou em inglês Mr. Gross, enquanto chamava o escriturário para ditar a carta na qual explicava a Diógenes Braga que, em virtude da contenção de despesas determinada pelo Board, em Londres, suspendia os anúncios a partir da presente data. "O que de pior pode fazer o Diógenes?", pensava ele com o hemisfério esquerdo, ao mesmo tempo que com o direito caprichava no estilo da carta.

A *Folha da Capital* de 4 de janeiro de 1921 trazia também outras notas interessantes, como a viagem do Dr. Epitácio Pessoa a Petrópolis, para retomar, com a excelentíssima família, sua vilegiatura de verão: a coluna "Movimento do Porto" dava conta da chegada para o dia seguinte, entre outros, do *Jamaika*, da Hamburg Süd, magnífico paquete misto de passageiros e carga.

O estafeta, orgulhoso e suado em seu terno de casimira azul-marinho, o mesmo uniforme que cozinhava condutores e motorneiros dos bondes, entregou a carta da Electric na tarde daquele mesmo dia. Diógenes a leu apenas para confirmar sua previsão. "Ótimo. Temos uma guerra!"

— Ó Pereirinha! Onde está o Pereirinha? — gritou ele para uma redação quase vazia. Pergunta que era apenas uma formalidade, pois, pela hora, umas quatro da tarde, Pereirinha somente poderia estar no salão de sinuca ao lado do jornal, à Rua Senador Euzébio nº 12, bairro da Praça Onze.

Como resposta à pergunta, um amanuense saiu apressado para buscar Pereirinha, personagem que não poderia ter outro nome: miúdo, franzino, cultor de um fino bigode aplastrado a Pommade Hongroise, cabelos fartos, acamados para trás à custa de muita brilhantina, pérola, provavelmente falsa, na gravata, abotoaduras de um ouro igualmente duvidoso, colete em chamalote preto, e manchas coloridas nas mãos: azul nos dedos da mão direita, pintados pelo giz do taco; amarela entre o indicador e o médio da esquerda, pintados pela fumaça dos cigarros Adonis Grossos.

Pereirinha era o melhor. Era a garantia de que Diógenes Braga teria um jornal vibrante no dia seguinte. Os meninos nas ruas teriam uma forte e atraente história para gritar aos analfabetos e para vender aos alfabetizados apinhados nos pontos dos bondes e nas estações dos trens e das barcas.

— Pereirinha, o caso do bonde lá em Matacavallos: ele agora é teu! Quero que vás ao necrotério, quero que vás à vizinhança, descubras a família da tal portuguesa. Este assunto vai ficar importante. Já mandei levantar no arquivo os outros casos de atropelamento da Electric. Amanhã vamos sair com um editorial de guerra. Depois de amanhã damos o material que tu apurares. Isso tem que render pelo menos mais uns três dias. Pelo menos!

Diógenes passou então a caligrafar seu editorial, uma diatribe contra os estrangeiros em geral, afunilando sobre a pérfida Albion, o banco Rothschild, The Rio de Janeiro Electric Street Railway Company e, muito especificamente, sobre Mr. Gross. Nesta ordem.

2

Os navios da linha Hamburg Süd, como de resto qualquer navio que transportasse imigrantes, ofereciam cheiros diferenciados de acordo com o preço da passagem. No deck superior, qualquer emanação que viesse das profundas do navio era inapelavelmente afogada sob ondas sucessivas de Narcisse Noir, o dernier cri da casa Caron. As cerca de vinte senhoras que formavam a população feminina da primeira classe não vinham à mesa para o desjejum sem a toilette completa, que incluía fartas aplicações da tampa lapidada do precioso frasco de cristal. O ar do salão tornava-se espesso de aromas orientais que excitavam a imaginação de damas e cavalheiros e mais pesado ainda ficava logo em seguida, ao fim do café, quando eram acendidos os primeiros charutos do dia.

Do convés superior, por apertadas e íngremes escadas de ferro, descia-se para o convés da terceira classe. Não havia segunda. A partir do momento mesmo em que se iniciava a descida, os aromas superiores fanavam-se e os inferiores venciam a batalha dos odores. Ia se fazendo notar a presença de graxa, tinta, carvão de pedra e secreções humanas várias.

E Yuli, além do cheiro, sofria também com o frio molhado que o fazia arrepender-se a cada vez que lembrava ter abandonado sua Europa dos pogroms e da terra firme por aquela gélida e gotejante promessa de liberdade. Logo ele, que sonhava com mornos banhos de mar em uma Odessa inatingível, fora conhecer do mar a sua versão hostil.

Por ser jovem e forte, foi designado para dormir no catre mais alto do beliche de três andares do alojamento que dividia com mais vinte adultos e seis crianças.

A não ser que se estivesse doente, ali só se passavam as noites. Impossível ficar naquele cubículo depois que se acordava. Simplesmente não havia espaço. Ao amanhecer, era pular do catre, pegar a fila da latrina turca, a fila da pia de água salobra, a fila do desjejum ralo e a fila da portinhola minúscula que levava ao convés, onde entre passos perdidos e vagares cismarentos se gastava o tempo à espera de outra noite e outro dia.

Fazia doze dias que o lentíssimo paquebot *Jamaika* havia partido de Hamburgo. A esta altura Yuli já não se incomodava mais com os percevejos e com o tifo que volta e meia abatia algum dos quase duzentos habitantes da terceira classe. Eram fatos da viagem, casualidades da vida ao mar. Acostumara-se à água da bica, que jamais levava à boca, acostumara-se a matar a sede com o chá quente servido em canecas de metal, acostumara-se aos enjoos, que finalmente haviam cessado, acostumara-se ao choro das crianças e a um ou outro ataque de nervos de adultos. Apenas não se acostumava aos cheiros.

A novidade chegou ao amanhecer do décimo terceiro dia. Yuli passou a sentir na pele uma atmosfera mais morna e aconchegante, uma demonstração de que a natureza alternava maus-tratos com afagos. E isso também confirmava os cálculos do piloto, retransmitidos pelo foguista armênio de quem tinha ficado amigo, segundo o qual em um ou dois dias já se veria a costa brasileira.

E foi o que aconteceu. Ao amanhecer do décimo quinto dia Yuli foi acordado pela excitação de inúmeros idiomas que anunciavam a América. Não exatamente a Goldene Amerika, mas a Südamerika, uma outra América.

O *Jamaika* navegou por mais umas seis horas até que, ainda antes de cruzar o través do Morro Cara de Cão, recebeu o prático que assumiu o comando e entrou com o vapor pela barra da Guanabara.

Da amurada do convés da terceira classe a multidão não cessava de se acotovelar, de levantar crianças para que também elas pudessem vislumbrar a nova terra, uma gente que se cutucava, exclamava admiração e apreensão, chorando de alegria ou refletindo quieta sobre os tempos por vir. A paisagem no interior da baía ia desfilando lenta, a imponência dos morros contrastando com a placidez do arruamento e do casario harmonizado com o arvoredo.

Então... era assim o Rio de Janeiro...

O primeiro bonde do dia, absolutamente pontual, parou às 6h32min na praça do cais do porto, vindo de São Diogo e a caminho de São Francisco da Prainha, seu ponto final. Esse bonde trazia Mark, que o havia tomado na Praça Onze, bairro de negros e judeus.

Nas últimas semanas Mark havia passado diariamente pelo escritório de representação da Hamburg Süd no Rio, até receber a ansiada informação de que o *Jamaika* estava para atracar "amanhã ou depois". Isso o deixou extremamente agitado, e agora, mais do que nunca, lutava para refazer na mente, sem o apoio da velha foto, o rosto de Yuli, e de toda a família, que já não via fazia mais de dois anos. Mark lutava contra esse esquecimento, o qual sentia como uma traição.

Ao seu lado no bonde vinha também o silencioso Sr. Knobl, representante da Associação Beneficente de Apoio aos Imigrantes Israelitas. Passaram a viagem calados, depois de um ligeiro levantar dos respectivos chapéus.

O Sr. Knobl, resoluto e íntimo conhecedor de seus afazeres, dirigiu-se imediatamente ao prédio da Polícia Marítima para pegar seu passe de acesso ao *Jamaika* e embarcou na galeota que levaria alguns funcionários, o médico e a ele ao vapor que chegava. A bordo do *Jamaika*, como a bordo de tantos outros navios de imigrantes, ele procuraria os chefes de cada família de sua lista para saber de seu destino, saberia dos doentes e daqueles cujos vistos não estivessem em ordem. A tudo ele daria uma solução, com seu jeito discreto e afável, o jeito certo de lidar com burocratas que detinham o poder de abrir e fechar portas a seu capricho.

O horário de 6h32min era o que atendia aos estivadores que moravam pelos lados do mangal de São Diogo e vinham em busca de diárias de trabalho nos porões dos navios que atracavam. As rodas já se formavam agitadas, apinhadas de negros e mulatos. Agrupavam-se em torno dos capatazes e disputavam sua atenção na hora em que estes escolhiam os melhores braços para as turmas de estiva do dia. Como roupa, vestiam apenas umas calças largas amarradas com um pedaço de corda e uns camisões feitos com o pano dos sacos de farinha de trigo. Descalços, a maioria; em tamancos, uns poucos.

A paisagem do cais do porto era familiar a Mark, que lá desembarcara dois anos antes. Foi logo ao prédio da Alfândega para saber que o *Jamaika* só viria a atracar depois do almoço, ele que fosse arrumar o que fazer até aquela hora. Mas hoje não iria arrumar nada para fazer. Aquele era o dia do seu irmão caçula. Era o dia em que suas histórias se reatavam. De toda a família, só restavam os dois e, a partir de agora, no Brasil. A Europa era uma noite, um cemitério. Decidiu não fazer mais nada senão esperar e se esforçar para reavivar na mente o rosto do irmão que chegava, dos morangos que colhia nos bosques de abetos à volta de Jitomir no despertar da primavera. Dos amigos que deixara, do regimento de cossacos estacionado em sua cidade e que aterrorizava seu bairro com cavalgadas bêbadas e mortíferas, aos gritos de *"Hep! Hep!"*. Da mesa do almoço aos sábados, onde sempre havia um convidado na cabeceira fronteira à do pai e onde, invariavelmente, se discutia política. Aos poucos o fluxo de lembranças tornou-se caudaloso e, pela primeira vez em dois anos, Mark sentiu que ia chorar.

O bonde das 6h32min trouxe também, de carona, o menino com seu bolo de jornais, que não cessava de apregoar: "A lavadeira que o bonde da elétrique matou deixou seis filhos. A elétrique não quer pagar nem o enterro." O menino não sabia ler, os estivadores não sabiam ler. Ele e os outros moleques que distribuíam os exemplares da *Folha da Capital* recebiam as instruções sobre as manchetes do dia diretamente do chefe da oficina, que lhes contava o que vinha escrito naqueles signos do alto da página, por sobre um desenho lúgubre a bico de pena, mostrando crianças chorando em torno de uma sepultura. Faits divers tornados história oral.

Ao ouvir os gritos do moleque jornaleiro, Mark desviou-se de suas lembranças. Pagou cem réis para saber a continuação da triste história da lavadeira atropelada pelo bonde da elétrique e procurou um banco para sentar-se. A curiosidade de Mark havia se aguçado desde que lera, na edição do dia anterior, a mesma notícia que havia irritado Mr. Gross.

No enorme editorial da primeira página, assinado pelo próprio dono do jornal, acusava-se a Rio de Janeiro Electric Street Railway Company de corromper o governo da República para obter concessões, promovendo um verdadeiro panamá a serviço da Coroa britânica e do banco Rothschild, e de estar matando indiscriminadamente a população por não querer gastar em equipamentos mais seguros. Mark, cujo domínio da nova língua ainda deixava muito a desejar, ia lendo as matérias com evidente esforço, franzindo a testa e sussurrando as palavras que iam aos poucos montando frases conexas. Algumas expressões, entretanto, ainda estavam longe de fazer parte do universo vocabular de Mark: "ultraje ao lábaro", "opíparas burras", "contumácia procrastinatória". Uma, entretanto, deixou os pelos de Mark eriçados: "banca judaica". Esta ele entendeu perfeitamente bem.

3

O navio finalmente surgiu no campo de visão de Mark, puxado pelos rebocadores. Faltava pouco. Mark ia acompanhando a manobra a pé, pela linha do cais, até chegar ao ponto onde, lentamente, como um cavalo cansado, o *Jamaika* enfim atracaria no novo cais da Praça Mauá.

Sem demora, os trabalhos de amarração diante do Armazém 2 se iniciaram. E ele finalmente divisou a cabeça de Yuli, uma cabeça envolvida por uma revolução de impenteáveis cabelos ruivos.

Do alto da amurada, e pela primeira vez em seus dezoito anos de vida, Yuli viu um negro. Era como tornar viva uma imagem de contos infantis, nas quais negros eram entes colossais portando cimitarras, entrando e saindo de lâmpadas maravilhosas. Até então, negros não eram reais, eram literatura.

E agora eles estavam ali, muitos. Yuli focalizou um deles. Ágil e forte, apesar da cabeça já bastante invadida de cabelos brancos. Era extremamente hábil nas laçadas que dava com os grossos cabos arremessados de bordo. Ia envolvendo os cabeços de amarração fixados na beira do cais, aprisionando o navio, domando seus balanços, imobilizando-o afinal. Era o mais ativo da turma de atracação. Movido por uma alma de menino, assim que terminou a faina da amarração passou a subir pelos cabos para neles colocar as rateiras, dando ordens aos outros com ação e gritos. Gritos que portavam as primeiras palavras que Yuli ouvia nesta nova língua, cuja sonoridade lembrava a das cantigas de sua mãe e a dos profusos praguejamentos de seu pai. Anos e anos mais tarde Yuli se lembraria nitidamente daquele negro inaugural da América.

    Mark gritou para Yuli. Gritou, gritou forte, mas Yuli não o ouviu, estava fixado naquele negro laçando os cabeços e colocando rateiras. Já eram quase três da tarde, a faina de atracação findava.

Na primeira classe, nada daquele movimento excitado e abrutalhado que agitava os imigrantes. Das cinquenta e poucas pessoas que povoavam esse deck, pouco menos de vinte desceriam no Rio de Janeiro. Estas teriam apenas o trabalho de mostrar seus papéis a obsequiosos oficiais da polícia marítima e sequer imaginavam o que fosse passar pelo rígido escrutínio de documentos, pela inspeção de saúde e, muito provavelmente, pela quarentena na Ilha das Flores, que aguardava os demais passageiros. Era simplesmente cumprimentar o comandante, agradecer a excelente viagem e descer, senhores de suas prerrogativas, envolvidos na difusa névoa de Narcisse Noir e Habanos, seguidos por uma profusão de taifeiros emprestados pelo comandante para carregar as nécessaires e pastas de mão para os automóveis que os levariam aos hotéis e residências que eram seu destino. Baús, valises, caixotes, estes viriam mais tarde, baixados pelo pau de carga do navio, diretamente sobre as carroças e burros sem rabo, enquanto os despachantes resolveriam as formalidades com a alfândega e os transportadores.

    Finalmente os gritos de Mark atraíram a atenção daquela cabeça orlada de cabelos vermelhos. Yuli procurou a origem dos gritos e divisou o braço que agitava um lenço branco, junto a dezenas de outros. O negro e agora o irmão no cais estranho mostravam que havia transposto uma barreira definitiva. Ele se deu conta de que dali em diante não havia mais Europa.

Dois anos antes, quando Mark saiu de sua terra, Yuli era ainda um meninão que lia tudo o que lhe caía às mãos e não parava de falar de sua enorme vontade de ir embora, como tantos outros antes dele. Pedia que o mais velho o levasse, mas isso não era possível. "Te chamo quando eu tiver arrumado a vida."

À medida que a guerra civil ia sendo vencida pelos vermelhos, os cossacos tornavam-se mais e mais mortíferos na terra de ninguém onde a vida de um judeu não valia grande coisa.

Yuli, então com dezesseis anos, subitamente recebeu o impacto da maturidade poucos meses depois da partida de Mark, quando o pai e a irmã Eva, que eram toda a sua família, foram mortos por um bando de cossacos bêbados. Quando o bando se aproximava, incendiando as casas da vizinhança, Yuli obedeceu às ordens do pai e escapou para o bosque pela janela dos fundos da casa, certo de que o pai o seguiria. Não mais os viu vivos. Daquele momento em diante seu único objetivo concentrou-se em sair de lá. Solto no mundo, foi morar com um tio fora do gueto e passou a trabalhar como auxiliar de tipógrafo. Mais um ano e essa tipografia foi tomada pelos comissários do povo que assumiram em definitivo o poder em Jitomir, mas a essa altura Yuli já tinha juntado dinheiro e expediência suficientes para escapulir para a Polônia, de lá para Hamburgo e comprar uma passagem de ida para o Brasil. Havia um navio — o *Jamaika* — a ponto de partir para o Brasil e a Argentina. Providencial.

Além do Sr. Knobl, da Associação Beneficente de Apoio aos Imigrantes Israelitas, havia também um representante da Associazione di Mutuo Soccorso. Eles reuniam os membros de suas comunidades para os trâmites de desembarque. Dependendo do aspecto do viajante isso poderia ser trabalhoso. Um acesso de tosse poderia mandar toda uma família para a Ilha das Flores em quarentena ou mesmo para a deportação. Um chapéu mais desabado poderia levar o inspetor a tomar o candidato a desembarque por mais um cáften. Mas esta leva não deu maiores trabalhos ao Sr. Knobl. Ele reuniu os dezoito membros de sua lista, incluindo Yuli, e, num gesto que abarcava a todos, mostrou ao inspetor da polícia marítima que aqueles eram os "seus", cujos papéis e inspeção de saúde já haviam sido devidamente aviados. Trouxas e malas nas mãos, desceram pela escada do portaló e, enfim, pés no chão do Brasil. Finalmente chegava a hora da longa e comovida sucessão de abraços e beijos. Para aqueles que tinham quem os esperasse.

Mark e Yuli se conheceram de novo. Correram um para o outro por instinto, mas logo passaram a se olhar, a se reapresentar. A criança que Mark havia deixado para trás — agora um homem feito, quase irreconhecível — apenas fugazmente assumia a imagem familiar de seu velho retrato. Para Yuli, Mark havia diminuído um pouco de tamanho, afinal ficara mais baixo do que ele. Mas a estatura de irmão mais velho, experiente e precursor, permanecia. E mais abraços e beijos. E veio a descrição de como os ucranianos haviam assassinado o pai e a querida e delicada Eva dos sapatinhos de verniz, dando vida ao já contado em poucas cartas. E ainda bem que mamãe já havia morrido antes, para não passar por isso. E o que se aprende numa tipografia? E o que era feito de Fulano? E de Sicrano? E como era boa a nova terra! Como foi a viagem? Como te entendeste com os outros? Veio mais alguém de Jitomir? Tu moras bem, aqui? Vomitaste muito? Quando eu vim, vomitei sem parar. Eu menos. A gente acostuma. E os livros? Ainda lês muito? Papai era tão orgulhoso das tuas leituras. E como estás grande e forte. Eu treinei box no clube dos metalúrgicos. Aqui tem um ginásio perto de nossa pensão. Lembras o covardão do Mendel, que me batia? Um dia dei uma surra no Mendel, não aguentou nem dois rounds. O que é feito daquele infeliz? É comissário dos vermelhos.

Então Yuli pecebeu que estava mareado em terra firme. O corpo se movia compensando um balanço que não havia mais.

4

Mr. Gross leu apreensivo o cabograma de Londres, remetido logo no início do expediente na City, três horas antes. Queriam explicações sobre como e por que um acidente rotineiro poderia motivar tamanha agitação.

Mas de que forma responder, na linguagem discreta e concisa dos telegramas, o que demandaria uma análise sutil e franca a respeito das práticas jornalísticas de Diógenes Braga e de tantos outros com os quais Mr. Gross vinha lidando nesses quase vinte anos de Brasil?

Mr. Gross nunca se cansava de admirar, com um orgulho paradoxal de vítima da própria força, a velocidade com a qual Londres se informava dos acontecimentos envolvendo os interesses da Coroa no Rio. O serviço de inteligência da embaixada nada deixava ao acaso e monitorava tudo o que pudesse acarretar qualquer abalo nas relações — no passado mais sólidas, agora tão mais friáveis — entre os dois países. Ontem os moleques gritavam as diatribes do editorial de Braga e hoje o cabograma aterrissava na imensa escrivaninha do diretor-superintendente da Electric.

Um enfadado e burocrático Mr. Gross respondeu com um cable no qual explicava "NOTICIARIO JORNAL RIO 4JAN21 PRESSAO PARA ELEVACAO ORCAMENTO PUBLICITARIO VG CONTINUANDO HOSTILIDADE MANIFESTA NOTICIAS ANTERIORES PT DECIDI SUSPENDER TOTALMENTE PUBLICIDADE PT SUSPENSAO SEGUIU ORIENTACAO BOARD CF CABLE 23MAI19 PT"

Mr. Gross acrescentou também no cabograma que iria ter com o Sr. Braga nos próximos dias e iniciaria gestões pessoais visando contornar essa animosidade a qual, ele tinha certeza, estava longe de ser insuperável.

A resposta, em menos de uma hora, veio pragmática: "SHUT HIM UP ST BUY THE KID SOME SWEETS ST"

Era terça-feira e Mr. Gross sabia exatamente onde iria encontrar Diógenes Braga. Seria à noite, em casa de Mme. Charlotte, no sóbrio palacete de muros em pó de pedra na ladeira de Santa Tereza, durante um dos saraus pour des chevaliers que se iniciavam pelas oito e meia da noite e se estendiam madrugada adentro.

Mme. Charlotte tinha uma casa muito bem instalada e decorada, alcatifada de tapetes orientais, fauteuils e canapés espaçosos e aconchegantes, um excelente e bem afinado Bechstein de meia cauda no centro da ampla sala de estar e, sobretudo, as mais frescas e encantadoras cocottes, recém-chegadas de França, todas muito limpinhas, cheirosas e prendadas, dispostas a tornar reparador e inesquecível o lazer des Messieurs. Nunca faltava gelo em casa de Mme. Charlotte que, à chegada de cada convidado, oferecia uma taça de refrescante, borbulhante Crémant de Cramant ou, à sua falta, uma não menos nobre Cristal.

Os convivas de Mme. Charlotte bem que mereciam esses requintes, pois representavam o que de mais fino e cultivado havia na Capital Federal, como o Juiz C, o Ministro P, o diretor F, do South American & Caribbean Bank, e mais esse e mais aquele, esgotando todas as letras do alfabeto, inclusive G de Gross e B de Braga.

G & B se encontraram no sarau dessa terça-feira.

Quando Braga chegou, Gross conversava animado com o empreiteiro L sobre as caçadas que voltaria a fazer no primeiro verão de sua aposentadoria, dali a coisa de um ano. Iria para a fazenda que tinha em Homa Bay, no Lago Victoria, Kenya, de onde partiria em safáris infindáveis. Ao divisar a figura indefinível de Diógenes Braga, sua primeira reação foi de convocá-lo para um desforço a punhos, com a gravidade e a correção de dois personagens de uma estampa vitoriana. Mas não, não se tratava de alguma ofensa pessoal a ser reparada. Eram apenas negócios, ou business as usual, como dizem os americanos, tão práticos. Bobagem irritar-se. Mas não pôde deixar de mostrar um ar de qualquer coisa, um ar de sorridente incômodo diante da presença — ainda distante, à porta — de um serzinho assim tão… tão…

Braga sabia da presença de Mr. Gross e fez tudo para retardar o encontro tanto quanto possível. Cumprimentou ruidosamente Mme. Charlotte a quem, em francês escorreito, chamou de Alegria das Noites Tropicais. Íntimo da casa, já se aproximava de uma e outra jovem às quais afagava os rostos e chamava pelos prenomes, sempre em francês.

Criou-se na casa a cultura de, para Mme. Charlotte, não ser de bom-tom mencionar, em público, a alta voz, os nomes dos convivas. Eles que se nomeassem e se tuteassem, se assim o desejassem. Mas — e este era um dos segredos de seu sucesso — ela jamais se daria ao prazer da indiscrição pública. Sequer os prenomes. Apenas um "Ora, mas que prazer, doutor, quanta honra", ou, "Oh, há quanto tempo o meritíssimo não nos dá a alegria da companhia", ou "Excelência, gostaria de apresentar nossa recém-chegada Ninon. Não é catita?". Diógenes era talvez a única exceção. Gostava, fazia questão, quando ali chegava, de que Mme. Charlotte, em seu tom de arauto melífluo, exclamasse em afetada e evidente falsa surpresa "Mais quel plaisir Doctorrr Diogèeennnnnee", indo estender-lhe a taça inaugural por conta da casa. Mais do que seu próprio nome, Diógenes se derretia com o Doctorrrr, devidamente corroborado pelo anel com um bojudo rubi a atestar-lhe o currículo.

Cumprimenta um, acena para outro e Diógenes vai aos poucos se aproximando do ponto da sala onde Mr. Gross prelibava bichos empalhados em uma fazenda na África. Aluno aplicado, habituado aos usos da terra, Gross ia acompanhando discretamente a evolução do jornalista, evitando cruzar olhares e tornando o encontro que inevitavelmente ocorreria em uma feliz surpresa.

Que, finalmente, ocorreu:

— Mas vejam só quem está aqui, my good friend Gross, como vai esta bizarria? — disse Braga estendendo-lhe a destra, enquanto a esquerda já o envolvia para o indefectível tapinha nas costas.

— Oh, quite well, my dear Braga — estendeu a mão para o shake hands e tentou evitar o tapinha nas costas, com o qual nunca se acostumara nestes anos todos de Brasil.

5

Durante sua primeira noite em terra firme, Yuli estranhou a cama imóvel e o teto alto, muito alto, que lhe trouxeram uma sensação de desproteção. Dormiu mal. O calor era insuportável, como os seus sonhos. Acordou inúmeras vezes sem saber o que pensar. Jitomir, Varsóvia, Hamburgo, Rio de Janeiro. Estava no Brasil, na pensão onde morava seu irmão Mark, Rua Senador Euzébio, Praça Onze. Localizava-se e voltava a cochilar. Acordava sobressaltado pelos gritos de "*Hep! Hep!*". Que ecoavam em sua vida. Sentava-se na cama, gotejando de um suor grosso.

Mas o que ele ouvia eram apenas cães que, ao longe, saudavam galos ainda mais distantes. Tudo em paz. Nem cossacos, nem comissários.

Na cama ao lado, Mark dormia embalado pela calma solene dos veteranos. Yuli olhava com admiração aquele irmão corajoso que desbravara a nova terra e já era senhor da situação. Até ao calor se acostumara. Não suava, não se debatia, apenas dormia seu sono linear. Moravam na Hospedaria Vianna, onde Mark até então alugava uma vaga em um quarto que dividia com outros cinco. Com a chegada do irmão, conseguiu mudar-se para um quarto com apenas duas camas, mais caro, mas um sacrifício prazeroso para melhor acomodar o caçula.

O sono não engrenava. Yuli decidiu levantar-se e ir para a janela em busca de um pouco de ar fresco. Não iria encontrá-lo, pois aquela era uma noite calmosa, abafada. Foi tateando, com medo de acordar a pensão toda com os rangidos do soalho. Abriu cuidadosamente a janela do quarto no sobrado e passou a explorar a paisagem deserta da rua iluminada por fracas e espaçadas lâmpadas que serviam apenas para ser refletidas pelos trilhos polidos dos bondes que logo mais iriam começar a trafegar. Sentou-se no peitoril e começou a se acostumar.

— Fecha essa janela, Yuli.

Aquela voz, do fundo da escuridão, assustou o rapaz.

— Mas está muito calor, não tem ninguém na rua...

— Não são as pessoas, são os mosquitos.

E a Yuli foi ministrada sua primeira lição prática de saúde pública. Nunca dormir fora de um mosquiteiro ou deixar de fechar as janelas antes do anoitecer. Como mosquiteiro não havia naquela pensão modesta, o remédio era enfrentar o calor. As janelas eram fechadas ao entardecer e assim ficavam até a manhã do dia seguinte. A morrinha nos quartos era comparável à do navio.

Apesar dos medos, o Rio de Janeiro já não era mais aquela pocilga tropical que matava seus habitantes, e sobretudo os visitantes, de febre amarela, tifo, cólera, peste bubônica, varíola e doenças pulmonares de etiologia vária. Tornara-se uma cidade bonita, ingressara, pela marreta de Pereira Passos e as desinfecções de Oswaldo Cruz, nas luzes do novo século. Mas já os mosquitos voltavam e, ainda que Mark não tivesse vivido na cidade ao tempo em que as epidemias grassavam, tinha nesses seus poucos anos de experiência recebido por tradição oral os alertas necessários. E para mantê-lo sempre em guarda havia os reclames nos jornais e nos bondes. Reclames de remédios definitivos contra a tísica, contra coceiras, contra a asma, contra febres, remédios específicos para as senhoras, remédios, inclusive, para a obtenção de favores:

> *A noiva do meu vizinho*
> *Entre ternura e carinho*
> *Me disse um dia essa frase:*
> *Se quiser minha alegria*
> *Cura tua blenorragia*
> *Com uso de Ganostase.*

Mark contraíra o medo das doenças. E tentava contaminar Yuli.

Essa quarta-feira, 5 de janeiro de 1921, primeiro dia em que Yuli amanheceu brasileiro, foi também seu primeiro dia de trabalho. Evidentemente não tinha roupas apropriadas, apenas uma pequena seleção de peças em flanela e casimira. Casacos, ceroulas, longas meias. Mark emprestou-lhe uma camisa mais leve e eles partiram. Yuli, empolgado e transbordante de boa vontade, carregou a pesada mala de mascate de Mark, bojuda de novidades em cortes de tecido, bijuterias, perfumes e figurinos. Começavam o dia de visitas à clientela, composta por donas de casa de Madureira, Ramos, Penha, Cascadura. Esta era sua região.

Yuli sentiu a dureza da nova vida já no primeiro trecho, a pé, da pensão até a Central do Brasil, de onde tomariam o trem para Ramos. A cada passo a mala pesava mais e, antes que ela se tornasse insuportável, Mark tomou-lha, iniciando um revezamento que, a se cumprir seu desejo, duraria muitos anos.

No trem, vazio pela manhã na direção dos subúrbios, sentados no banco de pau, Mark ia passando ao caçula as primeiras palavras que ele deveria aprender. Um passageiro vizinho aos dois logo se intrometeu na conversa:

— Os senhores são de onde?

— Da Rússia — respondeu Mark àquele senhor longilíneo e aprumado, que vestia um terno muito antigo, mas bem passado, gravata magrinha sobre uma camisa engomada e colarinho de celuloide que lhe completava o ar de pobre empertigado.

— E os senhores, já aprenderam o português?

— Poquinho — ia dizendo Mark, quando o vizinho emendou:

— Pouquinho, repita comigo: pou... pouquinho.

— Pouuquinho — disse Mark, e Yuli, já sorrindo, fez a segunda voz:

— Pou-qui-nho.

— Mas é bem desempenado este seu conterrâneo — disse o vizinho num tom que, se Mark dominasse a língua um pouco melhor, ia perceber que tinha um quê de sardônico. — Tem jeito... uma quedinha para aprender a nossa língua.

— Meu irrmon.

— "Ão". Irmão. Vai longe — disse o vizinho, levantando-se para saltar na Piedade. — Vai longe! No Brasil, vocês, estrangeiros, vão longe. Nós é que somos uns bobos.

— Irmão — repetiu perfeitamente Yuli para um admirado Mark, que nunca conseguira reproduzir o "ão" anasalado do português do Brasil, ao mesmo tempo que o sujeito se dirigia à porta do vagão sem ouvir mais esta conquista fonética do estrangeiro recém-chegado.

Eles voltaram ao yidish coloquial, e Yuli lembrava que, assim que saltassem, estaria na sua vez de carregar a mala.

6

Na noite de terça para quarta-feira, encerrado o *pas de deux* de desencontros estudados, um Braga bem-humorado parecia brincar com o mau humor de Gross, o qual, ainda que não demonstrasse qualquer irritação, estava irritado. Braga finalmente aproximou-se e trouxe como oferta de paz uma menção àquele tesouro de Ninon, a nova aquisição da casa, aquele bijuzinho de Ninon, que não falava patavina de português:

— Se dependesse de mim, não aprendia nunca. Ia perder a graça. As grandes palavras da vida soam francês. Ouve só: miché, rendez-vous, minette, l'amour, e uma que nem precisa ser francês para reunir o som, o sentido e a grandeza de França: sacanage...

Gross ruborizava com a desenvoltura que Braga exibia no campo da lascívia oral. Brilhante Braga: desarmava a irritação do inglês e ainda o acuava com palavras que invadiam seu último refúgio de pudor.

— Tu não tens preparo para enfrentar uma Ninon — reagiu Gross, evidenciando a diferença de compleição entre ambos. — Ela acaba contigo, consome o resto de ti...

— Morte gloriosa! — atalhou Braga, com ar de tribuno. — A verdadeira glória que fica, eleva, honra e consola é morrer na apoteose de uma noite com Ninon, seu cheiro impregnado nos dedos — e demonstrava o que dizia passando o indicador e o médio pelas narinas, aspirando fundo, indecente. Gross encabulava, mas seguia com essa conversa intimista:

— Mas nem em pensamento, Braga. A prima nox é de Sua Excelência, tu bem o sabes.

Braga bem o sabia. Sua Excelência, o Ministro P, a mais alta autoridade da casa, era um suserano cioso do droit de cuissage, prerrogativa da qual nunca abria mão: as cocottes recém-chegadas pertenciam a ele por um mês. Obviamente que mediante régia retribuição a Mme. Charlotte. E ai de quem contrariasse essa elementar regra de precedência republicana. Sua Excelência caladamente demonstraria seu arsenal de maldades legais e burocráticas para reduzir a vida do incauto comborço a uma penosa sucessão de misérias.

— Andas vendendo muito jornal, Braga?

— Quem me dera, meu caríssimo Gross... tu bem sabes que com minhas velhas máquinas de nada adianta editar o melhor jornal da cidade se eu não disponho de equipamento para imprimir o que baste para atender ao nosso crescente número de leitores.

Era a deixa que ansiosamente aguardava. Parecia falar a uma grande plateia. As palavras saíam enfileiradas num encadeamento de quem ensaiara o que dizia.

O inglês, no fundo, admirava a caradura do jornalista, que, sem maiores preâmbulos, dizia a que vinha.

— Máquinas, Braga?

— Máquinas, Gross. Máquinas.

— É como um doce para uma criança... — o inglês ecoava o cabograma.

— Doce como o poder, Gross, doce como estar submetido a cada governo e, ao fim, mijar sobre a cova de cada um deles...

A conversa dos dois transcorria reservadamente, numa saleta íntima anexa ao salão, o que não impediu Mme. Charlotte, conhecedora dos hábitos de seus convivas, de trazer Régine para servir champagne a Braga, e Mina com um Lepanto para Gross. A veemência de Braga não chegava a sobressair, abafada pelo brouhaha que tomava conta de toda a casa, a essa altura tão concorrida como uma sessão da Câmara. Régine e Mina aboletaram-se junto a seus pares e, por carícias quase pudicas, tentavam roubar-lhes a atenção. Em vão.

Braga falava como se elas não existissem:

— O *Correio*, o *Brazil*, o *Commercio* já têm rotativas. Tu sabes o que é uma rotativa? Deves saber, o *Times* inaugurou a primeira, ainda a vapor, vai para mais de cem anos. Já ouviste falar em Linotype, em Ludlow, em Marinoni? São máquinas moderníssimas, estonteantes: nos jornais modernos o texto já é composto em linhas de chumbo completas, na medida certa. Não se junta mais letrinha por letrinha. Um jornal como o meu não pode levar a tarde e toda uma noite fazendo metade do que os outros fazem em três, quatro horas.

Gross mostrava-se tão fascinado com a eloquência de Braga, que mais parecia um acionista em potencial do que alguém prestes a ser extorquido:

— E quanto custa esse doce?

— Ah, não é grande coisa, nada que possa abalar... — fez um muxoxo de desimportância: — Isso tudo deve andar na casa dos mil contos de réis...

Nessa mesma noite dessa terça-feira, na solidão da redação vazia, Pereirinha revia as anotações resultantes das andanças do dia. Não havia conseguido grande coisa. No necrotério da

Santa Casa, para onde o corpo da lavadeira Maria Couceiro fora levado, o repórter soube que ninguém surgira para reclamá-la e ela fora enterrada como indigente. Na casa de cômodos em Paula Mattos, onde a lavadeira morava, os vizinhos sentiam pena, pobrezinha, santa alma, mas pouco sabiam dela, alguns sequer se lembravam daquela senhora sempre recolhida, de conversa seca e sem graça, mesmo quando lavava a roupa junto às outras lavadeiras no tanque do pátio central da cabeça de porco. Uma das vizinhas, beiroa como a finada, talvez por isso um pouco mais chegada, dizia que a pobre enviava tudo o que ganhava para alguém em Portugal que ela não atinava quem pudesse ser. *"Não tinha ninguém por aqui, a infelizinha."* O jornalista entrou sem a menor cerimônia na enxovia ocupada pela lavadeira e já a encontrou revirada pelas vizinhas, que roubaram o que puderam da finada. Desconsolado passou a revirar o que fora deixado. No fundo de um caixote que fazia as vezes de baú e do qual o que prestava já havia sido surrupiado, encontrou um discreto cordão que, puxado, levantava um fundo solto e, dentro, um saquinho de pano com uns poucos papéis e coisinhas. Consistiam de anotações em garranchos quase indecifráveis, feitas em papel de embrulho: contas em colunas mal alinhadas, possivelmente o fiado das freguesas, coisa parca, que não passava dos cinquenta mil-réis; uma fotografia, quebrada e desgastada, colada sobre um cartão, mostrava um casal contra o fundo de pano preto de um estúdio, como se usava uns trinta anos antes, ela fechada por um negro xale, ele fechado por um imenso bigode. Mais alguns achados: uma figura de santa gravada em um berloque de louça, um terço em contas de vidro, mais uma imagem de santo, os olhos muito azuis, em litografia, encardida pelo manuseio, com as marcas dos dedos de Maria Couceiro a testemunhar esta sua única relação. Mais quinquilharias, lembranças miúdas. Um fiapo de história que ali se interrompia, sem sequência ou importância.

Foi então que Pereirinha, contrariando seus mais caros princípios, cometeu uma caridade: guardou consigo os poucos papéis pessoais e a foto, deixando as quinquilharias para que a saloia da senhoria roubasse ela mesma o que lhe interessasse e o resto jogasse fora. Achou que, se não fizesse isso, uma história de vida morreria com sua dona, em uma lata de lixo.

Agora, na redação, revia o antigo casal da foto, o papel encardido com as contas, e algo que lhe pareceu uma carta bastante encardida "da sua Titi, que muito a estima". Viu também algo que lhe passara desapercebido quando vasculhou os papéis na cabeça de porco: uma enxovalhada caderneta da Caixa de Pecúlios de Lisboa em nome de Maria Couceiro, aberta em 1884 e com lançamentos anuais, sem falhar, até 13 de dezembro de 1920, e que totalizavam, a não ser que a caligrafia lhe enganasse, 143:885$440. Suas mãos tremeram.

— Ó Pereirinha, desse jeito não temos jornal amanhã — gritou do térreo Bernardo, o chefe da oficina. — Desembucha logo essas tiras que o compositor já está a querer se ir.

Pereirinha então mostrou por que seu patrão o considerava o melhor. Encerrou as divagações, concentrou-se, e passou a escrever a primeira das tiras na caligrafia culta e ágil que os tipógrafos reconheciam:

"Os moradores de Paula Mattos estão indignados com o descaso e a usura da The Rio de Janeiro Electric Street Railway, a qual, ao recusar-se a custear as exhequias da pobre proletaria... enterrada como indigente... filhos chorosos... família ao desamparo... não deixou nada..."

Em pouco mais de uma hora Pereirinha preencheu toda uma página de jornal, com a ajuda do desenhista Schipa, que deixara preparada, desde cedo, uma enorme e tosca charge retratando um gordo John Bull, identificado por um colete estampado com a Union Jack, charuto espetado entre dentes, cartola, a conduzir um bonde que atropelava uma mulher esquálida, enorme trouxa à cabeça, e diversos filhos agarrados à sua saia. Tudo conforme orientação detalhada de Diógenes.

7

Yuli não conseguia entender, por mais que o veterano irmão lhe explicasse: o que divisava da janela era-lhe incompreensível. Pessoas vestidas como bebês, homens como mulheres, palhaços, máscaras horrendas que assustavam crianças nos colos das mães, tamancos batendo no chão ao ritmo de violões e panelas. Alguns arranhavam facas cegas na borda de pratos velhos provocando um guincho insuportável. De um lado vinha um bando de seres enlouquecidos, vestidos de forma mais ou menos combinada: velhos e enxovalhados lençóis transformados em togas, réstias de cebola a laurear campeões do desvario, tampas de latrina tangidas como liras fétidas. Viajantes desembarcados de uma saturnal da noite dos tempos, que ora paravam e cantavam algo ritmado e incompreensível, ora saíam aos pinotes repicando os tamancos, obedecendo à mesma lógica de uma revoada, jogando-se águas e bulindo com quem estava por perto. Yuli, mesmo sem entender, sentiu-se compelido a deixar a janela do quarto da pensão e a ver de perto essa agitação que tomava conta da praça desde o amanhecer deste sábado. Os bondes passavam apinhados, trazendo mais daquela gente tão estranha e agitada. Alguns saltavam, outros montavam, e seguia sobre trilhos aquele bolo informe de pessoas em camadas superpostas rumo à Avenida Central, onde toda a cidade iria se encontrar. Mark tentou argumentar com o irmão, mas Yuli estava atento às pernas de uma jovem que ele conhecia, não lembrava de onde. Desceu do quarto da pensão e Mark logo o perdeu de vista no meio da multidão. Yuli foi aspergido, inaugurado, encharcado pela água mais ou menos cheirosa que recheava um limão de cera que explodiu em seu peito assim que pôs os pés para fora da pensão. Ele não se importou. As pessoas cantavam, ululavam músicas em sucessão. Preferiam marchas, sem nem se preocuparem em entender o que diziam:

> *Dar-te aqui vim*
> *Um beliscão*
> *Só quero ver se tu gostas de mim*
> *Ou não*

Eram marchas, mas ninguém marchava, nada a ver com o passo de ganso prussiano, aquela solenidade ridícula e mortífera ao som de fanfarras e caixas de guerra que Yuli conhecera na Europa. Ao contrário, essa não era exatamente uma marcha, era uma marchinha, uma coisa inha, molenguinha, de corpos sinuosos, pés arrastados, caras enfarinhadas. E também havia tangos, maxixes, cateretês, sambas, foxes e tudo o mais que desse pretexto para berrar e se mexer e cujos nomes ele não sabia. Paravam todos em uma baiuca e faziam descer copos de cachaça goela abaixo. Yuli também quis, tomou de um gole, como a vodca que tomava antes — *"só uma gotinha"* — com o pai e o irmão. Sentiu-se bem. Só não havia os arenques e o pão preto, mas havia paios e tremoços. De volta à rua! à algazarra! O terno do rapaz era uma massa úmida de suor e limões de cheiro. A cachaça subia, Yuli imitava sons, cantando com todos coisas que ninguém entendia:

> *Dataqui vi nhum be lixcão*

O "ão" ele pronunciava orgulhosamente bem, e seguia adiante, tragado pelo magnetismo que a todos puxava para a Avenida. E papeizinhos picados entravam-lhe boca adentro e fitas de papel iam se acumulando aos seus pés. O mar de gente dava espaço aos carros que passavam, cada vez mais. Yuli só vira tantos assim em Hamburgo, mas eram pretos e fechados, aqui eram pretos e abertos, e enfeitados com flores e ornados de belas e não tão belas mulheres e garbosos almofadinhas que gritavam os nomes de outros garbosos almofadinhas que iam em outros carros e se saudavam: "Ó grande mandrião." E quando Yuli se deu conta ia bem avançado o dia e já quase chegava ao obelisco e ao mar. Um bonde passava não tão cheio rumo à Glória e ao Russel e ia povoado de outro tipo de bacantes, homens e mulheres em trajes sumários e burlescos imitando as fantasias dos que estavam na Avenida, apenas que com braços e pernas à mostra, e Yuli tomou este bonde andando, como já havia aprendido, e seguiu até onde todos saltaram, diante do relógio da Glória. De lá, todos foram ao mar, diante do qual aquele sujeito fantasiado de russo, de judeu da prestação, em seu terno empapado, estacou. Ele não estava em condições de acompanhar os outros, que brincavam e chapinhavam. Mas, pelo menos, isso iria fazer: tirou os sapatos, enrolou as calças largas até o mais alto das pernas que conseguiu e começou a vadear pela água rasa. Foi então, neste Carnaval de 1921, aos dezoito anos de idade, que Yuli finalmente conheceu o morno mar de seus sonhos.

8

O tatibitate da francesinha Ninon deixou em fanicos o juízo de Sua Excelência, que já vinha enfastiado com as previsíveis novidades de Mme. Charlotte. Com Ninon foi diferente, ela evocou algo que havia muito nele adormecera. O vetusto e bojudo pai da pátria voltara a ter fugazes lembranças das ereções rijas do tempo de rapazote, quando ia às moças na tulha de café da fazenda da família.

"É a visita da saúde", poderia comentar sardônico algum de seus pares, se tivesse coragem para tanto, pois mesmo ali, naquele refúgio de franca camaradagem masculina, o Ministro P era formal além dos limites. Tomava seu champagne, baforava um puro ocasional, mas se dava — e impunha — respeito reverencial. Sabia que não poderia deixar de observar as devidas distâncias e impor a liturgia inerente ao cargo. Ainda que em cuecas. Sua Excelência, contudo, não mais reunia condições físicas para exercer suas prerrogativas com a rigidez e a assiduidade que lhe era facultada. Apenas muito esporadicamente obtinha ele de Ninon os prazeres reencontrados e dos quais já voltava a se despedir. Como consolo, dedicava-se a ficar com a pequena no quarto do piso superior da casa, onde a acariciava com as carícias possíveis e derramavam-se ambos em delicadezas inconclusas.

Em compensação, quanto de declarações: deixava-o comovido o tom com o qual Ninon contava de como se sentia só e desprotegida naquela terra estranha e bárbara. De como considerava aquele Par da República ao mesmo tempo anjo protetor e varão portentoso, no que deixava escapar: "Oh! Mais quelle chose énorme vous avez! Vous me faites peur", em sua afetação de virgem profissional. Assim, o primeiro mês, direito legítimo, esgotou-se e se estendeu ciumentamente tempo adentro.

À medida que as semanas passavam, Mme. Charlotte ensaiava falar do assunto, mas ele, com a altivez de quem não trata de mesquinharias, cortava a conversa como a despachar um amanuense impertinente de seu gabinete no ministério. Mme. Charlotte ficava por explodir diante daquele abuso de autoridade, do rompimento do contrato que rezava que, uma vez inaugurada a novata, esta seria franqueada aos demais usuários.

Caso nítido de esbulho possessório.

Para maior angústia de Mme. Charlotte e olhares discretamente sarcásticos dos demais frequentadores, a cada noite aquele varão da república trazia mimos à pequena, delicadezas que tanto poderiam ser bagatelas despretensiosas como um par de bichas em diamantes como, em certas ocasiões, algo mais substancioso, um solitariozinho coruscante — uma das preciosidades que ele guardava em seu cofre para ocasiões especiais — ou mais um pendentif em esmeralda de primeira água, do tamanho de um polegar, tudo aceito com estudada nonchalance. Sua Excelência, desapontado, nutria o sentimento de haver sido excessivamente modesto no presentear. Tão logo o Ministro se retirava, porém, cada nova peça era devidamente avaliada e tombada no ativo fixo da inocente Ninon.

O fato era que o investimento de Mme. Charlotte jazia estagnado nas mãos daquele amante exclusivista, que negava a seus pares o desfrute da novidade. Isso era péssimo para os negócios da patronne; os fiéis frequentadores poderiam bandear-se para outros salões e a reputação arduamente conquistada se perderia por capricho de um burocrata apaixonado.

Numa das noites em que o Ministro parou no salão para uma conversa mais amena, Mme. Charlotte trouxe-lhe uma taça e, delicada, mas irresistivelmente, tomou seu braço para conduzi-lo a um recanto mais privado:

— Nosso cher ministre de fato se afeiçoou à menina Ninon, pois não?

— Ora, minha cara Charlotte, me afeiçoo a todas e a nenhuma, mas não posso negar que Ninon é uma teteia...

— Mas, excellence, já não poderíamos liberar a petite? Logo, logo estará chegando mais uma pequena espetacular. Eu tenho certeza que o senhor vai adorar...

— Ó usurária, te conheço! — disse ele com bom humor inesperado. — O que tu queres é mais dinheiro. Pois, então, está bem: dou-te mais cinquenta contos pelos próximos dois meses e não se fala mais nisso.

Era inacreditável. O miché de Ninon havia sido estipulado em exorbitantes quinhentos mil-réis por noite, o mais alto da casa, e ele lhe oferecia, adiantado, praticamente tudo o que ela sonhava ganhar com a menina em um ano.

Mas o que veio logo em seguida foi o golpe de misericórdia:

— Aliás, faço-te proposta melhor: cem contos e levo a menina daqui.

Ele remia a rapariga.

Mme. Charlotte mordiscava os lábios, excitada e apreensiva. Esperou mais do que alguns segundos antes de responder, enquanto fazia cálculos financeiros e avaliações políticas dos contras e afavores: quanto poderia render uma Ninon? Em seu livro-caixa mental, sob a coluna "deve", constavam os seguintes lançamentos: 4.000 francos pagos ao agente que havia comprado a menina nos arredores de Rouen e a havia encaminhado até o porto de Marselha; 575 francos por uma passagem em segunda classe; já no Brasil, quase 1:740$000 por um enxoval completo; comida, hospedagem e uns eventuais, não menos do que 600 mil-réis até ali; lucros cessantes por não poder compartilhá-la com os demais clientes, a calcular. Sob a coluna "haver", ela alinhava: 150 noites por ano a 300 mil-réis (parte que lhe cabia do miché) por noite = 45 contos; fama de sua casa como abrigo do que haveria de melhor no mercado da cocotterie, talvez uns dez contos. Enfim exalou:

— D'accord! — e estendeu a mão para selar o melhor acordo comercial que jamais havia sonhado fazer. O Ministro P oferecia por uma caipira normanda tanto quanto ela havia pago pela casa da ladeira de Santa Tereza.

9

O Ministro P decidiu instalar Ninon em um antigo e desativado item da sua farta herdade familiar, um amplo casarão no bairro da Piedade. O casarão, assim como o lote enorme que o circundava, era o que tinha restado da imensa gleba de cana-de-açúcar que sua família possuía desde os tempos em que o Onça era governador. Com o lento povoamento da região e a transferência dos interesses da família para a banca — por força de seu casamento com a Sra. Dona Herminia — e para a política, a lavoura decaiu até parte das terras ser, enfim, muito bem negociada com o Ministério da Viação do Império para a passagem da linha férrea. O restante foi loteado a bom preço a partir da inauguração da estação do trem suburbano. O casarão foi desativado e veio a ser esquecido, obscurecido por tantas outras propriedades bem mais nobres. Apenas um velho casal de ex-escravos era ali mantido, um pouco por comiseração, um pouco para servirem como marcos vivos, a lembrar aos vizinhos que aquilo ainda tinha dono.

A Rua Quaresmeira era uma entre tantas outras, modorrentas, que surgiram das fazendas e engenhos urbanizados com a passagem do trem suburbano. Seu calçamento cobria apenas o trecho inicial, onde os lotes eram menores, seguindo em terra batida morro acima, onde pequenas chácaras ainda testemunhavam o recente passado rural. O terreno do Ministro dominava o alto da rua. Era apinhado de imensas e seculares mangueiras que cercavam a casa senhorial e a escondiam totalmente dos olhares dos vizinhos. As mangas espada, carlotinha e coração-de-boi caíam e se amontoavam, apodrecendo pelo chão, atraindo insetos e passarinhos. A construção, apesar de decrépita, era sólida, erguida à moda antiga, sobre cantaria de granito, dominando um amplo porão onde, não fazia muitos anos, o que havia de escravaria era alojado.

Automóveis, quando passavam, eram sempre os da Assistência Pública, chamados pela vizinhança quando o tipógrafo aposentado João Henriques gritava descontrolado, acuado por seus perseguidores imaginários, e passava a ameaçar a integridade da família.

Foi, portanto, uma efeméride quando um luxuoso Packard Phaeton verde-musgo bufou ladeira acima com o klaxon emitindo rugidos de animal enfezado. Era a primeira vez que Ninon vinha conhecer e inspecionar seus novos domínios. Até ali ela era mantida na própria casa de Mme. Charlotte, à espera de que seu novo lar fosse totalmente reformado.

Sua chegada trouxe vida ao lugar. A decadente mansão finalmente viu tinta fresca e recebeu os asseios de uma faxina secular. Ninon supervisionava as obras e impôs uma infindável movimentação com sua presença e com o ir e vir de operários e carroças. Ninguém sabia quem era o patrono, o responsável pela agitação que se estenderia meses a fio na antiga mansão abandonada, mas a língua arrevesada da gringuinha e a inseparável companhia de Bitu, sua criada, eram objeto de altas especulações.

Ninon revelou-se uma admirável administradora de obras civis. Fez restaurar florões, reparar goteiras, desencardir cantarias, trocar o madeirame, as telhas, o encanamento, instalar fios elétricos jamais vistos naquela casa e, mais importante, um aquecedor a carvão para os seus banhos. A cada semana apresentava ao Ministro o rol de modificações, restauros e instalações, que nunca se encerravam. O amantíssimo provedor anuía sem pestanejar e sequer prestar atenção às somas assombrosas. Mandava o que fosse necessário pelas mãos do motorista.

Ninon supervisionava tudo com firmeza e competência inesperadas naquela figurinha de cabelos louros e cacheados. Nada daquele tatibitate, daquela fragilidade profissional. À medida que ficava pronta, a casa ia sendo guarnecida de uns poucos empregados, e o velho casal de zeladores foi removido para uma pequena maloca nos fundos do terreno.

Ao fim de agosto de 1921, quatro meses depois da negociação no rendez-vous, o novo lar foi inaugurado. Lá se instalaram Ninon e Tibúrcia, verdadeiro nome de Bitu, criatura falante e expedita, perfeita criada para uma commedia dell'arte. A patroa a despachava para mandados diversos pelo comércio dos arredores e, na volta, trazia uma resenha das novidades da vizinhança.

Bitu crescera no serviço a Mme. Charlotte, a quem se agregou ainda criança. Seu dia a dia era cuidar da faxina do rendez-vous e, de tanto ouvir a conversa das anfitriãs, aquele azougue aprendeu um francês bastante passável que servia para interpretar as ordens e desejos das horizontais recém-chegadas. Mas foi a Ninon que ela se apegou e, a pedido da cocotte, foi incluída na transação entre o Ministro e a cafetina.

Mesmo que a atendesse em francês, Bitu impôs um aprendizado intensivo de português à patroa, que pôde então entender a razão dos terríveis gritos e gemidos que não raro sobressaltavam a rua.

Vinham da casa da Dona Evangelina, explicava Bitu. A pobre carregava não uma, mas duas cruzes: pai e irmão. Malucos. Os dois. Desgraça.

Desde que passara a ser teúda de Sua Excelência, uma abominável vida de castidade e reclusão foi imposta a Ninon. Seus despachos ministeriais obedeciam a uma previsibilidade astronômica: terças e sextas. O Ministro criou uma rubrica permanente em sua agenda para estes dias: não iria ao Ministério, mas passaria a manhã e parte da tarde em diligências de inspeção, conforme ditava gravemente ao chefe de gabinete para registro no expediente.

Nesses dias ia bem cedo ao Derby Club, lugar discreto, àquela hora frequentado apenas por cavalariços e empregados menores. Passava direto ao pavilhão social sem dar conversa — e ninguém ousaria puxar. Lá trocava a fatiota empertigada do gabinete por um costume mais prosaico, metia-se sob um vasto chapéu com o qual acreditava se esconder e, excitado como garoto fazendo arte, embarcava em seu Packard Phaeton rumo às obras, conduzido por Brito, seu grave motorista e factótum particular.

Assim que o klaxon ainda ao longe se impunha aos ruídos do bairro, espantando a pasmaceira do lugar, os meninos que brincavam despreocupados pela rua saíam correndo, já sabendo do que se tratava, e formavam um cortejo ruidoso atrás do carro. Ninon, ao ouvir a buzina, fazia acender as luzes da casa, ainda que fosse manhã de sol, e partia a aguardar seu mecenas, vestida como dama rural de romance inglês, sob um chapéu florido e profusão de organzas absolutamente démodées e totalmente deslocadas naquele tórrido subúrbio habitado por gente simples vestida em chitas. Bitu ia para os fundos desaparecer de vista.

Antes de desembarcar do carro o motorista saía e fazia cara de feroz, o que aterrorizava a comitiva de crianças, que saíam correndo para se reagrupar mais abaixo. Livre desse magote, abria a porta e Sua Excelência enfim saía sem testemunhas para sua rotina de inspeção.

Desde o momento em que comprara Ninon no rendez-vous, o Ministro P não se cansava de dar vazão a novos e cada vez mais requintados caprichos e esquisitices. Um dos primeiros fora o de transformar Ninon em uma espécie de múmia envolta naqueles tecidos intermináveis.

A panaria era apenas um pequeno detalhe dos rituais de acasalamento de Sua Excelência. À medida que se aproximava da casa, passava a arfar, agitado como menino a ponto de cometer ou obter algo muito desejado e proibido. Subia esbaforido as escadas que levavam ao patamar onde Ninon já o esperava, devidamente paramentada. Ele fazia uma pequena mesura, ensaiava um beija-mão e se portava como uma visita de cerimônia a quem ela encaminhava, em meio a ademanes antiquados, para o salão, onde a mesa já estava posta com sucos e um sortimento de petits fours. Em seguida, enquanto olhava seu relógio de bolso, ele perguntava:

— E seu marido, senhora, demora? Temos assuntos a tratar...

Ao que ela pegava a deixa e alimentava:

— Ah, ele sempre demora. Como sempre, está em viagem, não volta hoje. Ele me deixa tão só nesta casa... é tão cacete...

— Mas que injustiça, que temeridade para um marido descuidar assim de uma dama... tão... mimosa como a senhora...

— Tu me achas mimosa, mon poulet?

Isso cortava o clima do Ministro. Ele estremecia, saía do transe e a repreendia, trazendo o diálogo para um plano mais pedestre:

— Já disse para não me chamares assim agora, só quando acabar!

E ela retomava sua fala no ponto em que errara:

— O senhor me acha mimosa, Senhor Ministro?

— Se ouso dizer, madame, a senhora...

— Ninon...

— ...Se ouso dizer... Ninon... a senhora... tu... há tempos que me tens ocupado o pensamento, há tempos que me contenho... por respeito... mas agora não consigo mais: não posso sufocar meus sentimentos por mais que me mereça homenagens o senhor seu marido, a lembrança da senhora me persegue a todo momento, me domina, me submete aos desvarios da paixão...

— Oh, por favor, não me diga isso, eu sou uma senhora casada — declamava com pudor burlesco.

Ela bem que se esforçava, mas não conseguia deixar de achar enorme graça em tudo aquilo, por mais que fosse suavemente admoestada.

Mesmo que a atuação de Ninon não fosse das mais convincentes, ao chegar a esse ponto Sua Excelência já mostrava sinais de estar tomado por uma força equivalente à do Phaeton subindo a ladeira da Piedade. A papada fremia, mais vermelha do que nunca, o suor porejava, e ele conseguia resfolegar algumas últimas frases:

— Não posso me refrear. O que eu sinto, Ninon, ultrapassa a barreira do juízo. — Nesse momento ele se levantava, tomava sua mão e a beijava apaixonadamente. Ela fazia um ar de recato, tentava, sem a mais remota convicção, retirar a mão e passava a simular uma falta de ar provocada pelo calor. Pedia ao Ministro para ajudá-la a tirar o chapéu, ao que ele ia além e passava a também despojá-la das rendas e organzas; ela tentava objetar, ele fingia desistir, ela tomava-lhe a mão e, finalmente, a frase que concluía o primeiro ato:

— Ao inferno, meu amor. Vamos queimar juntos no inferno. — E nesse ponto iam para o quarto onde, após mais alguns estímulos, o servidor da pátria tentava consumar o adultério de folhetim.

10

Como os meses se passassem e os entendimentos entre Diógenes e Gross nunca se transformassem em realidade, a *Folha da Capital* continuou sua campanha de invectivas mais ou menos constantes contra a Electric. Quase todos os dias alguma coisa era publicada, o que não apenas irritava Gross como alimentava o dossier que a embaixada meticulosamente engordava e enviava a Londres. Diógenes não soube precisar qual foi exatamente "a palha que quebrou as costas do camelo", expressão árabe que Gross adorava citar em inglês nos saraus de Mme. Charlotte. Deve ter sido a última matéria, sobre

> "...as escorchantes tarifas que os estrangeiros nos impõem para engordar as burras da City serão aumentadas na calada da noite. Não perde apenas o cidadão carioca. Perderá a República, já tão exhaurida, com mais essa sangria sobre nossas divisas..."

Braga, casual ou propositalmente, levou sua guerra para um campo muito mais minado e sensível do que o dos atropelamentos com morte ou prosaicas amputações. Esse tema fez soar todos os alarmes daquém e dalém-mar. Um cabograma pousou sobre a mesa do diretor-geral da Electric estabelecendo os parâmetros para uma sumária negociação com Diógenes Braga, definindo inclusive limites para os valores envolvidos.

A paciência de Gross com tudo que pudesse significar Brazil chegava ao limite. Era um engenheiro da velha escola, que pensava em mover montanhas de terra e abrir caminho para os trilhos e os postes de eletricidade. Chegava ao fim de uma longa e bem-sucedida carreira. Já havia passado por postos nas colônias, onde os problemas eram resolvidos com um bakshish, um kickback, um pot-de-vin ou, em casos mais simples, quando se tratasse de algum indígena desimportante, com um econômico tiro na cabeça. Mas com Braga, não. Afinal era dono de um jornal e o Brasil não era exatamente uma colônia inglesa; as soluções pré-fabricadas não se aplicavam aqui. Essas exceções exigiam criatividade e, até, alguma elaboração política, matérias totalmente alheias ao universo cartesiano do velho engenheiro inglês.

Gross não conseguia entender, por exemplo, por que Diógenes Braga não se satisfazia com um reclame que lhe rendia, limpos, vinte contos por mês. Também não conseguia entender o porquê de tantos circunlóquios e falta de objetividade do jornalista, sempre ávido por mais dinheiro, mas nunca o expressando claramente. Outros figurões, da política e da imprensa, eram mais simples: ou fechavam acordo com os ingleses, ou com os franceses, que já haviam tido seu tempo com outras concessões e tentavam de toda forma reaver a importância perdida. Os preços eram acertados e os tratos eram cumpridos. Pareciam as torcidas de dois eternos rivais em um clássico match de football.

Mas Braga era imprevisível. Não tinha a petulância de desancar a Electric mesmo recebendo os vinte contos mensais? Depois da edição em que as tarifas foram mencionadas, e do cabograma que lhe balizava parâmetros para agir, Gross resolveu convidar Braga para um encontro reservado. O próprio Gross — caso raro — tomou do telefone e pediu Norte

7228 para alcançar Braga pessoalmente. Sem cortesias, foi ao ponto:

— Braga, preciso falar contigo.

— É muita honra para um pobre marquês...

Marcaram para aquela tarde na sede da Electric. Gross deixara reservada uma linha para falar com Londres caso fosse necessária alguma decisão em instância superior.

Às quatro da tarde, Gross recebeu Braga à porta de seu gabinete e foram para uma sala ao lado, forrada de lambris de jacarandá-da-baía de um belo matiz castanho-negro, nunca visto fora de ambientes muito refinados daqui ou da City. Não havia efusões da parte do inglês, e, do lado de Braga, um ar ligeiramente ansioso que ele mal conseguia conter diante do fausto discreto dos headquarters da Electric. Chegou a imaginar que, caso houvesse conhecido antes este ambiente, talvez não tivesse a coragem de ser tão insolente. Mas, percebendo como sua insolência havia surtido bons frutos, concluiu que todo este fausto não defendia a Corporation da barriga para baixo. O microcosmo daquela sala de reuniões dava a Braga uma dimensão do que deveria ser a sede em Londres. Além da mais bela madeira jamais extraída de terras brasileiras, o chão era forrado por um imenso e antigo Kashan de seda com miúdos motivos florais. Ao centro de uma parede, um imenso relógio grandfather integrado ao ambiente, com o mostrador dando as horas do Rio de Janeiro, Londres e outros pontos do planeta onde estavam os olhos, os ouvidos e os canhões de Sua Majestade o Rei George V.

O lento e grave pêndulo acentuava o silêncio entre os dois homens. Acomodaram-se às fartas poltronas revestidas de couro. Entre as duas poltronas uma mesinha com papel, lápis e um aparelho telefônico.

Gross, contrariando o que havia decidido com relação ao tom em que encaminharia a conversa e em oposição à sua longa experiência como negociador hábil e calmo, inabalável diante de qualquer argumento, mal conteve sua irritação e mandou às favas tudo o que pudesse significar cavalheirismo. Dirigiu-se muito diretamente a Braga, como quem se dirige a uma prostituta, sem maiores preâmbulos e dispensando os ademanes da discrição:

— Diga quanto, Diógenes, diga quanto!

— Não posso imaginar do que tu falas. Quanto o quê?

— Não te faças...

— Ora, meu caro Gross, o clima da cidade não está te fazendo bem. Dizem que o Kenya é mais agradável.

O inglês mal conseguia se conter e indicava não estar disposto a participar de jogos florais com o jornalista.

— Estou autorizado a negociar um empréstimo especialmente favorecido para que compres os brinquedos de tua predileção, aquela tal Marinoni, e o resto do que me havias falado.

— Nada de intimidades, Gross — disse um Braga muito bem-humorado. — Marinoni, não: Dona, ou melhor, Madame Marinoni, distinta senhora composta de duas unidades impressoras para oito páginas cada e mais uma unidade de dobra e corte na saída. Custa esse conjunto 148 mil francos-ouro. Geralmente pedem um ano para fabricar, mas há uma desistência que pode ser entregue no Havre em duas semanas, acondicionada em dezesseis caixas pesando 29,8 toneladas. O frete Le Havre-Rio sai por 3.200 francos-ouro. A acompanhá-la vamos convidar quatro Linotype 24 com magazines para oito corpos de letras em duas famílias...

— Para, por favor, não entendo desses equipamentos, manda tudo o que desejas por escrito... esta lista... de armazém.

Era quase isso. Diógenes seria capaz de relacionar cada um dos parafusos que desejava, o preço, o fornecedor, a disponibilidade. Tinha de cor todo o projeto de remodelação de seu jornal. A *Folha* iria, finalmente, entrar no século 20 e poder concorrer com os grandes nomes da imprensa da cidade.

Apesar de Gross estar acostumado a cifras bem mais elevadas, que envolviam a construção de linhas de bondes ou a compra de equipamentos de geração e distribuição de eletricidade, havia recebido alçada para ir até mil contos de réis, nem um tostão a mais; e, pelo andar da lista, esse número já havia sido muito ultrapassado.

— Quero provas de que essa agitação vai parar, Diógenes, não posso te favorecer desse jeito e continuar sendo atacado. Que garantias me dás?

Diógenes desconcertou o inglês:

— Achas então que vais me comprar? E com esse monte de ferro... novo?

Gross fumegava. Lá vinha Diógenes com as reentrâncias e saliências de seu discurso, acrescidas de ironia para com sua própria venalidade. Ele não era inteligível por diletantes: jamais estenderia a mão para receber. Mas, se lhe quisessem ofertar algo, não recusaria.

— Não te persigo, Gross, nem a ti nem à tua companhia. Por acaso tu já me mandaste avisar de alguma boa notícia? Já recebeste algum jornalista nosso quando foste procurado? A Electric, para mim, é só o que eu vejo na rua. Bondes que atropelam gente e quebram automóveis. Tens alguma notícia boa?

Surpreendido pela perguntinha singela, Gross falou com certo orgulho:

— Bem... vamos contratar uns oitocentos condutores e motorneiros para o Centenário.

— Ótimo, vamos contar isso ao povo.

— Mas nós íamos colocar um reclame.

— Podes considerar a publicação como um reclame, vou te cobrar por isso, mas, se sair como notícia, é muito melhor, fica mais verdadeiro, mais bem recebido. Conta-me mais detalhes e tu vais ver como amanhã a Electric será uma empresa muito mais respeitada e querida...

Gross passou a explicar como seria a participação da companhia nas comemorações do Centenário, assunto que já se tornava cada vez mais presente no quotidiano da cidade, que acompanhava a construção dos pavilhões dos vários países a se fazerem representar. Diógenes prestava total e sincera atenção e fazia algumas anotações.

O inglês, a essa altura mais calmo, pensava entender melhor a forma pela qual Diógenes raciocinava, e admirava aquilo que lhe parecia ser uma evidente demonstração de interesse público. Nesses poucos segundos de autocrítica chegou mesmo a considerar arrogante a postura da Electric, que comprava simpatias distribuindo cala-bocas. Fazia considerações sobre o Public Interest quando Diógenes tirou do bolso do paletó um envelope e o estendeu a Gross:

— São 2.780 contos de réis, incluindo passagens, hospedagem e emolumentos dos engenheiros que virão da França com a Marinoni e dos Estados Unidos com as Lynotipe, a Ludlow e os equipamentos de fotogravura. Ah, sim, teremos fotografias diariamente. A lista está toda aí. — E colocou a decisão nas mãos do inglês: — O que eu publico amanhã, mais algum acidente ou a contratação de pessoal?

Gross pegou o telefone e pediu à telefonista que acionasse a outra ponta. Mais uns instantes e um curto diálogo se travou em inglês do qual Diógenes pescou, por entre os monossílabos de Gross, um "quase três". Gross desligou e pediu que esperassem. Esperaram em silêncio uns vinte infindáveis minutos. Então foi a vez do lado de cá tocar.

No dia seguinte estampava a *Folha da Capital*:

"A Rio de Janeiro Electric Street Railway Company offerecerá sua valiosa collaboração ao engalanamento da Capital Federal para as festividades do Centenario da Independencia. Soube o corpo noticiarista da *Folha da Capital*, com absoluta exclusividade, de seus planos de empregar 800 novos conductores e motorneiros para tornar mais agil e efficiente este já excellente e moderníssimo sistema de transporte que coloca nossa cidade a ombrear com o que há de mais avançado no orbe. O distincto usuario poderá aos domingos se servir de carros limpos, com os assentos forrados de panno, conduzidos por efficientes e gentis conductores e motorneiros que ligarão os diversos pavilhões magestosamente erguidos pellos pontos nobres de nossa cidade.

É por iniciativas como esta que a Rio de Janeiro Electric Street Railway Company é tida como empresa de escol, padrão de urbanidade e..."

11

Menos de um ano após a chegada, Yuli já estava bem adiantado em sua adaptação ao Brasil. Usava os trens suburbanos com a intimidade de um carioca nato e, em seus momentos de folga, ia conhecer os endereços mais pitorescos da cidade. E ainda achava tempo para iniciar-se na leitura dos seus primeiros livros em português, que tomava emprestados na biblioteca do Círculo Israelita de Leitura, nas vizinhanças da pensão.

Durante as horas de trabalho, saía-se razoavelmente em seu negócio. O irmão mais velho o havia iniciado nos princípios básicos da venda a crédito de porta em porta, e ele os aprendeu com proficiência. Depois de estabelecer e conhecer bem seu território de vendas, traçou um roteiro que seguia de modo mais ou menos regular, segundo os dias da semana. O percurso das ruas iniciava com seu desembarque em uma determinada estação e se estendia pelas ruas adjacentes, ao longo das quais carregava sua pesada mala, repleta de cortes de tecido, aviamentos, passamanes, revistas de figurinos e, nos amplos bolsos internos do paletó, alguma bijuteria folheada. Quarta-feira era o dia dedicado à estação da Piedade.

Seu sistema era simples: a cada cliente correspondia um cartão. No cartão havia as linhas onde ele indicava o nome, o endereço; nas linhas mais abaixo, em duas colunas estreitas, anotava as compras, as prestações pagas, o saldo devedor e as datas, só. Tudo em confiança. Tudo a crédito. Nas costas do cartão anotava os pedidos, com uma letra e numa linguagem que só ele entendia, algo como "guipure b ½", ou "tafetá az q" ou, ainda, alguma coisa que lhe lembrava que "só compra dia 30", "perfumes", ou, ainda, "só paga dia 5" e, mais raramente, mas não tão raramente, "não paga" seguido de tantos pontos de exclamação quanto maior o valor ou decepção pelo calote. À medida que conhecia suas freguesas, seu espírito vivaz e amistoso criava uma simpatia natural que lhe permitia ir estabelecendo uns fiapos de relacionamento. A algumas ele perguntava sobre filhos, a outras sobre maridos, a todas perguntava se indicavam alguém na vizinhança a quem pudesse oferecer sua mercadoria.

Era um vendedor razoável. As dificuldades da língua, ele as ia vencendo com uma rapidez que deixava o irmão mais velho orgulhoso. Obviamente o sotaque era a barreira a ser superada. O sotaque e aquele denso matagal que era sua cabeleira vermelha ou, como ele já aprendera, ruça. Mas isso até facilitava o contato. Aquele ser de outro mundo era uma permanente fonte de curiosidade e ele sabia explorar bem isso. A cada nova porta que batia, a cada nova freguesa com que se deparava, estava sempre pronto a matar a curiosidade. Informava que era russo, já que um ucraniano ninguém sabia o que poderia ser; que chegara havia quase um ano; que, sim, estava gostando muito; que, sim, acreditava em Deus. Que não, não fora ele quem matara Jesus Cristo. Logo, logo, Yuli se conformou com o fato de que seria impossível ouvir seu nome lembrado ou pronunciado corretamente fora dos círculos de seus patrícios da Praça Onze. Não por ser de difícil pronúncia, como tantos de seus conterrâneos, mas por ser muito diferente. Ao falar com ele, as freguesas o chamavam de Júlio, Juca, ou alguma variante. Se, eventualmente, elas, entre si, se referissem e ele, era simplesmente o gringo, o judeu, o turco, o russo, entre outras possibilidades, sempre seguida de "da prestação". Mais algum tempo e ele passou a se apresentar como Juca, som do qual gostava mais e com o qual passou a se identificar.

A cada vez que abria sua mala diante da porta de uma potencial freguesa, não raro outras vizinhas se aproximavam e tocavam a mercadoria que ele oferecia ao tato. E elas se imaginavam em uma roupa cortada daquele pano, e cheiravam a rolha do frasco de perfume, ao que Yuli pedia licença e passava a rolha úmida delicadamente nas costas daquelas mãos engrossadas no tanque de lavar, no ferro de passar aquecido a carvão, oferecendo-lhes um lampejo de homenagem e um volátil consolo.

A Rua Quaresmeira fazia parte do seu roteiro. Em seu maço de cartões havia ali várias freguesas de seu armarinho portátil e, eventualmente, de um ou outro berloque folheado. A imensa maioria da *clientele*, que era como ele e todos os outros judeus da prestação incorporavam ao yidish a palavra clientela, era formada por donas de casa exímias na arte de organizar os dinheiros e separar algum para suas parcas amenidades e também para o corte de pano que se tornaria a camisa do marido ou dos filhos, o vestido para a filha ou para si mesma. A máquina de costura era equipamento fundamental de muitas famílias, e o som que elas faziam e que escapava pelas janelas abertas marcava, com a bulha da criançada e o ralhar de uma mãe com o filho arteiro, a polifonia dessas ruas nas tardes de verão. Às vezes, uma ou outra modinha vinha do fundo de um quintal, entoada por alguém que em sonhos se evadia do tanque de lavar roupa:

> *Nestas noites dolorosas,*
> *Quando o mar desfeito em rosas,*
> *Se desfolha à lua cheia,*
> *Lembra a ilha onde me oculto,*
> *Onde o amor celebra em tudo,*
> *Todo o encanto que a rodeia.*

Yuli não chegava a captar o exato significado daqueles versos coleantes. Mas o langor da modinha e, sobretudo, a feminilidade do timbre de quem cantava o cativaram para sempre e lhe despertaram a sensualidade que, na velha pátria, se escondia sob camadas de neve.

Certa manhã foi procurar, como de rotina, suas freguesas na Rua Quaresmeira, trazendo o que tinha sido encomendado e mostrando novidades. Não havia campainhas. Batiam-se palmas ao portão e sempre vinha alguém atender. Do fundo dessa casa veio uma abatida e vagarosa Dona Evangelina:

— Ô seu Juca, hoje, não, hoje não vou querer nada.

Yuli já ia levantando a pesada mala do chão, mas resolveu antes perguntar, utilizando a fórmula de respeito e distância que havia aprendido, mal iniciara a conviver com os brasileiros:

— E como está passando o senhor seu pai?

Foi o que Dona Evangelina precisava ouvir. Ninguém na vizinhança ousava puxar este assunto que, eles pensavam, evocaria tantas dores à vizinha.

— O senhor aceita um cafezinho, seu Juca?

E Yuli pela primeira vez entrou naquela casa. Contornou-a por fora e foi para a cozinha, nos fundos. Enquanto Dona Evangelina preparava o café, ela começou lentamente a entreabrir seu cofre de dores, sentimentos e ressentimentos acumulados. Falava num tom de voz baixo, pausado, exprimindo-se com um vocabulário culto, muito diferente do que Yuli vinha aprendendo e que era o que estava acostumado a ouvir nas vizinhanças.

— O senhor sabe, seu Juca? Toda a rua sabe... Faz quase vinte anos já que é esse calvário, esse medo do que ele pode fazer. Não se dorme mais. Ele está cada vez pior, mais agitado, tem estertores, paroxismos, até nos desconhece às vezes. E com ele o meu irmão Afonso, que de uns meses para cá piorou, nem sai mais de casa e se estiola junto.

— Seu irmão é doente também?

— Também. Sempre foi. Bebida, seu Juca, bebida. O paraty acabou com ele. Arruinou com a vida dele. Tantas vezes já foi para o hospício que até perdi a conta. Sai sóbrio, mas começa tudo de novo.

De dentro da casa veio o som de uma voz como que chamando alguém, mas Dona Evangelina não se moveu.

— O senhor sabe, seu Juca? Eu também poderia ter sido escritora, tive até um conto premiado... já faz uns vinte anos... Mas papai adoeceu... e isso acabou comigo, e com o mano Afonso. Ele, sim, seu Juca, meu irmão é que é uma cabeça.

12

Com o passar dos meses Mark e Yuli iam marcando mais e mais suas diferenças.

Antes mesmo de conhecer as redondezas do bairro em que morava, Mark tornou-se exímio conhecedor das ruas e vilas dos subúrbios da Central do Brasil. Lá sentia certo aconchego, algo de doméstico, familiar, mesmo sabendo-se estrangeiro. Era como se continuasse vivendo na cidadezinha perdida no meio da Ucrânia. As crianças do lugar já o reconheciam em seu terno de lã marrom, muito quente, camisa branca mal passada, porém limpa, cuja gola insistia em manter-se fora do paletó, chapéu de feltro e uma pesada mala de couro com biqueiras de metal. Um cinturão fechava a bagagem e garantia que a mala não fosse abrir-se no meio da rua, o que significaria sua falência instantânea.

Mesmo gostando do que fazia, vivia pensando em como melhorar sua situação e focalizava-se nas oportunidades que vislumbrava. Acumulava silenciosamente ideias e projetos. Mark, por trás de sua pouca conversa, era tomado pelo bicho-carpinteiro: via-se fazendo, fabricando, cortando e montando. Sua paixão eram as máquinas e as ferramentas. De qualquer tipo. Sempre que podia, passava pelas lojas que as importavam: fossem as para marcenaria ou para alfaiataria ou para trabalhar metais. Namorava-as. Dormia embalado pela música de uma fábrica imaginária. Sonhava com tornos mecânicos, e com as peças que faria para fabricar outros tornos, ou com serras com as quais faria os belos móveis que via nas lojas dos patrícios instalados para os lados do Estácio. Testemunhava a evolução de ex-vizinhos que haviam mudado para bairros mais distantes, na região em torno das linhas da Central e da Leopoldina, e que passaram a tocar suas próprias lojas ou pequenas fábricas. Sentia que sua vez se aproximava e que deixar a Pensão Vianna era questão de tempo.

Yuli... Yuli era o oposto. Mesmo pai, mesma mãe, mas o oposto. Para ele era esquecer o *shtetl* — o lugarejozinho judaico no meio do nada — e cair no mundo. Tinha a vocação da grande cidade, da agitação, dos esbarrões em meio à multidão, do ver e ser visto. Mal chegado ao Rio, nem bem começara a arranhar a língua, passou a explorar o universo em seu redor. Já conhecia as diversas agremiações de imigrantes, fazia amizades com facilidade, explorava cinemas e bibliotecas.

Era um apaixonado pelo mar, não pela ideia de mar, mas pelo mar amistoso e disponível de sua nova cidade. Passeava pela Avenida Beira-Mar, sentava-se à borda para ouvir o marulho. Quando acontecia, ia ver a ressaca que molhava o obelisco no final da Avenida Central. Lembrava de sua bebedeira no Carnaval e de como entrara na água de roupa e tudo. Queria entrar novamente no mar, como os cariocas faziam.

Aos domingos ia ver os preparativos para a grande Exposição do Centenário, a ser inaugurada no dia da Independência do próximo ano. As obras salpicavam o centro da cidade de grandes prédios que seriam os pavilhões das diversas nações que viriam para homenagear o Brasil. Ia ver as lojas chics, ouvir as novidades musicais que eram tocadas nas electrolas e victrolas expostas nas lojas e, por duzentos réis, passava horas nos cafés sentados da Avenida Central, dividindo o tempo entre a leitura de algum livro emprestado do Círculo e olhares sobre as primeiras melindrosas que vinham ao Centro exibir as canelas. Os bondes, os quais, como bom carioca, tomava e dos quais saltava em movimento, o levavam aonde quisesse ir, inclusive aos cenários que ele havia vislumbrado da amurada do *Jamaika* e de onde, agora, via outros navios chegando. A cidade era linda, o povo simpático, os rostos alegres e bonitos. Este era o seu lugar.

Finalmente a sinuca. Havia uma, perto da pensão, ao lado da *Folha da Capital*. Admirava-se com o tipo de gente que via entrando e saindo, muitos para irem apenas ao barbeiro que ficava na entrada, outros que seguiam pelo profundo corredor e se dirigiam a algum lugar misterioso o qual Yuli apenas entrevia quando as portas de vai e vem davam passagem a alguém. Um dia, resolveu entrar.

Apaixonou-se pelo jogo, pelo ambiente, pelo seco ruído das bolas se chocando, pelo doentio palor dos jogadores. Envolvia-se pela sedução da tísica, essa langorosa possibilidade de morte que por ali rondava, ao seu alcance, a oferecer sua aura de glória poética e efêmera. Mas, não! Isso ele não queria. Algum instinto muito recôndito, muito vital, o impedia de se aproximar tanto do abismo. O que ele invejava era o jeito silenciosamente seguro de seus novos ídolos, aqueles bonés ascot derrubados sobre os olhos, o cigarro no canto da boca, enquanto davam tacadas mortíferas entre um e outro gole de alguma bebida barata. Naquele momento, tudo o que Yuli almejava era ser assim.

Pereirinha era assim. O cheiro da brilhantina era um prefixo que o anunciava. Seus apetrechos, anéis, alfinetes de gravata, o brilho da camisa de seda à prova de navalhadas, o destacavam na galeria de personagens do salão Ao Bilhar Nacional, a quem Yuli já cumprimentava na rua, para extrema preocupação de seu irmão.

— Quem é?

— Um conhecido.

— Malandro. Usa camisa de seda. Não presta. Não te quero com essa gente.

— Está bem — concordava Yuli apenas para encerrar o assunto. E Mark sabia que era só para cortar a conversa. Via, mortificado, o irmão desgarrar-se dia a dia, os restos de sua autoridade sendo puídos à medida que o mais novo criava seu próprio ambiente.

Pereirinha era um jogador excelente e discreto, desses que nunca mostram a força de seu jogo, pois fazia parte de seus princípios basilares nunca jogar gratuitamente. Ao ver aquele russinho ensaiando as primeiras tacadas, sentiu que ali havia um talento a ser cultivado. Aproximou-se e, sem maiores preâmbulos, movido pelo mesmo espírito de empreendimento que anima os faiscadores de ouro, passou a dar instruções simples sobre a melhor forma de segurar o taco, sobre como bater a parar e a correr, sobre como aplicar alguns efeitos, que faziam a bola contornar as leis da lógica formal e agir conduzida por uma teleologia bêbada. Yuli aprendia. E à medida que aprendia ia ficando mais próximo de Pereirinha.

No fim das tardes, de volta de suas andanças pelos subúrbios, os dois irmãos se encontravam no empório da Rua de Santanna e achavam tempo para trocar as impressões do dia, quando repassavam os pequenos fatos, o resultado das vendas, enquanto comiam arenque, conserva de pepinos azedos e pão de centeio com um gole de vodca. Yuli, que havia se acostumado a ver em Mark o irmãozão espartano, sisudo, espantou-se da primeira vez que Mark tomou uma garrafa de vodca e expulsou a rolha envolta em papel encerado com uma bem aplicada palmada no fundo da garrafa. Em seguida, serviu dois copos, disseram-se le'Haim, e beberam de um gole só. E esse pequeno ritual culminava com o momento em que Mark cortava o bico do pão de centeio para cheirá-lo profundamente, com o que os verdadeiros e secretos sabores da vodca ocupavam-lhe paladar, olfato e memória, unindo aquele instante na Praça Onze, Rio de Janeiro, com tantas gerações que o precederam. Yuli aprendeu aquilo também.

Os dois comentavam a enorme importância que, para as freguesas, tinham os cortes de casimira azul, para calças e saias, e tecidos brancos para camisas e blusas que elas mesmas — como parte de suas prendas — costuravam. Era a roupa da escola das crianças e do trabalho dos maridos. Roupa simples, sem frioleiras. Mark, com sua experiência acumulada, completou:

— As que não costuram pagam a alguma vizinha ou a uma costureira por perto. Se são mais exigentes, vêm comprar aqui pelo Centro, na Camisaria Progresso ou, se estiverem abonadas, no Parc Royal. — E Yuli viu o olhar do irmão ausentar-se, firmar-se em algum lugar vago, vislumbrando uma ideia.

No dia seguinte Mark não foi à Central pegar seu trem, mas tomou o bonde para o centro da cidade. Na tarde do mesmo dia um burro sem rabo trazia uma máquina de costura que Mark fez instalar num canto de seu quarto.

Passou então noites e noites aprendendo a costurar e, ao fim de umas duas semanas, começou a fabricar umas rústicas camisas de meninos, em dois tamanhos. Mais duas semanas e os dois mascates passaram a levar na mala as camisas que Mark fazia. Não eram bonitas, mas, para muitas das freguesas, constituíam uma alforria, uma tarefa a menos. Desdenhavam, mas compravam:

— Ô seu Juca, isso mais parece um saco, coisa mais feia, mal aviada... quanto é?

— São doze mil-réis, Dona Leonor...

O preço era convidativo, mesmo para uma camisa tão feinha — que, afinal, era só para menino usar. Todas sabiam de cor a conta que formava aquele preço: eram oito mil-réis de pano — "chitinha ordinária, hem, seu Juca?" —, e a diferença, os quatro mil-réis, correspondia ao feitio. E, para quase todas, aqueles quatro mil-réis de feitio valiam cada tostão. Elas é que sabiam quanto custavam os olhos ardidos e as horas perdidas no pedal, vagando pelo universo de suas frustrações.

13

Dia 2 de novembro. Yuli não sabia que esse era o Dia de Finados. Também não sabia que a chuva miúda e persistente era uma característica do Rio de Janeiro nesta época do ano. Para Yuli, o período que ia do dia 1º ao dia 5 simplesmente marcava o início do mês, momento favorável para cobrar as prestações das freguesas cujos maridos vinham de receber seus ordenados. Sua intenção era percorrer o máximo possível de casas para aproveitar o dinheiro em caixa e evitar as desculpas que inevitavelmente viriam aqui e ali, caso perdesse a data, talvez mentira, talvez verdade, que o dinheiro tinha ido numa emergência, num imprevisto, ele que tivesse paciência e passasse mês que vem.

Para o Ministro P o feriado vinha a calhar. Os folguedos da terça-feira anterior, quando interpretaria o galanteador que vence a resistência de uma casada e fidelíssima Ninon, tiveram que ser suspensos pois ele tinha sido convocado ao Palácio do Catete. Fazia tempo Mr. Gross havia solicitado uma audiência ao Presidente Epitácio para apresentar suas despedidas, expressar gratidão, colocar-se à disposição na City (mentira protocolar, pois ele iria mesmo para o Kenya) e apresentar formalmente Mr. Alastair Brougham, seu sucessor na direção da Rio de Janeiro Electric Street Railway Company.

Como compensação pelo dia de trabalho perdido, em veemente demonstração de denodo e zelo funcionais, o Ministro resolveu sacrificar a contrição que a data pedia e partiu em inspeção extraordinária às intermináveis e distantes obras, mesmo em pleno feriado.

Havia já combinado com Ninon sobre a troca de dias, prometendo:

— Vamos inventar uma historinha nova, bem levadinha da breca.

As redes de informações no Rio de Janeiro alimentavam-se a partir de várias fontes. Por exemplo: assim que algum papa-defuntos era encarregado de providenciar exéquias em São João Baptista ou em São Francisco Xavier e se inteirava da importância do morto, passava a notícia aos jornalistas conhecidos, pondo em movimento a teia sutil que une a todos os que têm alguma importância na cidade, sejam amigos ou inimigos. A informação passada é um favor que vai e um crédito que fica, como a citação, no corpo da notícia, de que

"...a casa de Pompas Funebres Portal da Eternidade promoveu cerimonial digno de um monarcha..."

Neste caso, a notícia já havia se espalhado. Os trens e raros automóveis traziam à Piedade uma população que nada tinha a ver com os pequenos funcionários e operários que ali viviam. Chegavam umas pessoas diferentes, algumas mais, outras menos situadas na escala social da cidade, mas, em comum, todas irradiavam um quê de distanciamento, de alheamento ao populacho do lugar. Definitivamente não eram o que políticos e intelectuais começavam a chamar de "as amplas massas".

Ao descer do trem na estação da Piedade, Yuli percebeu essa diferença. Havia um burburinho, mais gente do que de costume. Também havia compunção no ar. Pequenos grupos conversavam, e exprimiam o que pareciam graves elegias, compostas de lembranças e frases feitas, todos de roupa escura. Alguns portavam uma faixa preta à lapela. Os ternos não eram os surrados do dia a dia, eram os reservados aos momentos mais subidos, alguns até mesmo incluindo coletes. Um mar de palhetas.

No bar diante da estação, assistindo ao desfile daquela gente tranchant, estava o povo do lugar. Só os homens, os maridos, os personagens que Yuli não conhecia e de cujos caraminguás vinha cobrar sua pequena prestação. Ele se aproximou do botequim e as conversas imediatamente cessaram. As pessoas se espantavam com aquele rapaz coroado por um cipoal de cabelos ruivos, enfiado em um quentíssimo costume de lã. Yuli resolveu se aproximar com um bom-dia geral enquanto pedia um café pequeno, em pé, no balcão, quase em oposição aos diversos copos de cachaça que já vinham sendo consumidos desde cedo. Como ele não parecia de forma alguma uma presença ameaçadora, a conversa aos poucos voltou ao bulício normal e Yuli então pôde entender que alguém havia morrido. Ele já conhecia gente bastante para se interessar em saber de quem se tratava. Achou melhor dirigir-se às freguesas mais fiéis, as que lhe tinham alguma amizade e com quem teria mais liberdade para perguntar.

Havia alguns carros na Rua Quaresmeira. Isso confirmava a importância do morto, já que por lá ninguém tinha sequer sombra de automóvel. No sopé da rua, encontrou Bitu, que, sem que ele perguntasse, apressou-se em lhe matar a curiosidade.

— Morreu o Seu Afonso, o irmão de Dona Vanja.

Yuli espantou-se, pois achava que, pela ordem natural das coisas, o pai deveria ir antes. E, pela pequena conversa com Dona Evangelina, achou que quem estava mal era o pai, não o irmão. Rumou para a casa do defunto movido um pouco por solidariedade, já que Dona Evangelina havia lhe dado a confiança de desabafar-se com ele e, também, por uma sede de se inteirar do que se passava, de conhecer a intimidade da dor de alguém, animado pelo mesmo sentimento de observação que o acompanhava desde que desembarcara.

Muita gente na casa. As janelas fechadas mantinham o ar abafado, concentrando as morrinhas de vela, cachaça, fartum de sovacos, de flores murchas e café fresco. Dona Evangelina continha o que lhe restava de choro depois de tantos anos. Cumprimentava e era abraçada por amigos e estranhos. Poucas flores na sala de jantar transformada em câmara-ardente. Sobre a mesa improvisada em essa, o caixão, não muito grande, apenas o suficiente para conter aquele corpo devastado pelas infindáveis jornadas de cachaça, pelas frequentes internações em hospícios, pelas inúmeras preterições e humilhações a que fora submetido por gente que não valia uma vírgula de seu talento, pelos sonhos irrealizáveis, por sua indignação corrosiva. Um anônimo se aproximou e deixou no caixão as violetas que trazia. Beijou as mãos do morto e, sem falar com ninguém, saiu.

Diógenes Braga já estava na sala, com Pereirinha. Viera se despedir de seu amigo pobre, a quem sinceramente admirava e de quem por várias vezes comprara artigos a preço de pinga. Esse era um traço seu, um contrapeso que ele poderia usar a seu favor no Dia do Juízo: com a mesma pureza de alma com que ordenhava o caixa de quem chantageava, era capaz de desviar-se de seu caminho para entrar em um botequim e tomar um paraty com algum boêmio interessante, ou mesmo algum malandro mais perigoso, sempre disposto a comprar por uns poucos mil-réis o artigo de algum intelectual mais necessitado, mesmo que fosse para esquecer o manuscrito em uma gaveta.

Ao ver entrar velório adentro um tão exótico Yuli, Diógenes não pôde deixar de levantar os sobrolhos a Pereirinha, numa pergunta gestual. Pereirinha não falhou:

— É um judeu da Praça Onze. Clienteltchik. Quase toda noite vai à sinuca.

Diógenes fez a única pergunta que lhe pareceu pertinente:

— Joga bem?

— Leva jeito: mata bem, defende mal, ainda não pegou a maldade do jogo. Bom menino. Diz que se chama Juca... deve ser Yakov... só eu consigo falar esses nomes deles...

— Tu falaste uma palavra aí...

— Clienteltchik, tu sabes, ambulante...

— Interessante, como é que ele veio parar aqui?..

— Deve ter clientela nessa rua.

Pereirinha nem precisava explicar, pois Diógenes sabia perfeitamente o que era um clienteltchik, já que tantos subiam à redação para vender gravatas. Praticamente todos os judeus recém-chegados e que moravam nas cercanias da *Folha da Capital* mascateavam de porta em porta, e raro era o carioca que não tinha o seu clienteltchik ou havia batido a porta à cara de algum. Na Praça Onze, onde até caixeiros de armazém sabiam palavras em yidish, clienteltchik era das primeiras que aprendiam.

Yuli cumprimentou Pereirinha de longe com um tímido aceno, a mão quase colada ao corpo, e foi até onde estava Dona Evangelina, de quem apertou a mão com uma mesura silenciosa. No mais, colocou-se a um canto da sala e evitou olhar para o morto dentro do caixão. Preferiu as paredes forradas de livros, distrair-se com alguns títulos, prestar atenção a uma estampa, muito viva e colorida, que ele não sabia ser de Nossa Senhora da Conceição, com todos aqueles querubins aos pés.

Manhã alta, concluíram que era hora de levarem o caixão à estação da Piedade, de onde seria transportado por trem até a gare Pedro II e, de lá, por bonde adrede encomendado, para São João Baptista. Por parcas que fossem as posses do morto, isso ele havia expressamente determinado: deitar-se junto com o que havia de mais importante na cultura nacional.

Ao entrar na rua de suas aventuras, o Ministro P imediatamente se deu conta de que tinha entrado em encrenca. O klaxon alegre fora de hora, aquele movimento, os carros que nunca vira por lá, tudo isso lhe congelou a excitação e trouxe-lhe a certeza de que sua tão preservada discrição fora arruinada.

O cortejo já descia a rua, com o caixão sendo carregado por amigos mais próximos. Atrás, caminhava um grupo pequeno ao qual ia se juntando gente à medida que progredia pela rua enlameada. Nas portas das casas e vilas a pequena aglomeração de vizinhos, as crianças olhando por trás das saias das mães, com medo de defunto, que voltaria à noite para puxar a perna de quem faltasse ao respeito.

O enorme Phaeton não teve como manobrar ou recuar antes de ser visto por todos, sobretudo por Diógenes e Pereirinha, que logo reconheceram aquele belo exemplar, único na cidade.

— O que será que aquele filho de uma grande puta do P está fazendo por aqui? — pergunta Diógenes antegozando algum grande potin ou, mais provavelmente, um rendoso negócio.

— Será que veio ao velório? — Pereirinha duvidava da própria hipótese.

— Qual... é um casca-grossa, nem deve saber quem era o falecido.

Ao cruzarem com o enorme carro, todos do cortejo olharam para ver de quem se tratava. Mas, naquele automóvel alto, o que se podia divisar era apenas o motorista, grave e teso, olhando fixamente para um ponto no infinito, no alto da rua...

— Vai ver é só o motorista que veio dar uma voltinha com o carro do chefe.

— Vamos apurar isso direito. Pereirinha, chama o judeu. Ele vai saber isso para nós. Ele pode perguntar por aí sem maiores problemas. Com ele as pessoas vão falar.

Pereirinha foi lenteando o passo até ficar no fim do séquito e emparelhar-se com Yuli.

— Conhecias o morto?

— Não, só a Dona Vanja, irmã dele. Minha cliente. Ele morreu antes do pai. Triste.

Yuli estava encontrando conforto naquela conversa. Era praticamente a primeira vez que falava com algum brasileiro sem que fosse na condição de mascate ou de jogador de sinuca, por isso falava além da encomenda.

— E as pessoas que estão aqui, tu conheces alguma? — perguntou Pereirinha.

— Poucas. Só os vizinhos da rua. Tem muita gente diferente, carros, ele era tão importante? — Para alguém que só começara a aprender a língua há coisa de um ano, Yuli se fazia entender perfeitamente.

— Para muita gente, era. Para outros, era só um negrote com fumaças. Juca, tu já tinhas visto aquele carro por aqui? — Pereirinha perguntou apontando discretamente com o queixo o phaeton parado, motor funcionando e motorista teso.

— Já, sim. Toda a vizinhança fala. É um figurão. Parece que é um general que vem visitar uma moça lá na casa das mangueiras.

— Tu me mostras a casa, Juca?

— Claro, senhor Pereirinha — e deram meia-volta, subindo novamente a rua, num passo lento.

Yuli mostrou a casa e Pereirinha lhe perguntou sobre quem morava lá.

— Sei que tem uma moça loura muito bonita e uns empregados. Tem também uma empregada chamada Bitu. Nunca comprou nada comigo, mas eu converso com ela quando encontro.

E viu Bitu que subia a rua, depois que o cortejo virou a esquina tomando a direção da estação.

— Juca, não fales nada para a moça agora. Vou te arrumar um trabalho novo. Queres ser jornalista?

14

Nota publicada sob a rubrica "A Pedidos" na *Folha da Capital*, primeira página, ao alto:

> "Qual terá sido o emminente varão de Plutarcho que se aballançou a homenagear um tão distante defuncto litterario? O procer republicano, modesto como elle só, procurou esconder-se em seu bello Phaeton, deixando apenas a immensa rabada de fora... Não perdem os Exmos. Srs. leitores por esperar, que logo daremos a conhecer em maiores detalhes o apego que este nosso paredro tem á cultura...
>
> (assinado) Carioca Curioso"

O Ministro P suava frio enquanto lia e relia a inocente notinha. Sua papada fremia e se movia como se tivesse vida própria. Primeiramente pensou em resolver essa questão da forma mais serena e altaneira possível, ou seja, mandando matar Diógenes Braga. Mas pensou melhor, conteve os seus transbordamentos e voltou ao leito de sua carreira de político astuto e cauteloso, jamais surpreendido em qualquer deslize, todos muito bem pensados e ainda melhor executados. Não seria agora, por causa de um jornalzinho fuleiro e um jornalistazinho chinfrim, que iria colocar em risco seu nome. Afinal, além de Ministro, ele detinha ainda um mandato de Senador que exerceria no caso de não ser reconduzido no novo governo que, com toda certeza, seria de Arthur Bernardes.

Mas a insinuação não poderia ficar sem reparo. Diógenes não ia parar por aí, ele mesmo já deixara prometido na nota, e isso fatalmente chamaria a atenção dos outros jornais da oposição, principalmente do *Correio*, que tinha os canhões em cima do governo fazia tempo. Precisava agir logo, antes que Diógenes soltasse uma outra nota e corresse pela cidade de quem era o phaeton e de qual rabo se tratava.

Por que não uma surra? Umas boas cacetadas, o garantido e consagrado chá de borduna, uma santa mezinha de pau-brabo, isso sim, seria um argumento tão válido quanto uma bala nos miolos e sem as sequelas permanentes. Afinal, depois de uma boa tunda, quem sabe ele não se converteria, como outros, em um grande amigo?

Fez soar a campainha elétrica, ao que acudiu seu secretário particular.

— Manda preparar o carro, vou sair.

Inusitado, àquela hora da manhã. Iria Sua Excelência às obras? Mas não era dia de ir às obras, ele nunca partia assim tão bruscamente, Sua Excelência era uma pessoa de método e horários, pensou o ajudante.

O que o Ministro queria era confabular com Brito, seu motorista, sem que ninguém estranhasse, por isso resolveu entabular a conversa em movimento, pela cidade. Arriou o vidro que separava os compartimentos seu e do motorista e disse a que vinha:

— Tenho trabalho para aquele teu cambono, o Angelino — disse com um tom de voz de quem já havia usado o mesmo cambono antes. — Pegue o Ford de serviço e vá procurá-lo. Não custa repetir que ele não pode saber que é para mim. — Passou um maço de dinheiro ao motorista e continuou.

— Tem quinhentos mil-réis aí, em notas de cinco mil-réis. Dê-lhe duzentos e cinquenta antes e o resto depois que ele resolver o assunto.

A redação da *Folha da Capital* era uma terra de ninguém. Um amplo sobrado com uma única divisória, ao fundo, onde ficava Diógenes. As colunas de ferro fundido espalhadas regularmente e que sustentavam o teto faziam aquilo parecer um carrossel. As mesas de diversos estilos e épocas não tinham dono. Eram usadas por quem chegasse primeiro, e quem chegava primeiro preferia as que ficavam próximas aos amplos janelões, aproveitando a iluminação natural. Cada mesa era mantida guarnecida por tiras de papel, um tinteiro em vidro grosseiro e um berço com papel mata-borrão. Ao centro do salão umas mesas novas, onde se viam resplandecentes Remington-Rand, recobertas por suas capas de pano emborrachado, as quais praticamente ninguém usava. Os velhos redatores não se desgrudavam de seus hábitos de escrever à mão. As agências de notícias mandavam os telegramas internacionais com as tiras que saíam do teletipo já montadas em folhas de papel. As Remington jaziam desocupadas quase todo o tempo.

Terra de ninguém, o salão era frequentado por quem tivesse ou não algo a fazer ali, como os moleques que vinham oferecer os quitutes das baianas que passavam pelo térreo, credores atrás de jornalistas que fugiam, através da sala de Diógenes, por passagens que só eles conheciam, algum clienteltchik oferecendo bijuterias, perfumes, colarinhos de celuloide e gravatas, ou alguma senhora mais ou menos murchinha que vinha esperar seu acompanhante terminar o serviço para saírem para um dancing, um filé no frege-moscas e algum tête-à-tête no fim da noite.

Quando Yuli entrou pela primeira vez naquele salão à procura de Pereirinha, sentiu que ali havia um visgo a querer lhe reter. Conforme havia combinado, veio trazer o relato do que havia apurado com Bitu e outras vizinhas.

Encontrou o jornalista junto à janela e foi direto em sua direção com a familiaridade de quem conhecesse o lugar desde sempre. Pereirinha não desapontou e o recebeu como a um velho companheiro:

— Salve Juca, o terror da bola sete!

Yuli se sentiu acolhido, as faces em brasa.

— Já sei um monte de coisas sobre aquele caso... — disse, empolgado por poder ser útil.

Pereirinha fez-lhe um discreto gesto para que não falasse tão alto, queria aquele assunto só entre os dois.

— Queres um café, Juca?

— Quero. — Yuli queria tudo.

Foram na direção da chaleira que pousava sobre o aquecedor elétrico num canto do salão, enquanto o recém-empossado jornalista honorário passava os dados:

— Conversei com a Bitu e umas vizinhas. A Bitu fala muito, mas quase não fala da patroa e nada sobre o sujeito que vai lá. Diz só que a patroa chama Ninon, e que é francesa e que ela, Bitu, está falando francês direitinho. E diz que a Dona Ninon é muito branca e muito bonita. Sobre o sujeito, nada. Uma vizinha me disse que tem muita raiva do motorista que fica do lado de fora enquanto o patrão dele visita a francesa. Disse que esse motorista deu uma corrida no filho dela porque ele queria pular o muro da casa depois que o homem entrou lá. Disse que o garoto caiu do muro por causa do motorista e se ralou todo e que ela teve que encher o menino de arnica e que ele teve até febre. Esse homem vai todas as terças e sextas-feiras, com chuva ou sol, e usa uma bengala com ponta de prata, muito bonita.

— Ô Juca. É muita coisa. — Apontou-lhe a mesa ao lado e sugeriu: — Por que tu não te sentas aí e escreves o que estás me dizendo e tudo o mais?

Yuli tomou tamanho susto que começou a escrever com a mesma perplexidade de um menino que monta pela primeira vez uma bicicleta e sai andando. Só depois se dá conta que nunca tinha aprendido. Yuli mal sabia redigir em caracteres latinos. Ele fora alfabetizado — e bem alfabetizado — em cirílico, e com seus garranchos latinos ele escrevia algo que não poderia ser chamado de português. Não chegava a fazer sentido. Pereirinha olhou por cima do ombro de Yuli e sentenciou:

— Não. Não vai dar para aproveitar ainda. Juca, tu precisas aprender português direito. — Disse isso sem explicar como um imigrante iria fazê-lo, mas com a certeza de que ele conseguiria. Pereirinha parecia sinceramente admirar a disposição de Yuli. Voltou a pedir que o rapaz lhe dissesse o que havia apurado e foi enchendo agilmente diversas tiras.

No momento em que se despedia, Yuli pediu um pouco de papel e um exemplar da *Folha da Capital*. Desceu sozinho o sobrado e, no térreo, passou pelas máquinas novas de Diógenes, compradas às custas de uma generosa colaboração da Electric, prova de elevada estima e consideração: uma rotativa Marinoni com duas unidades de oito páginas cada, terminando em uma dobradeira-cortadeira que, ao funcionar, fazia um barulho dos diabos. Ao fundo, as Linotype e seus fumegantes depósitos de chumbo derretido que se transformavam em linhas de jornal, ao ritmo da datilografia do compositor. Yuli conhecia de vista o chefe de oficina, Bernardo, um português bigodudo, que o cumprimentou mais amistosamente do que seria de se esperar para alguém tão atarefado. O lugar era insuportavelmente quente, sujo de tinta e graxa, e barulhento. O cheiro, esse lembrava a sala de máquinas do navio.

Yuli levou debaixo do braço o jornal e as folhas de papel e, sem pensar em jantar, partiu direto para o quarto da pensão.

A máquina de costura de Mark, quando fora de uso, podia ser basculada para dentro de seu suporte, formando uma mesa ou, para Yuli, uma escrivaninha. Ele colocou as folhas sobre essa mesa, ajeitou o jornal ao lado e passou a copiar trechos inteiros da primeira página, lentamente, domando a letra o melhor que podia, iniciando uma rotina que lhe iria ocupar os próximos meses, até que pudesse escrever em português qualquer palavra que ouvisse ou imaginasse. Para isso ele decorava algumas frases das conversas com as freguesas durante o dia e as repassava para o papel ao chegar à pensão. À noite, na sinuca, ele as mostrava a Pereirinha para que lhe corrigisse o ditado mental.

— Falta melhorares estes garranchos. Toma. Comprei-te um caderno de caligrafia.

15

Angelino só não podia ter esse nome. Não com aquela cara, com aquele tamanho, com aquelas mãos. Se algum dia ele viesse a ser julgado pelo que quer que fosse, sua estampa seria um agravante.

Às oito da manhã ele estava recostado à porta da cabeça de porco próxima ao Boulevard de Villa Izabel, pensando no que iria fazer para ganhar aquele dia, quando o Ford de serviço do Ministro parou diante dele. A porta do carro se abriu e, de dentro, o motorista fez um sinal para que ele entrasse. Angelino reconheceu Brito e percebeu que vinha ali alguma solicitação de prestação de serviços. O carro seguiu para a Quinta da Boa Vista, deserta àquela hora. O motorista, depois de se certificar de que não havia testemunhas, foi ao assunto:

— Tem um serviço leve para ti, Angelino.

— É só mandar, excelência — disse, numa versão já traduzida de seu patoá.

— Sabes quem é o jornalista Diógenes Braga?

— Sei, sim senhor. — Toda a cidade o conhecia.

— Presta atenção: não é para matar. Vou repetir: não é para matar, nem quebrar nada dele. Só uma coça.

Angelino ouviu calado, sem esboçar qualquer traço de emoção, e ficou assim, imerso em um silêncio que só foi quebrado pela afirmação em forma de pergunta do motorista:

— Entendeste?

— Entendi.

— Vou te adiantar cem mil-réis agora. Depois do serviço te acerto outros cem. — Os olhos baços de Angelino se acenderam. Muito dinheiro para um servicinho simples.

O Ford fez o percurso de volta e deixou Angelino em frente à Ponte dos Marinheiros, enquanto o motorista especulava sobre os mistérios da formação dos preços da mão de obra e as delícias dos serviços de intermediação.

Angelino saiu andando devagar, em direção ao centro da cidade, mais especificamente em direção à Rua Senador Euzébio, na Praça Onze, onde ficava o prédio da *Folha da Capital*. Ia matutando sobre como melhor se desincumbir de seu mister. Não matar, não quebrar nada, só uma coça. Bem, isso facilitava as coisas para ele. De quando em quando parava em uma tasca pelo caminho e tomava dois dedos para domar o bicho do pensamento.

A essa hora da manhã, depois de ler os matutinos do dia, Diógenes percebeu que não tinham se dado conta do "A pedidos" da véspera. Ninguém se abalara a saber de quem era o rabo no phaeton e mantinham silêncio sobre o assunto.

Olhava com vagar e carinho de pai sua própria *Folha da Capital*. Recostava-se na cadeira giratória e descansava os pés sobre a mesa, como nas fitas americanas. Constatava com prazer como seu jornal havia melhorado depois do atropelamento da lavadeira portuguesa. Não era mais aquele papel sujo, que largava tinta nas mãos, repleto de gralhas e pastéis, que é como os gráficos chamam as trocas de letras no tempo da composição tipográfica. Não mais. Agora eram outros tempos. Novas e velozes máquinas permitiam fazer primeiras páginas com títulos grandes, visíveis ao longe. Antes, os clichês das imagens e anúncios tinham que ser mandados fazer fora, em outra empresa. Eram caros e demorados e não raro deixavam de ser aproveitados por não ficarem prontos a tempo. Com a gentil contribuição de Mr. Gross, que incluiu uma completa seção de fotogravura, os desenhos e fotografias passaram a ser transpostos para o papel muito mais rápida e economicamente. A *Folha* tornou-se um jornal fartamente ilustrado, as empresas exibidoras de filmes mandavam fotos dos artistas para fazerem parte de seus reclames, armadores enviavam fotos que evidenciavam a excelência de seus vapores. As primeiras páginas, além dos títulos enormes, garrafais, traziam fartura de imagens, sobretudo os desenhos de Schipa, que contavam histórias para os que não sabiam ler. Bendito atropelamento.

Como retribuição, fazia meses e meses que a Electric não atropelava ou mutilava mais ninguém nas edições da *Folha*. Diógenes suspendera, até segunda ordem, a contagem de corpos e membros amputados. Agora eram só inaugurações de novos trechos ou chamadas para a contratação de novos motorneiros e condutores — como aqueles oitocentos para os festejos do Centenário da Independência, tema que rendeu edições e mais edições. Mas isso não era problema, pois pelo menos era assunto que interessava aos leitores. Essas doces considerações foram interrompidas pela inusitada e inopinada aparição de Angelino à porta de sua sala.

16

A notinha solerte na *Folha da Capital* terminou por interromper as tertúlias românticas do Ministro. Ele, que sempre tivera o poder de vigiar e de se fazer temer, passou a temer ser vigiado, ser seguido por algum jornalista, ou mesmo por algum desafeto, agora que seu segredo estava comprometido. Nesses meses restantes do governo Epitácio, mesmo com o país sob estado de sítio, era bom tomar todo o cuidado, pois, como ainda não recebera de Arthur Bernardes — o próximo presidente, ainda a ser eleito — qualquer sinal de que seria aproveitado em algum cargo ou, pelo menos, alguma embaixada, um escândalo iria certamente prejudicá-lo. Portanto, a última coisa que desejaria agora era macular sua aura de denodado homem público e perturbar sua sacrossanta e equilibradíssima vida familiar.

Maçada! Logo agora que ele estava retocando uma historinha levadinha da breca.

Ninon ficou sabendo pelo motorista que ficariam algum tempo sem se ver, mas que os estipêndios de manutenção da casa estariam, evidentemente, mais do que garantidos. A rua do subúrbio deixou de ser brindada com o espetáculo da chegada do majestoso phaeton ministerial e do klaxon que animava a molecada.

Depois que descobriu que a moça da casa das mangueiras era francesa, Yuli imaginou que ela pudesse se agradar de alguns perfumes e rendas guipure ou richelieu legítimas. O importador no qual ele se abastecia sempre oferecia, além das mercadorias de combate, alguns artigos mais finos que iam para as lojas chics ou para a mala de algum clienteltchik que circulasse por bairros da elite. Muniu-se de um pequeno sortimento dessas mercadorias, dois exemplares recentes do *Le Petit Echo de la Mode* e partiu para seu dia, certo de que conquistaria uma freguesa de posses e gostos mais refinados.

À medida que percorria as ruas, e abria e fechava sua mala, ia sentindo uma estranha ansiedade, uma vontade de que chegasse logo a hora de bater palmas diante do portão da casa das mangueiras. Ao contrário do que fazia sempre, quando procurava exibir os artigos mais luxuosos e caros, colocando-os no alto da mala, desta vez escondeu suas novidades no fundo. Não fosse alguma tresloucada escolher justamente aquilo, o que seria ótimo, mas, enfim, péssimo.

Chegou, finalmente, às ansiadas mangueiras. E, recobrando uma timidez que havia perdido nos seus primeiros dias de mascate, Yuli sentiu-se vacilar diante daquele portão do qual se divisava uma aleia muito bem cuidada e orlada de árvores ancestrais. Ele mal distinguia a casa, muito distante e encoberta pelo arvoredo, muito mais do que as outras da vizinhança. As palmas que batesse à porta não seriam ouvidas. Foi então que percebeu um dos primeiros efeitos da recente reforma pela qual aquela chácara passara: havia uma campainha elétrica, a qual, depois de alguns segundos de ponderação, Yuli acionou.

Veio uma Bitu com um ar evidentemente contrariado:

— O que que o senhor quer, seu Juca? Esqueceu de perguntar alguma coisa? O senhor é muito enxerido!

— Não, Dona Bitu, vim mostrar uma mercadoria especial para a dona da casa. Ela está?

— Não vai te atender... e é bom nem insistir. A Dona Ninon não atende ninguém e mandou eu não dar trela para ninguém aqui na rua.

Juca não se rendeu ao mau humor de Bitu. Nem parou para pensar em por que ela estava tão mudada, tão enfezada com ele. Fez apenas o que um bom mascate faria: não se contentou com o não. Rapidamente armou o pequeno cavalete que trazia preso à mala e abriu-a na rua. Apalpou as camadas mais ao fundo e encontrou o que queria: desdobrou uma peça de renda para uma extasiada Bitu, que só havia visto aquilo nas velhas revistas de moda que Ninon trouxera do rendez-vous. Yuli depositou a levíssima peça sobre os braços estendidos e as mãos cascudas da criada, que fugazmente vislumbrou como poderia ser boa a vida. Outra peça de renda, mais outra, revistas e, para culminar, o golpe de mestre, a ousadia final, um legítimo frasco de Mitsouko, de chez Guerlain, em cristal de Lalique. Yuli saboreou a vitória.

— Vou deixar para a senhora levar para a Dona Ninon. Passo semana que vem.

17

Ao se encontrarem à tardinha no empório, para vodca e pepinos, quando tinham a oportunidade de voltar a falar em yidish, Yuli contou daquela misteriosa francesa do subúrbio e da grande aventura do seu dia. Mark mal acompanhava a conversa. Estava ansioso por contar, ele, a sua novidade, uma que vinha sendo cultivada em silêncio: era sobre Simmy, a filha do dono de uma loja de móveis do Estácio. Haviam resolvido casar. Consultado, o pai da moça concordara sem demora e ainda arranjaria um apartamentozinho para eles no Meyer.

— Quer dizer que tu conheces uma mulher e casas com ela no dia seguinte?

— Não, não é isso. Eu vinha encontrando com ela já tem uns meses.

— Pior. Por que não falaste comigo? Não confias no teu irmão? — Yuli perguntou deixando clara sua mágoa, chocado tanto pelo silêncio de Mark como pela súbita mudança que se iria operar na vida dos dois.

— Não queria falar antes de ter certeza.

— E é preciso ter certeza, com teu irmão? — Yuli, apesar de tão independente, apesar de ter escolhido um caminho que nada tinha em comum e o afastava de Mark, sentiu medo de perder a companhia paternal do irmãozão.

— Não sei se posso te ensinar alguma coisa — pontificou o mais velho. — Mas, se eu puder, que seja isso: não fales nada sem teres certeza.

Assim era Mark, procurando certeza no que falava.

— Quando vai ser o casamento?

— Daqui a uns dois meses.

O negócio das camisas ia melhorando, e, arrematando o capítulo das revelações súbitas, Mark informou que ia levar a máquina de costura para os fundos da loja do futuro sogro e contratar uma costureira profissional.

Perguntou o que Yuli achava de parar de vender coisas pesadas e que davam pouco lucro, como cortes de chita e revistas de moda, e substituí-los por camisas brancas.

— Logo agora que vou começar a vender cortes para a francesa? — queixou-se, recobrando o humor, esquecendo a mágoa e já pensando em comprar uma escrivaninha para substituir a que ia embora.

Yuli continuava treinando sua caligrafia todas as noites e levando seus ditados de memória para Pereirinha corrigir no salão de sinuca. Os progressos eram visíveis, e Pereirinha achou que deveria acrescentar algo que representasse um salto de qualidade no aprendizado daquele imigrante talentoso:

— Por que não fazes um curso de datilografia?

Yuli nunca havia cogitado essa possibilidade, algo até aqui tão fora de sua rotina. Mas nem pensou duas vezes antes de aderir à ideia:

— Onde é que tem aulas?

— Tem a Dactylographia & Tachigraphia Royal, bem perto, na Visconde de Itauna. Aulas de hora em hora, desde as sete da manhã até as oito da noite. Barato. São três mil-réis a hora.

Pereirinha havia apurado tudo e se esmerava como mentor de seu protégé.

— Acho que umas dez aulas bastam, Juca. Depois, tu podes praticar nas Remington do jornal, que pouca gente usa. Podes te fartar nelas, depois das oito da noite, quando o Diógenes já tiver saído e a redação estiver vazia.

Não havia por que Yuli reclamar da discrição do irmão se sua transição da vida de mascate para uma outra, completamente diferente, ia adiantada e ele não tocava neste assunto com Mark. Eles se queriam muito bem, mas cada um sabia de si.

Yuli dormia pouco. Pela manhã era acordar por volta das seis, tomar o trem às sete, ganhar aquela hora lendo algum livro em português tomado emprestado no Círculo Israelita de Leitura, correr as freguesas das oito até a hora de encontrar um botequim para comer um sanduíche de queijo do reino com uma média de café com leite, e seguir em frente até as quatro ou cinco da tarde, pegar o trem de volta, ganhar outra hora de leitura.

Depois da prosa com o mano mais velho, ia para a pensão, tomava uma ducha rápida e vestia um terno melhorzinho. Certa vez chegou a experimentar um palheta, mas sentiu-se meio ridículo com aquele tabuleiro boiando sobre seus cabelos emaranhados e intransponíveis, que insistiam em expulsar o chapéu. Depois era dar uma passada na redação da *Folha*, se ainda estivesse claro, passear um pouco pela Praça Onze e arredores, ir à sinuca.

Era chegado o dia de voltar à rua na Piedade para saber se a francesa iria ou não comprar o que ele havia deixado na semana anterior. Deixou essa visita para o fim , achando não ser boa ideia ficar andando o dia todo com o dinheiro que seguramente aquela venda renderia.

Ao contrário da primeira visita, Yuli não se sentiu ansioso e tocou a campainha com a certeza de que a nova freguesa ficara encantada com tudo e lhe encomendaria muito mais. Sua surpresa foi ver Bitu trazendo um pequeno embrulho bem arrumado fechado com um alfinete, com as rendas cuidadosamente dobradas. O perfume não voltou.

— Dona Ninon mandou dizer que não está interessada nas rendas, não; que ela já tem demais e nem sabe o que fazer com elas. Ela quer saber o preço do perfume e das revistas.

Yuli colocou as rendas na mala, embrulhadas como vieram, desenxabido e firmemente convencido de que era um péssimo vendedor. Deu-se conta da pergunta que Bitu lhe fez e respondeu um tanto alheado:

— Noventa mil-réis pelo perfume e dez mil-réis por cada revista...

Bitu voltou à casa para levar o preço à patroa. Passaram-se mais alguns minutos e voltou ela, com cara de menos amigos do que antes:

— Dona Ninon disse para o senhor entrar.

Yuli assustou-se. Com exceção de Dona Vanja, nunca antes fora convidado a entrar em uma casa brasileira. Sua relação com as freguesas era sempre portas afora. Agora isso. Sentiu-se desconfortável, andando pela alameda entre mangueiras em direção à casa. Bitu escoltava-o e disse que subisse as escadas de granito e esperasse no patamar. Lá ele armou sua mala sobre o cavalete e pôs-se a enfrentar uma espera infindável. Até que veio Ninon.

Era tão jovem quanto ele, mas eram o contraste um do outro.

As roupas finas de Ninon ressaltavam sua beleza e revelavam um frescor que o clima abafado e úmido do subúrbio não havia esmaecido. Sua aparência refinada e frágil não revelava seu passado camponês e lhe dava um ar aristocrático, de quem nunca havia trabalhado.

Já para Yuli, desempenado nos exercícios com o box em Jitomir, a faina de carregar uma pesada mala diariamente tornou-o um homem musculoso, sem que perdesse uma angulosidade natural. Sua folgada roupa de trabalho e a gola para fora do paletó davam-lhe um ar informal e levemente insolente.

— Enchantée.

Yuli recebeu aquele enchantée totalmente perturbado. Ele, sim, estava totalmente enchanté.

Mas ela não lhe deu muito tempo para admirações.

— Esse perfume está muito caro, Juca — atacou Ninon, cortando os formalismos e as senhorias. Sua voz não tinha nada do tatibitate infantilizado que usava com o Ministro. Ao contrário, ela possuía um timbre rico, cantante, bem feminino, e seu português já estava bastante compreensível, mesmo por outro estrangeiro.

— Não estou ganhando nada nele, Dona Ninon.

— É quase o que ganha por mês a minha cozinheira.

— Mas é legítimo. Essa mercadoria é cara, vem da terra da senhora.

Sem nada mais dizer, Ninon ausentou-se e voltou com algumas notas na mão, que estendeu a Yuli.

— Confere, por favor.

Juca conferiu os cento e dez mil-réis. Ninon virou-se para a empregada e encerrou a conversa:

— Bitu, leve o Juca até a porta.

Yuli fechou a mala, frustrado por a conversa ter sido cortada tão rente.

— Obrigado, Dona Ninon...

— Quando tiver novidades, revistas, apareça — disse ela já se afastando. — Mas nada dessas rendas démodées... Coisa mais antiquada. Quero coisa nova.

18

A enorme figura de Angelino ocupava todo o vão da porta. Sua cabeça e pescoço constituíam um único volume talhado por algum escultor desleixado. Diógenes controlou o susto por ver aquele conhecido meliante em sua sala e teve a calma de cumprimentá-lo com toda a urbanidade:

— Salve, Angelino! A que devo a honra de tão ilustre visita?

Diógenes sabia que boa coisa não era e nem perdeu muito tempo para concluir que tinha algo a ver com a provocação ao Ministro. Só não poderia imaginar que aquele velho idiota iria mandar algum capanga em vez de um embaixador de bom nível para acertar as condições de uma trégua.

— Eu vinha encomendado de lhe dar uma surra, doutor Diógenes. — Ele apertava uma mão na outra e olhava para o chão. — Mas eu não vou poder fazer isso. O senhor era compadre de meu falecido padrinho. Eu vi o senhor lá, no velório e no enterro. E o senhor sempre foi um grande praça. Todo mundo sabe que o senhor é um grande praça.

De fato, Diógenes e Angelino se viram no velório e no enterro. O escritor morto apadrinhou muitos dos filhos de seus admiradores, vizinhos e contraparentes pobres, e era perfeitamente possível que um desses afilhados viesse a se tornar Angelino.

— É verdade, Angelino, eu era muito amigo dele. Era um grande praça também... Grande escritor. — De tudo o que Diógenes diria neste encontro, esta era certamente a única verdade.

Em contrapartida, não deixava de mencionar as beneficências, reais ou exageradas, que praticara em favor do falecido:

— Cheguei a comprar artigos dele, só para ajudar.

Diógenes deu tempo para que suas palavras pudessem ser absorvidas por aquele cérebro espesso e passou para o degrau seguinte:

— Foi o Ministro P quem te mandou aqui, não foi?

— Foi o Brito, o motorista do Ministério. É meu conterrâneo.

O Ministro definitivamente não sabia como se esconder sem deixar o rotundo rabo de fora. Até o simples Angelino sabia quem mandara oficiar aquela missa.

— Quanto foi que ele te deu?

— Deu uma perna e ficou de dar outra depois, daqui a um mês, quando a coisa esfriar.

— Com mais cem mil-réis que eu vou te dar, ficam trezentos, e a surra já está dada. Entendeu, Angelino? Estou todo quebrado!

— Mas ele falou que era para não matar nem quebrar nada.

— Está bem. Então estou todo doído, não tem nada quebrado.

Diógenes tirou cem mil-réis da gaveta, como poderia ter tirado o revólver que lá dormia. Estendeu as notas a Angelino, que ficou feliz com uma solução tão escorreita e elegante para o serviço para o qual fora comissionado.

— Angelino, vamos combinar: a surra fica sendo hoje à tarde. Onde é que tu tens família?

— Em Minas.

— Então pega o arame e vara para Minas. Vai-te embora porque eu vou descer a ronca.

Angelino entendeu perfeitamente.

Diógenes achou que não deveria confiar a ninguém mais a farsa que estava pronto a encenar. No fim da tarde foi ao Posto Central da Assistência, no Campo de Santanna, e reclamou ao internista de haver caído e "dado um jeito" no braço. Sem ter por que duvidar, o jovem médico mexeu-lhe o braço assim e assado, gestos acompanhados de ais e uis do jornalista. Finalmente Diógenes saiu da Assistência com o braço entalado, apoiado em uma tipoia, e recomendações de repouso. Um pouco de mercurocromo aqui e ali completaria sua caracterização e lhe daria um ar convincente com o qual desfilaria pela redação, pelos cafés e por rendez-vous diversos, explicando que fora agredido covardemente por um jagunço a soldo não se sabe de quem.

Esse episódio ocorreu justamente na época em que o Ministro fazia suas primeiras tentativas de se compor com Arthur Bernardes, cuja eleição já era coisa combinada, visando integrar o novo Ministério que se alinhavava. Ainda não estava nada acertado quanto a seu nome, uma vez que pairavam dúvidas quanto às suas fidelidades políticas, sua capacidade de arregimentação parlamentar para trazer apoio ao novo governo. E, de igual importância, Bernardes só decidiria depois de esclarecidos certos boatos sobre transações mal explicadas por parte da casa bancária de sua família, causadas por uma recente crise de dissipação. A última coisa que o Ministro poderia desejar, portanto, era o editorial que a *Folha* lhe reservara para aquela manhã.

"A Republica está á matróca. Não satisfeito com o estado de sítio que lhe dá poderes dictatoriaes o governo a travéz seus esbirros quer fazer calar a imprensa livre de nosso paiz. Mas não nos emmudecerão. A *Folha da Capital*, este modesto arauto da liberdade, continuará a dennunciar os desvios de conducta daquelles que deveriam ser os espelhos da Nação.

Deixaremos, por ora, de ennunciar o nome do Ministro da Republica que enviou-nos um dos bandidos a seu soldo para nos assustar, aggredindon-os na pessoa de nosso chefe de redacção. Feriun-os em nosso corpo fragil, mas não em nossa alma indomita! Somos frageis, mas somos altivos. Não nos assustamos e defenderemos com a vida, se necessario for, nosso mister de informar. Somos um pequeno, brioso e respeitavel jornal. Por nos nortearmos pela mais ellevada ethica jornalistica e honradez pessoal, não exporemos seu nome á execração publica para preservar sua excellentissima consorte e innocentissima família.

Mas não exprimirmos seu nome não nos impede de proferirmos suas iniciais a travéz de seus epíthetos: Pulha, Poltrão, Patife, Pelintra, Pustula, Pallerma. E aqui lançado fica o repto: caso não se retrate em 48 horas, estamparemos mais uma escabrosa historia que enlameia esta infeliz Republica tão pródiga em escandallos, envolvendo umas tantas letras de cambio não honradas por determinada casa bancaria e saldadas na calada da noite com o uso de certas verbas offic... mas cala-te bocca.

Elevamos nossas preces para que o presente termo presidencial chegue ao fim sem nos envergonhar ainda mais. Todas as nossas esperanças se concentram na aurora que se approxima com a imminente eleição do ínclito e honrado jurista Dr. Arthur Bernardes que, como outras mazellas contra as quaes tem combatido por dever de officio, saberá extirpar esta que carcome os ideaes republicanos."

Abaixo desta diatribe, Diógenes havia encomendado ao desenhista Schipa uma imagem mostrando alguém que lembrava vagamente o Ministro P esmagando com sua bota um menino que se abraçava a um maço de jornais sobre quem estava escrito "IMPRENSA".

— Está bem assim, Dr. Braga? — perguntara o eternamente solícito Schipa, exibindo seu croquis a lápis.

— Aumenta a papada dele, faz com que pareça uma barbela de zebu. — E, após alguma reflexão estética, Diógenes completou: — Aumenta também a bunda dele.

A *Folha da Capital*, embora estivesse longe de ter uma larga circulação, depois que passara a ser impressa nas novas máquinas vinha elevando gradualmente sua tiragem e se destacando entre os leitores mais ávidos por escândalos e potins políticos e sociais. Passara também a ostentar nas edições matutinas uma página com noticiário internacional, encimada por um orgulhoso e mentiroso aviso:

"NOTICIARIO ACTUALIZADO COM OS TELEGRAMMAS QUE NOS CHEGARAM ATÉ ÁS 3 ½ DA MANHÃ DE HOJE"

Assim que o editorial desancando o Ministro foi publicado, Diógenes passou a desfilar pelos pontos da cidade nos quais poderia colher as glórias de seu dia. Resolveu reforçar o conjunto com uma bengala vistosa, o que lhe rendia o respeito devido a um veterano de guerra.

Pela manhã Diógenes passou pela Câmara dos Deputados, onde encontrou alguns parlamentares amigos e alguns jornalistas, na maior parte inimigos, que por lá sentavam praça. Mais tarde foi ao Hotel dos Estrangeiros e ainda arrumou tempo para almoçar uma canja no Assyrio. Para alguém moído de pancada, com o braço enfaixado, e apoiando-se com a mão livre a uma bengala, flanava muito serelepe pela cidade. Passou pela Livraria São José, pela Garnier e foi ainda à Colombo para um rápido chá e uma olhadela, em companhia de outros folgazões que ficavam à porta, nas deleitáveis que por lá desfilavam. No começo da noite foi ao High Life e, finalmente, lá pelas nove, ao seu rendez-vous predileto colher, em apoteose, os louros finais da tala no braço e do andar claudicante.

Fazia tempo que o Ministro P desaparecera do salão de Mme. Charlotte. Mais precisamente, desde que comprara a jovem Ninon e a instalara tão longe. Gross também se despedia das noites do Rio de Janeiro e, desde que apresentara seu sucessor ao Presidente Epitácio contava os dias para ir embora. Para Diógenes era melhor assim. Desfilaria para um público novo, diante do qual seria sempre o grande sujeito, o animador da casa, sem desafetos a lhe cavilar pelas costas.

Foi triunfal sua entrada na casa de Mme. Charlotte. A própria anfitriã, extremamente bem informada sobre os fatos da República, mesmo já sabedora da surra, não pôde deixar de brindá-lo com um sonoro e teatral "quel horreur, Doctorrr Diogèeennnnnee, qu'est-ce qui vous est arrivé?", enquanto lhe segurava a bengala para que ele pudesse tomar a taça do costume. Todos, sem exceção, já haviam lido o editorial que era a sensação da cidade. Todos, igualmente, sabiam perfeitamente quem havia encomendado a agressão e, no geral, desaprovavam a solução de baixo nível que o Ministro havia adotado para lidar com uma questão que, evidentemente, poderia se resolver com uma troca de gentilezas, um favorzinho, a nomeaçãozinha de algum indicado, um emprestimozinho no Banco do Brasil. Todos vieram se solidarizar com Braga, que em momento algum confirmou quaisquer suspeitas e mesmo desencorajava seus interlocutores de perguntarem mais sobre o caso. Perfeito cavalheiro. Apenas desfilava sua fidalguia profusamente embalada em ataduras e colorida de mercurocromo.

O dia do Ministro P foi o inverso do de Braga. Tendo lido ansiosamente a *Folha* logo de manhã cedo, preferiu não sair de casa. Passou o dia metido em um robe, lendo e relendo o artigo, dando e recebendo telefonemas, inclusive do Palácio do Catete. Aquele homem poderoso estava assolado por uma sensação de total miserabilidade e fragilidade. Estava só em seu escritório e vociferava tão alto que sua voz era ouvida até na cozinha do imenso palacete de Botafogo. Alternava essas furiosas imprecações com silêncios odientos durante os quais apenas pensava em como se vingar. Mas que vingança seria possível agora contra alguém a quem ele considerava um simples piolho? Não! Piolho, não — e esmurrava a portentosa escrivaninha sobre a qual descarregava sua impotência —, preferia um outro qualificativo que não começasse com P. A palavra canalha tinha um som grandiloquente demais para um ser que P desprezava a ponto de reduzi-lo até em estatura. Moleque. Fixou-se em moleque. P não acreditava que um jornalistazinho, um moleque tão chinfrim como Diógenes Braga, pudesse acarretar-lhe tanto mal. E logo quem, o Braga, aquele bufão de rendez-vous. Ele não deixava de se lembrar da bonomia com que acompanhara a transação em que a Electric fora carneada e obrigada a avalizar um empréstimo do South American & Caribbean Bank a Braga a custos irrisórios, juros anuais de 1,5%, dois anos de carência e outros dez para pagar. "Que mãe faria isso por um filho?", comentara na época o Ministro, achando muita graça em tudo aquilo. Agora P lamentava. Logo ele, que se tinha na conta de arguto observador político, censurava-se por não se ter alertado com a extorsão praticada pelo jornalista contra a empresa inglesa e que seu sucesso lhe daria asas para voar mais alto. O que de fato acontecia. Agora, sem quê nem mais, sem qualquer provocação de sua parte, lá vinha aquele moleque desprezível despejar seu veneno, prejudicar irremediavelmente sua vida política. O último parágrafo do editorial era mortal para ele. Bernardes não iria de forma alguma querer confirmá-lo. Só poderia ser isso, raciocinava o Ministro. Epitácio era um cachorro morto que Braga heroicamente chutava. E, para atrair as simpatias de Bernardes, prestava-lhe o serviço de oferecer a cabeça dele, P, sobre uma bandeja.

O pior é que de cambulhada perdera seus momentos de tranquilo deleite com a preciosíssima Ninon.

Mal pensara em Ninon e divisou o formidando volume de Dona Herminia, que se aproximava. Eles só se tratavam de senhor e senhora, desde o nascimento do último de seus cinco filhos, lá iam mais de vinte anos.

— Gostava de saber de que letras de câmbio o Diógenes falava…

Ele sabia que essa pergunta não tardaria.

Para o Ministro P a Sra. Dona Herminia tinha duas únicas qualidades. Uma era a Casa Bancária Couto & Irmão que ela trouxe, na qualidade de única herdeira, como dote a seu casamento com o então jovem e promissor Bacharel P. Sua segunda qualidade era o total desinteresse pelo que quer que fosse da vida do consorte. Viviam em alas distintas do palacete, de forma a mal se verem. Apenas nas solenidades, recepções ministeriais e ao corpo diplomático e demais ocasiões de elevada representação ela figurava, perfeitamente ciosa de suas obrigações sociais e disposta a não criar qualquer perturbação à vida pública de seu marido.

Sem levantar os olhos do maço dos papéis que agora fingia ler, tentando dar um ar de casualidade, P tentou despachar a esposa:

— Ora, senhora, são as aleivosias costumeiras desse moleque. Ele já fez o mesmo com a Electric e acha…

— A mim o senhor não me minta. Que o senhor queira sair com suas cocottes, pouco se me dá. Que o senhor queira ausentar-se de sua casa o quanto lhe agrade, também pouco me importa. Mas dilapidar meu patrimônio para instalar uma puta na chácara da Piedade a ponto de deixar a descoberto duas promissórias de alto valor, isso não vou permitir.

De onde vinha aquela força? P resolveu elevar o olhar e, enfim, encarar a esposa, perplexo com as acusações que ela lhe lançava, desconcertado com seu desprezo, sua altivez, sua firmeza.

— De qual "meu patrimônio" a senhora está a falar? A senhora trouxe como dote um tamborete de cinco mil contos que eu transformei em um banco de verdade, de sessenta mil contos. O que é seu na casa bancária são míseros 8%, minha senhora. Não me venha a arrotar patrimônios!

— A mim o senhor não intimida. Qualquer que seja minha parte, vou tomar as providências cabíveis para interditar o senhor na condução dos negócios da família.

Sua derrota era tamanha que nem lhe ocorreu contestar o que ela lhe atirava. Sua reação foi apenas de ceticismo, ou talvez de cinismo, uma vez que Dona Herminia era o ramo estiolado de financistas portugueses que nela tinham a estação final.

— A quem a senhora vai apelar, posso saber?

— O senhor doutor Ministro Luis Palhares saberá oportunamente.

19

"Vergonha é roubar e não poder carregar." Esta gema que coroa a fortuna ética do serviço público vale não apenas para a locupletação regular e preceitual como para toda e qualquer prática republicana, a qual, se exposta à população leiga, resulta em terríveis mal-entendidos, ilações maldosas, interpretações apressadas — invariavelmente errôneas —, enfim, um trabalho dos diabos para abafar. Os petardos da *Folha*, a menção a promissórias...

> ...saldadas na calada da noite com
> o uso de certas verbas offic...

...a exposição a público das diligências ministeriais, essa foi a grande vergonha. Não pôde carregar, deixou cair o butim ao chão. Isto sepultou todas as expectativas políticas de Sua Excelência, juntamente com aquela sua folgança temporã. O devassamento de suas intimidades, inclusive as financeiras, revolveu-lhe a vida. Os olhares que recebia de pares e subalternos dos governos sainte e entrante, os súbitos silêncios nos corredores e salões à sua aproximação, o esvaziamento dos pedidos de audiência em sua agenda, a falta de resposta às solicitações e ofícios que enviava, enfim, a sucessão de pequenas desfeitas que acometem ao caído do poder o vexaram a tal ponto que preferiu recolher-se à mansão de São Clemente, por onde passou a cismar, vagando apenas em sua ala do palacete, sob completa prostração mental, incapaz de parir alguma ideia ou tomar qualquer medida de autopreservação.

Com o passar das semanas e meses seu aspecto mudou para o de um velho barnabé de subúrbio. Descuidado, derreado, a barba sempre por fazer, recusava o barbeiro que antes vinha regularmente atendê-lo. Trajava permanentemente um pijama, inclusive para as refeições que mal tocava na antecâmara de seu quarto. Recebia apenas Brito, seu grave motorista, a quem ainda despachava com um bilhete ao gerente da sua casa bancária para retirar dinheiro e remeter o conto de réis semanal de Ninon. A pauta do Ministério, essa que fosse tocada pelo chefe de gabinete. Aliás, seria ele ainda Ministro? Já não sabia. Havia perdido a noção do tempo, pois nem jornais lia mais.

Melhor. Isso o poupou de testemunhar o que poderia ainda lhe reservar este ano de 1922: era um annus mirabilis, ou terribilis, dependendo de que lado da política o cidadão estivesse. Muita agitação no ar, a suboficialidade do exército já tinha armado aquele charivari dos diabos em Copacabana; boatos de que os militares dariam um golpe corriam a cidade de ponta a ponta, os anarquistas estavam à solta e os agitadores de porta de fábrica haviam até formado um partido maximalista, fosse lá o que fosse isso.

Fato é que não era mais Ministro. O tempo havia passado. Seu nome aos poucos foi sendo esquecido; Epitácio Pessoa licenciou-o "para tratamento de saúde", um interino assumiu e despachou o resto da pauta ministerial pendente até a assunção do substituto que vinha na bagagem de Bernardes.

Entre os bons momentos perdidos pelo Ministro estava a inauguração da Exposição do Centenário da Independência, com farta participação internacional, oportunidade em que as vistas de todo o mundo voltavam-se para o Brasil e novos negócios despontavam. Navios e mais navios com guarnições das mais importantes nações aportavam com "garbosos oficiais e guapa marujada" para oferecer suas homenagens. Os festejos do Centenário carrearam multidões para a grande Exposição. Mas as mais importantes comemorações, essas se passavam longe do populacho. Eram as festas. As oficiais e, sobretudo, a interminável sucessão de recepções privadas. E os cinco filhos de Sua Excelência, embora convidados naturais, viam-se tolhidos de participar para se pouparem de ser canibalizados por olhares e cochichos.

O governo, finalmente, transitou de Pessoa para Bernardes, e o que havia sido o todo-poderoso Ministro Palhares nada mais era do que um morto-vivo, jazente em seu palacete, alguém de quem não mais se falava, sombra impotente do terrível chefe político que impunha reverência temerosa à simples aproximação. Nem os quatro anos de senatoria que lhe restava cumprir o animavam. Sequer havia oficiado ao Senado apresentando-se para reaver sua cadeira.

Brito, o motorista oficialmente lotado no Ministério, restou como seu único contato com o mundo exterior. Mantinha-se como um serviçal de Palhares, perpetuando a sólida prática republicana de o poder entrante condescender com as pequenas regalias retidas pelos partintes, desde que por conta do erário.

Em meio a uma pesada manhã chuvosa, o ex-Ministro foi tirado de seu torpor por um criado, emissário da esposa. O que havia de família Palhares reunia-se em conselho, às ordens da Sra. Dona Herminia, e o aguardava para umas tantas deliberações de seu mais elevado interesse.

O salão nobre do palacete estava totalmente imerso em um clima noturno, janelas fechadas, lustres acesos. Todos o aguardavam sentados à enorme e solene mesa de banquetes. À mão direita da matriarca, que dominava a cabeceira, estava o filho mais velho e sua esposa. À esquerda, a filha mais velha e seu marido. Logo a seguir Felicia, a mais nova entre as filhas, ainda solteira, e Silvio, o caçula, também solteiro; diante deles, a filha do meio e seu marido. Ocupavam, mudos, seus lugares, aglomerados nas proximidades da matriarca. Concluindo — e destoando do grupo —, sentava-se um magricela desconhecido, enfatiotado à moda antiga, lembrando um agente funerário e tendo diante de si grossos livros notariais.

Apenas o filho mais velho levantou-se, sem sair do seu lugar, em respeito àquele que seria o chefe da casa que vinha de entrar. Palhares, que a custo se animou a cobrir com um robe de seda o pijama enxovalhado, ocupou, isolado, a cabeceira oposta, separada dos demais por muitas cadeiras vazias.

Não houve discursos, sequer palavras de preâmbulo. O mais velho tomou os livros que o notário magricela já abria em páginas previamente marcadas e os levou ao pai.

— Por favor, assine isso!

Naquele momento, o ex-poderoso se deu conta de que, enquanto havia passado a vida em defesa da causa pública e do estreitamento das relações entre brasileiros e francesas, sua esposa criava os filhos para ela. E agora ela voltava esse pequeno e coeso exército familiar contra ele.

— Assine isso, senhor meu pai! — Luis de Couto Palhares Filho falava com a voz trêmula, pois, embora sinceramente convertido ao partido materno, embora houvesse votado a favor das medidas que estavam sendo tomadas naquele momento, mantinha o respeito pela figura paterna. O velho Palhares olhou para o filho mais velho, seu preferido, o único a quem ele chegou a dedicar um carinho pessoal, e seus olhos se molharam.

Palhares Pai deu-se conta de que à sua frente havia uma série de escrituras de compra, venda, cessão, dação e outros tantos feitos e avenças sobre bens e direitos, pelos quais ele vendia, cedia ou dava todas as suas propriedades, ações, participações societárias e um infindável rol de etceteras em benefício dos cinco filhos ali presentes, com exceção do palacete, da chácara da Piedade e uns tantos outros haveres, os quais ficavam de posse de sua amantíssima esposa, mãe extremosa dessa prole.

Como sua única propriedade, foi-lhe concedido, talvez até por ironia, o phaeton, que, com os pneumáticos murchos, dormia sobre cavaletes na garagem do palacete coberto por um encerado.

Luis de Couto Palhares Filho não falou mais. De pé, ao lado do pai, quedava paciente.

— E se eu não assinar?

— Será pior para o senhor — atalhou a Sra. Dona Herminia, poupando o filho de ter que se confrontar mais ainda com o pai.

Quanto a ela, não perdeu a oportunidade de tripudiar:

— Já reunimos toda a documentação, incluindo testemunhas, e estamos prontos a interditar Vossa Senhoria por prodigalidade e incapacidade mental, conforme estipulado no Código Civil... — E pegou um papelucho para ler: — Artigos 446, inciso III; 447, inciso II; 459 e 460.

E lançou o argumento definitivo:

— No decorrer deste processo, o nome de nossa família será ainda mais vilipendiado, nossa casa bancária ainda mais fragilizada, nosso patrimônio colocado em hasta para arremate a preço vil, e Vossa Senhoria continuará a fazer as delícias da imprensa e a galhofa do populacho, como já tem feito até agora.

Silêncio pesado.

— E do que eu vou viver?

— O senhor receberá uma pensão mensal vitalícia de dez contos de réis, garantida por cláusula da escritura de cessão de direitos sobre a casa bancária — disse o filho. — Nada irá lhe faltar, pai.

— Isso é uma miséria. — Estava muito longe de ser, mas era apenas uma patética tentativa de se valorizar, o que só confirmava sua derrota total.

A Sra. Dona Herminia voltou a dominar a cena:

— Dá muito bem para seus alfinetinhos. Talvez não baste para sustentar aquela... francesinha... na chácara da Piedade. — E escandiu bem as sílabas: — Ni... non, não é mesmo? Ela é bem cara, pelo volume das promissórias... — e concluiu, senhora da situação: — Mas, chega! É isso ou a Justiça!

Era a deixa para toda a família — exceção de Luis Filho — se retirar, comandada pela matriarca, deixando para trás aquela imagem da desolação. Como obedecendo a um ensaio, recolocaram suas cadeiras nos seus lugares. O filho mais velho ainda se quedou ali por mais alguns instantes, talvez para deixar evidente ao pai que ele não fazia parte da massa compacta que o destronara. Ficou mais um pouco. O pai não o olhou mais. Tentou dizer alguma coisa, mas não disse. Finalmente o filho foi-se também, selando definitivamente a solidão de Luis Palhares.

Entrou em cena o tabelião emproado, o qual, de pé, ofereceu pena, tinteiro e mata-borrão para a faina de assinaturas que ocuparia todo o resto daquele encontro. Seriam muitas assinaturas. O funcionário solícito ia mudando as folhas. Já não se ouviam mais vozes, apenas o som rascante da pena a arranhar os papéis, repetindo infinitamente a assinatura "Luis Palhares", que valia cada vez menos a cada vez que era firmada.

O estipêndio que o Ministro enviava semanalmente a Ninon pelo motorista minguava visivelmente, antes mesmo de o conselho familiar capar-lhe o que lhe restava de potência financeira. De cada conto de réis enviado à Piedade, uma taxa de intermediação, que começara em 10 e já estava em 50%, era retida por Brito. Taxa que ia sendo elevada ao passo que se tornava mais evidente o estupor e o descaso em que o patrão afundava, bem como a impossibilidade de Ninon se comunicar com ele.

Quanto a ela, mesmo a distância teve clareza para perceber o que a aguardava se ficasse por ali.

Bitu lhe trazia o que filtrava da vizinhança, sobretudo de Dona Evangelina, a mais lida e preparada moradora daquela rua. A irmã do escritor, sempre que ia ao centro da cidade receber as mirradas pensões do pai e do irmão, aproveitava para, no caminho, visitar alguns de seus velhos amigos — dela mesma e do mano falecido. Mais tarde, contava a Bitu e outras, detalhadamente, o que tinha ouvido sobre essa embolada que, afinal, tinha tudo a ver com a jovem loura e já não tão misteriosa vizinha da chácara da Rua Quaresmeira. D. Vanja pintava um quadro bem realista e sintético: de como a oposição havia caído de pau no governo por causa daquele escândalo; de como o Ministro havia sido desmoralizado nos discursos do Senado e da Câmara; e de como os demais ministros negaram-lhe qualquer solidariedade, temerosos de que as más línguas lhes descobrissem pecados idênticos; e, sobretudo, de como a família ficou furiosa e iria cortar-lhe as asas, assunto que era discutido por todos a cada edição da *Folha da Capital* que trazia mais um pouco de pimenta a este angu de caroço.

Ninon, enfim, deu-se conta de que aquele sufocante bem-bom havia terminado e ela seria desalojada mais cedo ou mais tarde. O próprio Brito, numa clara demonstração da desimportância de seu chefe, já roubava descaradamente o dinheiro a ela destinado, a ponto de, havia semanas, nem mais aparecer por lá, o que significava elevar a taxa de intermediação a 100%.

Não havia mais qualquer contato possível com o Ministro Palhares; os liames daquele sutil contrato se esgarçaram a ponto de não mais serem perceptíveis. A francesa decidiu finalmente ir-se embora, como bicho enjaulado que encontra a porta aberta.

20

O Grêmio Esportivo, Recreativo e Social Banda Portugal ocupava amplo sobrado na Rua Senador Euzébio e cumpria cumulativamente funções de gafieira e sinagoga.

Durante a semana, sobretudo nas noites de sábado, era um animadíssimo salão de baile onde, ao som de maxixes e foxtrots, prodigiosos corta-jacas eram executados por bailarinos exímios que, por acaso, eram os caixeiros e operários das redondezas.

Aos sábados pela manhã era sinagoga, função que se estendia pelo dia inteiro na época dos grandes feriados. Nessas oportunidades, o pequeno pódio usado pela orquestra era arrastado para o centro do salão e, sobre ele, era acrescido um púlpito. Um armário sobre rodízios, até então discretamente recolhido a um canto, era arrastado para o lugar de destaque na parede oposta às janelas. Esse móvel simples, que tinha como único ornamento cortinas de veludo bordado (apenas visíveis quando as portas eram abertas), ganhava importância central no ambiente, pois era ali que eram guardados os rolos de pergaminho da Torah.

Os serviços religiosos, sobretudo os das manhãs de sábado, eram a oportunidade de que os imigrantes dispunham para se reencontrar e pôr a conversa em dia, desatentos, uns mais, outros menos, à condução dos serviços religiosos. Havia também os que lá estavam para travar sua conversa particular — ou, não raro, acalorado debate — com Deus. Esses deambulavam pelo salão, obedecendo ao seu ritmo interior, desconhecendo a condução do oficiante. O bulício das crianças elevava a aparência de desorganização e acentuava o clima matutino de bom humor que dominava a cena. Com alguma regularidade o vozerio das conversas abafava excessivamente o salmodiar do oficiante, o que o levava a interromper a reza para reclamar, aos brados, reclamações essas acompanhadas de sonoras mãozadas sobre os livros no púlpito.

Antes das orações finais eram feitas as comunicações sociais ou celebrada alguma efeméride comunitária, como um bar mitzvah, ou mesmo um casamento mais pobre.

Cessados os serviços, o salão voltava à sua profanidade natural, retomando o aspecto que se espera de uma gafieira. O pódio voltava ao seu lugar de suporte da orquestra e o armário da Torah era arrastado para o canto discreto onde dormitaria durante a semana, pudicamente separado do resto do salão por uma grossa cortina.

O casamento de Mark e Simmy foi na sinagoga da Banda Portugal, uma cerimônia simples, celebrada como parte de um serviço de sábado. Quatro amigos erigiram a tenda tradicional, sob a qual Mark recebeu sua mulher e, proferidas as bênçãos nupciais, quebrou o copo que evocava uma remota e inalcançável Jerusalém e selava sua união, sob votos de mazeltov oferecidos por conhecidos e desconhecidos. Após a cerimônia, encerrado o culto, uma rodada de vodca foi oferecida pelos pais da noiva, e foram todos almoçar.

Simmy fazia parte de uma geração nascida no Brasil. Por seu gosto, teria estudado medicina, o que ela sabia ser impossível. Mulheres que ingressavam nos cursos de medicina eram uma ou duas por ano, filhas das famílias abastadas, fornidas de gerações de sobrenomes. Quando muito ela conseguiria tornar-se enfermeira. Mas essas aspirações perderam-se pelo caminho. Simmy já vinha ajudando seu então futuro marido na pequena camisaria e nisso continuou depois de casada.

Até pouco tempo atrás, a oficina de confecções de Mark era apenas isso, uma oficina. Sequer tinha nome. Os dois irmãos abasteciam a freguesia que haviam cultivado nas vizinhanças das estações da Central do Brasil e logo passaram a abastecer os pequenos magazines e bazares que iam brotando ao longo da linha férrea e que lentamente substituíam os mascates ambulantes.

Em pouco mais de um ano, Mark deixou de fazer vendas ao público e passou a dedicar todo o seu tempo à camisaria. Aprendia a ser industrial, a conhecer as peculiaridades da produção em série, a exigir qualidade das matérias-primas que comprava, a manifestar sem reservas sua impaciência com a falta de critérios de qualidade dos funcionários. O resultado é que os produtos saíam melhores, mais bem-acabados. O corte das camisas foi aperfeiçoado e o tecido padronizado, resultando em um lote ser igual ao anterior, sem variações de cor, tamanho ou feitio. Com isso, ele cumpria as exigências das lojas de maior poder de compra que sonhava atender.

Chegou o momento em que a pequena indústria não mais cabia na área acanhada e improvisada nos fundos da loja de móveis do sogro. Já eram quatro as máquinas de costura — todas de maior capacidade do que as domésticas e, evidentemente, elétricas —, uma mesa de corte, uma de passar a ferro, mais uma tralha variada que só fazia se acumular.

Foi também quando Simmy anunciou estar grávida. Muitas mudanças ocorreram quase que de uma só vez. Ali mesmo, no Estácio, surgiu a oferta de um prédio para alugar, um grande sobrado com muitas janelas e uma imensa claraboia que reforçava a iluminação natural durante o dia. O teto e as paredes eram cobertos pela fuligem de anos de iluminação a gás. Mark investiu nessa mudança todas as economias e ainda contou com a ajuda do sogro. Fez pintar tudo de branco e substituir as luminárias a gás por um grande número de potentes lâmpadas elétricas. As jornadas de trabalho poderiam se estender por serões prolongados até as oito ou nove da noite, se houvesse encomendas para isso.

Para completar o salto que a gravidez impulsionou, Mark conseguiu um apartamento térreo bem junto ao novo sobrado e próximo a uma parada de bonde. Assim, antes do terceiro mês de gravidez, tudo o que o zeloso e prevenido Mark poderia resolver estava resolvido.

Desde o início da industriazinha, Mark visitava com assiduidade a loja da Singer, onde havia comprado sua primeira máquina usada instalada na pensão, e o motor elétrico que veio a substituir os cansativos e improdutivos pedais. Aos poucos ficou amigo do gerente, Flint, um americano jovem, que falava com entusiasmo de suas máquinas e fazia amizades com facilidade. Mark nunca saía da loja sem levar algum prospecto, um molde de corte e costura ou mesmo alguma bojuda revista de moda. Pelo menos uma vez por mês Flint passava na camisaria de Mark, e, quando esta se mudou para o sobrado, ofereceu-lhe como de presente uma caixa com peças sobressalentes, uma dúzia de latas de óleo lubrificante e um catálogo de uniformes e roupas industriais e profissionais que iria mudar o destino de Mark.

21

Os progressos de Yuli se davam em três frentes: primeiramente na sinuca, onde já era páreo para alguns bons jogadores do salão Ao Bilhar Nacional. Dominava as principais malícias do jogo, refreando sua fúria juvenil de encaçapar tanto quanto possível sem preocupações com a sequência da partida, o que quase sempre lhe acarretava derrotas nas últimas bolas. O segundo progresso de Yuli era evidenciado em seu domínio do português. Como profetizou aquele vizinho de banco em sua primeira viagem de trem: "Tem jeito... uma quedinha para aprender a nossa língua." Yuli continuava se exercitando todos os fins de tarde nas Remington da redação da *Folha*, transcrevendo, de forma cada vez mais desempenada, trechos de diálogos com as freguesas e passagens das matérias da *Folha* para depois pedir a Pereirinha que os corrigisse e explicasse o sentido das palavras que desconhecia. O terceiro progresso foi profissional, quando Pereirinha, percebendo que seu protégé poderia crescer no jornal, perguntou a Diógenes Braga se não interessaria aproveitá-lo para redigir uns reclames.

— O garoto é modesto. Qualquer cem mil-réis está bem para ele. É bom na datilografia e das cinco às sete pode resolver os pequenos reclames e apedidos que chegam manuscritos. Já imaginaste o que isso vai adiantar e economizar de tempo na oficina? Teu jornal vai sair mais cedo...

— Como é que pode... esse judeuzinho... chegou ontem e já está escrevendo em português — o tom de Braga não era de admiração, mas de um desconforto rancoroso.

Pereirinha preferia não entrar em considerações dessa natureza com seu patrão, pois não sentia qualquer indisposição com seus vizinhos da Praça Onze, quer fossem judeus, negros, italianos ou portugueses. Até pelo contrário: já tivera um rabicho com uma polaquinha da zona, anos antes, com quem aprendera algumas palavras em yidish; ficou arrasado quando o cafiola dela a levou para Buenos Aires. Desta paixonite ficaram algumas lembranças, umas poucas palavras perdidas, alguns amigos comuns e uma sensação de, na Praça Onze, estar em casa.

— O garoto é bom... vale muito mais do que vais pagar a ele. — O argumento de Pereirinha falou ao bolso de Braga. Apedidos e pequenos reclames seriam aviados por um ridículo salário de cem mil-réis. Isso aplacava qualquer rancor nacional, étnico ou religioso.

— Está bem, tu chefias o judeu. Não tenho nada a tratar com ele. Não gosto dessa gente.

Naquele mesmo dia Yuli passou a redigir pequenas notas, aprendendo a usar o jargão da redação e da oficina, um universo de linguagem todo próprio, povoado de laudas, marcações, caixas-altas, caixas-baixas, retrancas, composição, famílias, corpos, fontes, janelas, olhos, fios, versais e versaletes, cíceros e paicas, itálicos e negritos, isso apenas para começar.

Sua primeira tarefa como profissional de jornal foi transcrever para a lauda padrão da *Folha* — os engenheiros que instalaram as novas Linotype aposentaram as velhas tiras e introduziram a lauda padrão — uma nota que havia chegado à redação escrita a lápis, em papel de embrulho, para publicação no dia seguinte:

> VIDENTE: "ESPIRITO SOMNAMBULO"
> Em casa de MARIA GIRA
> Á Rua da America
> **aos fundos da gare PEDRO II**
> basta perguntar — todos conhecem

Yuli passou anos pensando no que seria um "espirito somnambulo", curiosíssimo em conhecê-lo. Mal teve tempo de divagar sobre os mistérios da alma e Bernardo, o chefe da oficina, o chamou para que aprendesse a marcar as matérias que desciam:

— Ó seu Juca, tenho que saber umas tantas coisas sobre essas matérias que tu me baixas. Tens que me marcar quantas colunas ou, se for medida falsa, quantos cíceros de largura e altura; precisas marcar a fonte, o corpo, a entrelinha — e enquanto falava trouxe uma régua em cíceros e um pequeno catálogo com as famílias de tipos disponíveis na oficina, abrindo-o para mostrar o tamanho de cada corpo, as diferenças entre as diversas fontes, e sobre como ficaria elegante saber combinar as fontes serifadas com as grotescas.

O rapaz franzia o cenho, como que espremendo os miolos para absorver mais aquilo. Mas seus miolos eram uma esponja ávida. Em coisa de uma semana sabia o essencial e já descia as matérias completamente marcadas a lápis sobre o texto datilografado.

==== *CINEMA AVENIDA* ====
HOJE
UM FILM QUE VAE ATRAVESSAR A SEMANA TRIUMPHALMENTE
HOJE
★
A maior, a mais extraordinaria creação do mais famoso comico do «ecran»
★
O ULTRA QUERIDO CARLITO
EM O GAROTO (The Kid)
★

— Ó seu Juca — gritava um enfezado Bernardo pelo alçapão que ligava a redação à oficina. — Ganhaste uma caixa de estrelinhas? Para que tantas, que me roubas todo o espaço?!

— Tabom — respondia pelo buraco um Juca ainda com sotaque evidente —, tira a última! — Essa última já tinha sido colocada para ser negociada e garantir as outras duas.

Yuli ainda levava uma vida dupla, acumulando suas novas funções de aprendiz de... de que mesmo?... jornalista?... Ele não sabia bem. Melhor reclamista. Acumulava suas funções de reclamista com as de clienteltchik. A diferença era que, com a camisaria do irmão dando certo, ele cada vez mais procurava lojas e magazines, e menos as donas de casa. As lojas constituíam freguesia mais constante e, ainda que pudessem titubear aqui e ali nos pagamentos, seus maiores volumes compensavam os riscos.

22

Foi um choque a aparição daquela refinada e bela Ninon em casa de Mme. Charlotte, depois que de lá partiu como a modesta noivinha que encontra seu banqueiro encantado. Charlotte não conteve o choro, emocionada por ver uma pupila subir tanto na vida e voltar assim, tão bem-sucedida, para rever sua alma mater, clara demonstração de reconhecimento pela excelente formação ali recebida.

Ninon já havia decidido sair da Piedade e instalar-se no grand monde do centro do Rio, mesmo sem saber ao certo o que seria isso. Na verdade, desde que desembarcara na cidade, Ninon tivera apenas visões fugazes de uma cidade em obras, mal vislumbrada durante passeios esporádicos. No mais, era o maternal cativeiro de Mme. Charlotte seguido do sufocante cativeiro do subúrbio, e da angústia dos últimos meses, quando viu seu castelo estremecer e seu balofo campeão ter sua espada derrubada pela pena de um jornalistazinho extorsionário.

Procurar Mme. Charlotte foi a única ideia que lhe ocorreu. Não exatamente para lá voltar a trabalhar, pois que havia se desafeito da faina da horizontalidade diária e indiscriminada. Iria procurar Mme. Charlotte por ser ela a única referência com que Ninon contava no mundo. Iria pedir ajuda, asilo provisório, invocar o sagrado direito de santuário.

— Mas não há lugar para ti aqui, ma p'tite — argumentou Charlotte, ainda que a contragosto, pois, embora desejasse ardentemente contar com os serviços de Ninon, sabia perfeitamente que a cocotte se tornara independente.

De fato, em menos de dois anos a pequena conseguira ordenhar o Ministro e forrar seu mealheiro com muito mais do que famílias bem situadas amontoavam ao longo de uma geração. Via-se agora o tamanho do estrago que Luis Palhares fizera no patrimônio familiar: Sob a rubrica "joias" Ninon catalogava um diamante de seis quilates comprado pelo Ministro em Antuérpia, lapidado pelo próprio mestre diamantário Marcel Tolkowsky, inventor de um novo corte para diamantes que fazia furor na Europa e na América, o chamado "brilliant". Só esse brilhante, absolutamente incolor, sem qualquer defeito ou inclusão, solitariamente engastado em um anel de platina, poderia valer bem seus seiscentos a mil contos de réis, talvez bem mais, na Europa ou na América do Norte; o segundo item no rol de Ninon era um conjunto de pulseira e gargantilha em pavé de diamantes capaz de fazer engasgar de despeito e murchar a empáfia a qualquer dama da boa sociedade, talvez mais quinhentos contos. Esses eram os itens principais, sem contar brochinhos, colarezinhos, pendentifezinhos, bichazinhas, aneizinhos e muitas outras bagatelas que não valeriam, juntas, menos do que outros setecentos, oitocentos contos de réis. Sem que isso fosse planejado, o desapreço da menina para com os presentes fazia com que o Ministro tentasse se superar, oferecendo mimos cada vez mais deslumbrantes e cada vez menos reconhecidos. Já sob a rubrica "caixa", ou seja, os dinheiros, as sobras dos estipêndios que o pai da pátria enviava tanto para a manutenção como — e principalmente — para as intermináveis obras de reforma da chácara, ela contava e recontava sonantes 254:341$330 guardados em quatro bem escondidas caixas.

Estava rica.

Ninon não comentava nada do que havia acumulado. Para todos os efeitos ela estava apenas remediada, mal remediada, apenas isso.

— Por que não te mudas para alguma casa aqui perto, pelos lados da Glória? Espero que tenhas o suficiente para isso, claro...

— Ah, Mme. Charlotte, não tenho tanto, precisaria fazer meus cálculos, a senhora sabe que estou sem qualquer fonte permanente de recursos, tenho umas poucas economias, mas não sei...

— Te lembras do Comendador que frequenta nosso salão? Pois ele tem muitas casas pelos lados da Glória e tenho certeza de que, se eu pedisse, ele te faria um aluguel bem camarada.

Ninon tomara o gosto por morar só desde a passagem pela chácara da Piedade. Da criadagem, ela traria somente Bitu e mais uma cozinheira faz-tudo. Mme. Charlotte encarregou-se de intermediar um acordo com o Comendador. Esta solução, apesar de bem dispendiosa, era muito mais interessante do que o reingresso no rendez-vous.

23

A Patria agonisa á mercê da usura internacional. A banca apatrida e rapace, insaciavel em sua cubiça, nos sangra á morte com juros escorchantes e clausulas draconianas. Nossa divida externa só faz amontoar-se, e em troca de quê? De nada! D'umas bugigangas que nos mandam, uns ferros-velhos, como se fossemos uns botocudos a quem pode-se bigodear com uns espelhinhos.

O inclito Presidente Dr. Arthur Bernardes tem em suas honradissimas mãos o poder de expulsar de entre nós essa corja de velhacos decretando uma moratoria incondicional e uma radical investigação que exponha suas patranhas e truculencia, as quaes só encontram parallelo nos mal-afamados gangsteres da cidade de Chicago. Está em mãos de nosso insigne presidente resgatar-n-os de uma ignominia que se perpetua desde os tempos do Imperio, o qual vendia nossa dignidade a cada promissoria pendurada junto á banca de Albion.

Eia! Chega! Libertemon-os de nossos grilhões! Façamos jus ao sacrificio e á memoria do Protomartyr desta Independencia cujo Centenario vimos de commemorar. Rasguemos em praça pública essa nova derrama que são as cartas de cobrança, e elles que emoldurem nossas promissorias e as exibam como lembrança de um povo indomito que tomou as redeas de seu destino nas proprias mãos.

Libertemon-os!

Accudam-n-os nossas gloriosas Forças Armadas! Onde estais que não expressam Vossa indignação como o têm feito nos momentos cruciaes de nossa historia? Não nos falteis agora!

Onde nosso clero, arrimo de nossa força moral?

> Onde a juventude patria?
> Onde os intelectuais de escol?
> Onde os proletarios?
> Onde os homens de valor?
> Onde A Nação Brazileira?

Era Diógenes no seu melhor. Mobilizava todas as forças da nação para lhe endossar o calote.

Sob o editorial, o desenho do maleável Schippa mostrava o gordo John Bull trajando o colete estampado com a Union Jack e, como sempre, baforando o charuto da arrogância. Desta vez vinha carregado às costas de uma multidão de famélicos. E, para que não pairassem dúvidas sobre quem eram os carregadores descamisados e de barriga colada às costas, vinha sobre eles a legenda:

"O POVO BRAZILEIRO".

O editorial surpreendeu quase todos os que fazem girar as rodas do poder, pois Braga andava calmo e feliz depois da compra das máquinas e da avaria grossa causada no casco do ex-Ministro Palhares. O previsível era que, como jiboia empanturrada, passasse algum tempo digerindo sua volumosa vítima. Alguma razão de força maior deveria ter surgido.

Somente uns poucos personagens da cidade atinaram com as intenções não escritas, a razão de força maior que movia o jornalista.

Um exemplar da *Folha da Capital* pousava sobre a mesa da presidência da Rio de Janeiro Electric Street Railway Company; outro sobre a mesa da presidência de sua empresa coligada, o

South American & Caribbean Bank. Ambos exemplares fartamente sublinhados e ornados com uma profusão de exclamações a lápis vermelho.

— Isso é coisa dos franceses — aventurou Anthony "Tom" Moore, superintendente do South American & Caribbean Bank ao telefone com seu colega da Electric, Alastair "Al" Brougham, citando de passagem o que era realmente importante naquele momento:

— Eles devem estar informados da compra da mineradora.

Al Brougham, que fizera um curso intensivo com Reggie Gross quando da passagem de cargo na Electric, tinha uma visão mais terra a terra:

— Faria sentido se fosse no *Correio* ou em qualquer outro jornal. No caso do Braga devem-se procurar razões menores, mais baixas, mais imediatas. Durante o tempo em que me passou o cargo, Gross abriu um capítulo especial sobre o tipo de jornalismo desse sujeito. Eu já me havia prevenido, mas nunca pensei que ele chegaria a esse ponto e tão rapidamente — ponderou Brougham. — A coisa é mais simples. Hoje é a data de vencimento da primeira promissória da *Folha*. Pode confirmar com tua contabilidade. Todo esse barulho é por causa de uma prestaçãozinha de nada. Temos uma estrada pedregosa pela frente.

Minutos mais tarde Tom ligou para confirmar a suposição do colega. Seu departamento de contas a receber enviara havia um mês correspondência absolutamente rotineira à atenção do Ilmo. Sr. Dr. Diógenes Braga, na *Folha da Capital*, em que lembrava do vencimento da primeira promissória de sua dívida para dali a trinta dias, ou seja, hoje.

Quando Braga recebeu os 2.780 contos, dois anos antes, parecia-lhe bastante simples a questão do pagamento. Ele disporia de dois anos de carência, tempo mais do que suficiente para implantar o novo equipamento e fazer o jornal destravar as portas do seu crescimento. As prestações eram plenamen te previsíveis, calculadas para serem constantes e a taxas absurdamente baixas. Ele pagaria cento e vinte parcelas mensais de 25$700:000. A Electric sozinha colaboraria com o reclame mensal de 20$000:00, os demais cinco contos e setecentos seria uma bagatela conseguir. Agora ele avaliava seu balancete e percebia, já bem tardiamente, que não conseguiria separar os quase vinte e seis contos para pagar as letras que começavam a vencer.

O que Braga não contava era que, com as novas máquinas, vieram novas despesas, e as receitas não cresceram na mesma proporção. Eram necessários mais operários qualificados, mais jornalistas, um retratista permanente, papel de primeira qualidade em bobinas (o de má qualidade vivia rebentando na rotativa), salários mais elevados para funções mais especializadas, como linotipista e gravurista.

Percebia, enquanto avaliava o bordereau das receitas do mês, que, por ser um jornal barato e popular, a venda avulsa crescera. Porém, a cem réis o exemplar, essa receita seria sempre insignificante, sequer cobrindo o custo do papel. Como era destinado aos leitores mais pobres, sua tabela de preços de reclames era irrisória, ou não teria anunciantes, o resto eram apedidos e pequenos anúncios. Resumindo: receitas mensais cinquenta e quatro contos, dos quais vinte contos da Electric;

despesas, já incluídos seu pró-labore e a folha de pessoal: perto dos quarenta e nove contos.

Não fossem as malditas promissórias os céus continuariam azuis, os mares serenos, a brisa constante. O mau tempo finalmente surgia com o vencimento dessa primeira letra, de uma série de cento e vinte no valor de 25$700:000. Concordava: era uma miséria, juros de mãe, de 1,5% ao ano, tabela Price. Dinheiro praticamente dado. Mas, como evidenciava o bordereau, não seria possível pagar. A dívida era com um banco inglês, o avalista e principal pagador era a Electric, dona do mesmo banco inglês. Ora, eles que são brancos que se entendam.

Avaliou que politicamente o que caberia fazer seria utilizar a mesma e infalível tática que vinha usando nesses anos todos em que comandava a *Folha*: morder para em seguida soprar, atacar para propor trégua. E assim, do alto do céu azul, aquele pequeno zeus da Praça Onze fez descer seu relâmpago editorial como salva comemorativa do aniversário da dívida.

O editorial da *Folha* estava pousado também sobre outras mesas da cidade, do Palácio do Catete à sede da Casa Bancaria Couto & Irmão, onde o administrador-geral, Dr. Luis de Couto Palhares Filho, o recortou cuidadosamente, colou-o sobre uma folha de papel almaço, envelopou-o com um bilhete manuscrito e deu ordens ao estafeta que o entregasse em mãos da Sra. Dona Herminia de Couto Palhares, em São Clemente.

Nos dias seguintes mais dois editoriais no mesmo tom foram publicados, embora não se mencionasse o nome ou se fizesse qualquer referência à Electric, contrariando as expectativas dos observadores. Era caso pensado: dessa forma qualquer movimento da Electric de retaliar, cancelando sua publicidade, seria denunciada como uma pressão do trust estrangeiro, cujos vários tentáculos obedeciam a uma só cabeça, a qual tentava fazer calar a imprensa independente de nosso país. Exporia uma concatenação que não interessava de forma alguma aos ingleses.

Na manhã em que foi publicado o terceiro editorial, o banqueiro Tom Moore já se preparava para cabografar ao Board pedindo instruções. Por seu gosto ele chamaria Braga para uma conversa particular e negociaria uma repactuação ou mesmo uma anistia para essa dívida, afinal uma bagatela diante dos grandes negócios que estavam em curso e que poderiam ser prejudicados por este destampatório, mas, visto por outro lado, "deixar isso para lá", como gostam de dizer os brasileiros, sinalizaria que qualquer devedor com um megafone bastante potente poria para correr qualquer credor.

Foi quando recebeu um elegante cartão no qual o Dr. Luis de Couto Palhares Filho, diretor-geral da Casa Bancaria Couto & Irmão, solicitava um encontro. A resposta não tardou e veio por telefone. Um secretário de Tom Moore indagava ao secretário do Dr. Palhares Filho se haveria algum inconveniente de a conversa ser travada em inglês. Não, inconveniente algum. Então hoje às três da tarde estaria bem? Perfeito!

Tom Moore estava curioso para saber o que o dirigente de uma casa bancária, pequena, porém com razoável lastro e recentemente associada a um imbroglio financeiro-frascário-

-familiar, poderia querer com um banco internacional de seu porte, envolvido em transações de muitos milhões de libras-ouro.

O encontro foi protocolarmente cordial e Palhares Filho, um dos únicos brasileiros formados pela escola de negócios Wharton, nos Estados Unidos, dominando perfeitamente a língua e a forma direta de negociar de seu interlocutor, não se fez de rogado.

— Gostaria de lhes propor um acordo com relação à dívida de Diógenes Braga.

Os olhos de Moore se acenderam de interesse. Um brasileiro vir lhe oferecer ajuda em uma situação como a que ele se encontrava, em vias de ter que processar um jornalista local, por mais desmoralizado que este fosse, e sabendo da onda de antipatia que isso inexoravelmente levantaria contra seu banco e contra a Electric, ah!, essa proposta era um presente do alto.

— O que o senhor propõe, doutor Palhares?

— Parto do pressuposto de que um litígio com este senhor é o que menos lhes interessa. Antes de mais nada, porque é politicamente desgastante, pois cada passo do processo seria levado a público pela *Folha da Capital* e por alguns outros jornalecos que se aproveitariam disso para morder seus nacos. Segundo, porque seria um processo caro para resgatar um valor de pouca monta diante do turnover dos senhores. E, em terceiro lugar, porque estou convicto de que os senhores não conseguiriam andar com o processo. Já devem conhecer a expressão "aos amigos, tudo; aos inimigos, a Lei", não?

— Esta tem tudo para ser inglesa! — disse um Tom Moore já dando sinais do seu bom humor e sentindo que aquela conversa iria dar bons frutos.

E procurou saber quais as conclusões de toda aquela introdução:

— Muito bem, Dr. Palhares, acho que sua análise está bastante correta, embora não haja a menor possibilidade de abrirmos mão de nossos direitos.

— Sem dúvida. Mas se deixarem por isso mesmo ninguém mais lhes pagará um tostão. É por isso que minha proposta poderá representar uma ótima saída política para todos nós.

Moore já sentava na ponta da cadeira, e o corpo inclinado para a frente denunciava seu grande interesse e ansiedade. Palhares continuou:

— Me proponho simplesmente a arrendar esse crédito dos senhores. Para todos os efeitos legais os senhores nos vendem as promissórias por algum valor razoável que convencionaremos. Com isso os senhores se desvinculam jurídica e politicamente desse crédito que passa a ser nosso, da Couto & Irmão. Anunciaremos à praça que compramos esses créditos de liquidação duvidosa da South American & Caribbean Bank e comunicaremos ao devedor, informando-o dos prazos da Lei. Entre nós, firmaremos um contrato particular em que Couto & Irmão se comprometem a pagar 50% de tudo o que conseguirmos arrecadar desta cobrança ao South American & Caribbean Bank, deduzidas nossas eventuais despesas judiciais e assemelhadas.

Moore estava radiante, e não escondia isso.

— Já estou de acordo. Vou consultar o Board, com meu parecer favorável. Terei uma resposta em até quarenta e oito horas. Agora, se tu me permites ser um pouco mais pessoal, que razões os senhores teriam para comprar tamanha dor de cabeça?

— Razões familiares, Mr. Moore, este Diógenes Braga nos deve. E muito! E irá pagar pelo mal que nos fez.

A conversa assumiu um tom grave, com expressões como "I see, I see!", e Moore começou a acreditar que aquela conta iria ser cobrada.

24

As edições do *O Jornal*, *Correio da Manhã*, *Jornal do Brasil* e do *Commercio* amanheceram com o seguinte aviso:

"Á Praça"

Tavares & Alencastro, advogados nesta comarca de S. Sebastião do Rio de Janeiro, veem á praça da Capital Federal na qualidade de procuradores da "Casa Bancaria Couto & Irmão", representada por seu sócio majoritario Dr. Luis de Couto Palhares Filho, avisar ao devedor, terceiros interessados e a quem mais interessar possa, que a supracitada Casa Bancaria vem de concluir negociações para a aquisição de todos os direitos crediticios e chirographarios havidos por "The South American & Caribbean Investment and Trust Bank", contra a "Empreza de Publicações Folha da Capital Sociedade L.da", passando por conseguinte a ser única credora de 120 (cento e vinte) promissorias, com vencimentos mensais e successivos a partir de 28 de outubro próximo passado, ostentando cada uma o valor de face de 25:700$000 (vinte e cinco contos e setecentos mil-réis), totalizando uma dívida de 3.084:000$000 (treis mil e oitenta e quatro contos de réis), promissorias essas devidamente firmadas por Diógenes Salusthiano dos Santos Braga, na qualidade de sócio proprietario da principal devedora e por Reginald Phineas Gross, na qualidade de avalista e principal pagador. As alludidas promissorias estão devidamente estampilhadas e registradas, assim como o contracto a ellas vinculado, no Tabelionato de Seraphico dos Sanctos Reis, na forma da Lei. Avisamos outrossim que encontra-se vencida desde o dia 28 de outubro próximo passado a promissoria de numero de ordem 001/120. Avisamos também

que o inadimplemento por mais de 90 (noventa) dias de qualquer das promissorias acarretará o protesto immediato de todas as lettras vincendas, conforme clausula 18 alinea "a" do dito contracto, sujeitando-se ainda o devedor aos custos moratorios, cartorarios, advocaticios e judiciaes decorrentes.
No Districto Federal, aos 3 dias de março do Anno da Graça de 1923

Diógenes Braga não teve, como seria de se esperar, um acesso de raiva. Diógenes gelou. Isso era imprevisível. Surgia um Couto Palhares, Couto Palhares, Luis de Couto Palhares Filho. Quem? Couto Palhares, Casa Bancaria Couto & Irmão. Memória remota de nomes que não faziam sentido. Filho... filho... filho de quem? Ah! Filho! Filho, sim... mas de uma grande puta, filho daquele merda, filho daquele ministrinho de merda! Braga sentia-se poderoso diante daquele cachorro morto do ministrinho de merda, mas agora vinha esse filho, esse menino com topete, vinha com esse aviso em quatro jornais, vinha o filho campear pelo pai. Ele não sabia nada do filho, apenas que só poderia ser um merda como o pai. Tinha que ser. Outra friagem de medo o percorreu. Onde estava a Electric? Ela é que era a avalista do empréstimo. Foi ao cofre de sua sala contígua à redação, lá pegou sua cópia do contrato de empréstimo e passou a folheá-lo atentamente. Procurou a qualificação das partes. Lá estava ele, lá estava o maldito banco inglês, lá estava Gross, inteiro, com o número de sua Identificação de Estrangeiro Residente, com seu endereço, sua idade e profissão, e até seu cargo na Electric, totalmente qualificada também. Havia Gross, Gross e Gross, só faltava o número de seu sapato, mas não havia uma linha sequer sobre a Electric na qualidade de avalista. Não era a Electric que avalizava; ela era mencionada apenas como a empresa onde Gross trabalhava. O avalista era Gross, em caráter pessoal. E Braga lembrou-se das conversas de Gross no rendez-vous de Mme. Charlotte, seu desejo de ir embora para o Kenya — "para o diabo que o carregue", pensou Braga, que repetia insano: "Esse aval não existe. O aval não existe. O avalista encontra-se em local incerto e não sabido." Repetia em desespero como se fosse ele o logrado. Estava tão seguro de que havia capeado os ingleses que sequer deu maior atenção a isso e, menos ainda, às "cláusulas de praxe", as que se seguem após a qualificação das partes, a especificação do objeto do contrato, montante, carência, parcelas e juros. Pela primeira vez leu as cláusulas referentes às penalidades: eram escorchantes, draconianas, para o caso de calote, como premonitoriamente acusara em seu editorial. A mora passava a ser de 1%. Ao mês. Fez umas contas para descobrir que, caso protestassem o contrato todo, sua dívida aumentaria em mais de trinta contos por mês de atraso. Seu bojudo anel de grau, com o qual desfilava doutorice, de nada lhe servira. "Otário! Otário!", gritava-lhe seu juiz interior para quem a grande violação ética era ser — ou ser tido por — otário.

— Grande otário! — repetia-se, em um tango solitário e desesperado.

Pereirinha, que chegava pelas onze da manhã para ler os jornais na redação, percebeu pelos balbucios e movimentos nervosos de seu patrão que algo de muito importante se passava. Procurou com os olhos algum sinal em Braga que o autorizasse a se aproximar e este logo veio. Diógenes viu em seu principal jornalista uma possibilidade de ajuda.

— Pereirinha, já ouviste falar em Luis de Couto Palhares Filho? Casa Bancaria Couto & Irmão? — gritou ele através do salão.

A pessoa, Pereirinha desconhecia, mas o tamborete bancário, esse era bastante conhecido na praça, principalmente depois do rombo que o Ministro Palhares deixara atrás de si. Quando lembrou do Ministro, Pereirinha imediatamente conseguiu deduzir quem era a pessoa que Braga consultava.

— Seria filho daquele Ministro que anda meio sumido, o Palhares, da francesa?

— Esse!

Braga pegou um dos quatro jornais que tinha sobre a mesa, abertos nas páginas do mesmo aviso à praça, e o expôs a Pereirinha, como se o estivesse apregoando:

— Vê que topete! Esse molecote quer vir comprar briga comigo.

Pereirinha tomou o jornal que Braga lhe exibia e leu.

— Com a breca! — Era só o que ele tinha a dizer naquele instante.

Mas, passado o impacto da leitura, o jornalista não conseguia atinar de que forma aquela cobrança, apesar dos termos claros e duros do aviso, poderia de fato ameaçar uma firma que a cada dia ganhava força, como a *Folha*.

Aventurou-se apenas a perguntar:

— Mas já não te preparavas para pagar? O que há neste aviso que tu já não sabias?

— E tu achas que é para pagar aos gringos? — disse Braga, inventando uma esperteza de última hora. — E agora, essa: a dívida não é mais com os ingleses, é com um banco brasileiro! Vamos acabar com ele, Pereirinha! Quero que tu sondes por aí os pés de barro desse moleque.

Disso Pereirinha não gostava. Achava perfeitamente natural aumentar a verdade para vender mais jornal. Achava perfeitamente natural — gostava mesmo — de criar uns fatos, umas entrevistas, depoimentos, coisinhas assim, como dizer que um fulano de tal — nome e sobrenome devidamente inventados — quebrara uma perna em um buraco da rua tal. O buraco existia, o fulano, não; o buraco era consertado, todos ganhavam. E lembrava-se dos inexistentes "filhos chorosos", "desamparados", no enterro da lavadeira. Isso valera uma rotativa a Diógenes, e a lavadeira, de fato, havia sido atropelada pelo bonde. Mas procurar, como seu patrão agora o mandava, fuxicar a vida alheia para destruir uma pessoa, disso ele não gostava. Não havia notícia aí. Isso ele não iria fazer.

Releu o aviso à praça e sentiu certa simpatia pelo panache de Palhares Filho ao vir afrontar um jornal e um jornalista que — e Pereirinha era consciente disso — todos evitavam como a um cachorro louco.

Diógenes Braga não tinha par na imprensa da capital. A cada vez que, por dever de ofício, encontrava outros donos de jornal em alguma solenidade ou nas missas oficiadas pelo Cardeal-Arcebispo, uns poucos o cumprimentavam de modo meramente casual e logo se afastavam. Mesmo no rendez-vous de Santa Tereza, o country club da fina flor dos cavalheiros da República, ele falava alto, fazia suas graças, alguns convivas riam, mas apenas Mme. Charlotte lhe dava certa atenção, para logo lhe trazer a fanée Régine, sua preferida, com quem invariavelmente terminava a noite. Seus únicos defensores eram os boêmios mais ou menos intelectualizados, que viam nele alguém que "era dos nossos" e "combatia os poderosos", e alguns tantos malandros, que sabiam poder contar com Diógenes na hora do aperto, pois nunca faltaria o arame para inteirar o sanduíche e mais algum para o paraty, sábio investimento que já lhe salvara a vida, como bem havia demonstrado Angelino.

Esta última pauta que recebera de Diógenes consolidou em Pereirinha a certeza de seu chefe ser apenas um sujeito rancoroso, sem amigos, ideias ou lealdades, sempre em defesa de si mesmo, capaz de atacar um dia o que defendera na véspera se isso lhe rendesse mais dinheiro, prestígio ou tiragem de jornal. Ou, simplesmente, se bater em alguém fosse algo fácil e sem consequências. E sempre extrapolando os argumentos objetivos, indo sempre que possível à pessoa do atacado. Com isso ele mantinha sua aura de "jornalista combativo", "corajoso", "defensor de grandes causas".

Pereirinha passou o resto do dia em andanças pela cidade, para os lados da Bolsa, do Banco do Brasil, do Senado, colhendo umas coisinhas aqui, outras ali... Ao voltar à redação foi a

Braga, que o esperava ansioso. Explicou que não conseguira nada que pudesse ser munição nas mãos do chefe.

— Como, não soubeste nada?

— Nada, Diógenes.

— Pereirinha, tu és capaz de descobrir o que quiseres. Alguma coisa na firma, algum pederasta na família, algum morfinômano.

— Já te disse. Não há nada que possa ser usado contra ele ou o tamborete dele. Estive com alguns amigos na Bolsa e na Caixa de Amortização e eles só sabem que a casa bancária se reestruturou depois que a família interveio e andou vendendo algum patrimônio. Parece que o menino é formado em finanças na América. Só pude saber isso. Nada que desabone o rapaz. Perguntei sobre a família — e nisso ele mentia —, e ninguém sabe de nada, eles são muito fechados.

Diógenes não gostava da forma quase carinhosa com que Pereirinha se referia ao seu oponente: "menino", "rapaz"... Mas sabia perfeitamente que com Pereirinha não poderia explodir, ter algum rompante, nada. Era tratá-lo com um misto de intimidade e cerimônia, nada que ultrapassasse a barreira do respeito. Era isso ou perder seu melhor profissional.

— E aquele teu judeu, será que ele teria como sondar alguma coisa na tribo dele? Afinal, são todos metidos com dinheiro...

— Não custa perguntar...

— Não. Melhor. Mande-o procurar a francesa que o velho mantinha na Piedade. Quem sabe esse caso ainda pode render alguma coisa... algum detalhe novo? Pelo que sei, ela foi abandonada... deve estar com raiva. Mulher com raiva sempre fala.

Quando Yuli passou para redigir os pequenos reclames, Pereirinha se aproximou de uma forma menos jovial que de costume, como que se explicando:

— Juca, vou te pedir um favor. O Diógenes está encurralado por umas cobranças, desesperado. Tu leste os avisos que saíram nos jornais da manhã? — Ao que Yuli fez que sim, continuou: — Ele está querendo que tu ajudes a procurar alguma coisa a mais sobre o banco que o está cobrando. Ele quer que tu vás à Piedade. Te lembras da Rua Quaresmeira, onde houve aquele enterro, onde nos encontramos?

Sem dúvida Yuli lembrava, e confirmou com a cabeça.

— Ele quer que tu dês uma passada por lá amanhã cedo, saber das novidades, saber se a moça que o Ministro mantinha ainda está por lá. Se ela estiver, pergunte se quer falar com a *Folha* sobre tudo isso...

— Mas ela não me recebe, seu Pereirinha, já me despachou da porta várias vezes — mentiu Juca pela primeira vez ao seu chefe.

— Não importa. Vai lá e sonda o que puderes, o que tem acontecido na casa, se ela ainda mora lá. Se conseguires apurar alguma coisa, muito bem. Se não, paciência...

Yuli foi com o coração apertado. Não lhe agradava trair a confiança de seu chefe, mas lhe agradava ainda menos fazer o que quer que fosse para prejudicar aquela mulher quase desconhecida que volta e meia lhe aparecia em sonhos tumultuosos. Iria e, ao chegar por lá, decidiria o que fazer.

Na manhã seguinte passou pela camisaria e pediu ao irmão algumas das revistas que Flint, o gerente da Singer, lhe oferecia. Essas revistas iam se acumulando, e Yuli adorava folheá-las.

Para ele eram uma revelação: cada vez que folheava uma *Vogue* ou uma *Harper's Bazaar*, admirava-se do colorido, da quantidade de reclames, as páginas ainda exalando aquele cheiro de papel e tinta novos que só os amantes do papel impresso sabem apreciar. As capas o atraíam, sobretudo as da *Bazaar*, que ostentava ilustrações deslumbrantes, refinadíssimas, dentre as quais uns desenhos longilíneos de um artista que se assinava Erté, e que lhe falava diretamente à sensibilidade e ao gosto. Yuli selecionou as mais recentes dessas revistas e pensou em Ninon.

Essa nova viagem de trem teve um sabor diferente. Ele levava sua mala de mascate, passaporte com que transitaria pela rua sem chamar muito a atenção, apesar da longa ausência. Mas, dessa vez, a mala levaria apenas coisas de interesse de sua freguesa especial.

Subiu a Rua Quaresmeira com a familiaridade de um velho amigo e chegou às platitudes de sempre com uma antiga freguesa à janela:

— Sumido, seu Juca... não fala mais com os pobres?

— Como vai a senhora, Dona Leonor, as crianças?

Subia a ladeira devagar, casualmente. Não queria chamar a atenção. Ao chegar ao alto da rua, onde o casario era esparso, ele logo percebeu um movimento diferente. No pátio de mangueiras que volteava a casa de Ninon, havia uns caixotes e um burro sem rabo já carregado esperando seu condutor. O portão estava escancarado, provavelmente para dar passagem àquele carreto. Sem o impedimento do portão trancado, Yuli foi entrando e subiu a escadaria de pedra, até chegar à porta da qual divisava o interior da casa, e se deparou com o movimento de mudança: objetos sendo embrulhados em palha e encaixotados por serviçais e, entre eles, uma figura destoante, mangas arregaçadas deixando ver braços muito pálidos e meio encardidos de poeira, roupa simples, de trabalho, nada dos atavios, das rendas e babados com que sempre era vista, nada de maquiagem, apenas a tez de campônia normanda que havia dois anos não tomava sol. Feixes louros escapavam pelo lenço da cabeça.

Yuli e Ninon surpreenderam-se ao se reverem.

Ela deixou de orientar o caseiro — que aguardava com um enorme vaso de porcelana suspenso nos braços — enquanto olhava fixamente Yuli, como se o visse pela primeira vez. E, de fato, era a primeira vez que Ninon o via. Já não tão garoto, nem tão mascate, nem tão distante, nem tão indiferente. Os cabelos ruivos ainda revoltos, mas ele agora era um homem, o vigor e a elasticidade transbordando do velho terno de flanela que se tornara apertado para os músculos ainda mais desenvolvidos pela faina diária. Um homem. Ninon via diante de si um homem.

— A senhora está indo embora? — A voz de Yuli denotava certo lamento.

— Acabou-se — ela disse baixando os olhos, a voz não demonstrando tristeza, apenas uma constatação realista. — Acabou-se faz tempo.

Como se procurasse as razões que o levaram até ali, Yuli pousou a mala no chão, abriu-a e tirou a revista que estava mais à mão.

— Tinha juntado umas revistas para trazer para a senhora... Tenho pensado... quer dizer... Cada vez que vejo essa capa eu penso na senhora...

Ela sorriu, deixando transparecer seu agrado com o que via e ouvia. Yuli estendeu-lhe a *Bazaar* que segurava:

— A senh... tu? — olhou para ela pedindo licença para aquele tu.

Ela mordia levemente os lábios.

— Te vejo sempre na capa dessa revista...

Ninon sentiu um choque de prazer ao ver a figura da capa. Uma mulher longilínea, sensual, uma mulher nova, misteriosa, inatingível. Uma mulher vertical. Como ela se queria e como nunca havia visto antes.

— Pensei na senhora... em ti... Tenho pensado sempre... queria trazer essas revistas para a senh...

— Vem! — E, virando-se para o caseiro: — Põe isso no chão e espera lá fora. — Vem! — insistiu ela, agarrando Yuli com força pela manga do paletó.

Ele não precisou de qualquer outro estímulo. Abraçou-a ainda no salão, entre objetos desordenados e caixotes por arrumar. O volume em suas calças procurava caminhos entre as pernas de Ninon, isoladas por camadas de panos. Eles se apertavam e se bebiam. A custo Ninon conseguiu guiar Yuli até seu quarto, última peça da casa ainda não desmontada para a mudança. As janelas abertas, indevassáveis, com vista para as mangueiras, deixavam entrar uma luz filtrada pelas árvores. As roupas foram sendo tiradas aos arrancos, com sofreguidão, até que ambos se viram despidos, de pé, extasiados.

— Comme t'es beau — disse ela baixinho, absolutamente faminta daquele homem jovem e musculoso.

Yuli era o primeiro homem jovem com quem Ninon deitava. Ela o trouxe para si e, com sua mão, ajudou-o a localizar-se em seu corpo. E essa penetração foi forte, desbravadora, rápida e torrencial.

Eles se descolaram por algum tempo e, como nunca acontecera antes a ela ou a ele, descobriram o prazer do carinho enamorado, da carícia delicada movida pelo puro prazer de dar prazer.

Foi na segunda vez que eles puderam se dar conta de com quem estavam. Menos sôfregos, menos ávidos, mais sensíveis, mais curiosos. Os olhos e as mãos de Yuli desbravavam as suaves reentrâncias do belíssimo corpo de Ninon. Ela o guiava e o levava aonde ela queria mais. Ninon passeava sem restrições pelo corpo dele e com a língua eriçava seus mamilos e abocanhava seus volumes. Assim estimulado, ele também ofereceu sua boca e mordiscou-a até que a sofreguidão os tomou. E, dessa vez, ela pediu com um sussurro:

— Espera por mim...

E, como se ele soubesse o que fazer, esperou. E Ninon, pela primeira vez, gozou com um homem.

Ao chegar à redação Yuli pisava forte, seguro, inaugurado. Pereirinha notou isso, mas, angustiado com o clima que se criara no jornal, não chegou a perguntar nada de particular. E Yuli foi logo passando o relato:

— Fui lá, Pereirinha, mas já não há mais nada. A casa está abandonada. Falei com as vizinhas e me disseram que há umas semanas foram todos embora, não se sabe para onde. Ela não deixou endereço, nada. Foi tudo o que deu para saber.

— Juca, a coisa aqui está estranha. O Diógenes está em ponto de enlouquecer-nos a todos. Ele quer destruir de qualquer modo o filho do velho Palha, o amante daquela francesinha que tu foste procurar.

Yuli sentiu um ciúme perfurante, não só pela intimidade quase promíscua com que Pereirinha a citava, como por lembrar-lhe que alguém como o Ministro, um ser sórdido, segundo todos os relatos, pudesse dispor daquele corpo que se dera a ele tão livre e francamente. Pensou que, afinal, o corpo de Ninon poderia ser manuseado por quem pagasse por isso. A custo conteve suas emoções. Foi para a sua Remington redigir os reclames do dia, rescaldar os seus ciúmes:

> **Aos primeiros symptomas**
> **GONORRHENO**
> —=—
> ## SYPHILLIS
> Ellixir e Injecção
> # 914
> —=—
> **ENCONTRADOS Á**
> Pharmacia Apollo
> **Assemblea, 10**

Bernardo gostava cada vez mais dos reclames que Yuli preparava, vinham prontos, com todas as marcações tipográficas, datilografados no formato mais aproximado possível. Poupavam-lhe tempo e facilitavam a vida do compositor. Melhor do que isso só se Yuli compusesse direto nas Linotype... e por que não?

— Ó seu Juca — gritou Bernardo pelo alçapão. — Quando puderes, desce cá!

Assim que desceu, Yuli passou a receber as primeiras lições de composição automática com o uso da Linotype e da tituleira Ludlow. Sua bagagem de aprendiz de tipógrafo na Ucrânia facilitou em muito as lições de Bernardo. Ao aprender essa nova tarefa Yuli deixou de pensar em Ninon e nos homens aos quais ela teria se oferecido da mesma forma que a ele. Sentou-se à Lynotipe e meia hora depois, banhado em suor, tinha pronto o seu primeiro reclame composto diretamente:

PARC ROYAL
LIQUIDA!
Vestidos 180$000 a 190$000
Costume em "Palm Beach" 110$000
Camisas de Zephyr, typo americano, 8$800

Por um preço desses essas camisas deveriam ser um bom trapo, pensou Yuli enquanto acertava os brancos da composição e ocupava a cabeça com pensamentos menos corrosivos. Guardou a prova impressa daquele reclame. Iria falar com o irmão sobre isso.

25

O catálogo de roupas profissionais presenteado por Flint parecia vir sendo manuseado há anos, embora só estivesse havia alguns dias sendo examinado por Mark e Simmy. Ela conhecia rudimentos de inglês, o que facilitou entender os detalhes de fabricação e os tecidos de que eram feitos as centenas e centenas de modelos ali expostos em desenhos precisos. Todo um capítulo era voltado para roupas hospitalares (o que evocava os sonhos recalcados de Simmy), outro às roupas usadas nas mais variadas indústrias, outro para criados, motoristas e prestadores de serviços públicos e domésticos. Uma revelação.

Mark passou a sonhar com isso. Na verdade, o que ele vinha instintivamente fazendo era exatamente isso: roupas profissionais. As possibilidades que vislumbrava eram imensas. Quando Yuli chegou à sua oficina com a prova do reclame do Parc Royal, Mark disse-lhe que já sabia disso. Era um chamariz para a loja:

— Eles sacrificam umas duzentas camisas de saldo, números pequenos, defeitos de tecido ou de costura, para chamar o povo para as lojas, chamam aquilo de um nome bonito, agora é Zephyr. Se os fregueses não ficarem satisfeitos com o que encontram, acabam comprando outras coisas melhores, mais caras. — E passou a lhe exibir o catálogo e alguns moldes decalcados a lápis em papel-manteiga. — Eu queria te mostrar isso.

— Nuuuu? — disse Yuli numa expressão em yidish que quer dizer "e então?" ou "a que vieste?".

— Uniformes, irmão, uniformes. Aqui não tanto, mas em São Paulo tem muito mais fábricas. Na América só se trabalha com uniforme. Ouvi dizer que na Rússia também. — E passou a folhear o catálogo para o irmão. — Acho que seria possível colocar uma linha de aventais, guarda-pós e camisas em tecidos azuis, em brim, sarja, tecidos de trabalho.

— E tu vais para São Paulo vender? — Yuli percebeu no irmão aquele olhar longínquo de quando ele comprara a primeira máquina de costura.

— Vou!

Yuli não conseguia deixar de pensar em Ninon. Abria e fechava o papel onde estava seu novo endereço. Ao perguntar-lhe se eles voltariam a se ver, Ninon escreveu-lhe, em letra incerta e infantil, seu novo paradeiro, no finalzinho do Flamengo, uma pequena casa térrea em uma rua arborizada, bem perto da praia. As dúvidas o assolavam. Desde que ouvira aquela corrosiva identificação de Palhares como o "velho Palha, o amante daquela francesinha", ele tinha oscilações de temperatura: ora gelava de ódio, ora fervia de paixão. Agora era a paixão: não iria às vendas pelos subúrbios, mas, em vez, tomou uma sucessão de bondes, do Estácio de seu irmão até o Flamengo de Ninon, quase duas horas de viagem e ruminações. Ao chegar ao seu destino, deparou-se com um automóvel diante da casa que procurava. De pé, apoiado ao carro, um motorista em libré. Yuli, desconcertado passou por nova oscilação térmica e seguiu em frente, direção da praia, e resolveu sentar-se sobre a amurada que delimitava o mar e de onde poderia ainda divisar o movimento da casa. Passada coisa de meia hora, um movimento. O motorista abre para alguém a porta do carro, mas Yuli não consegue perceber quem entrava. O automóvel põe-se a andar em direção à estreita rua que bordeja a orla quando Yuli, obedecendo a um impulso que nem ele conseguiria explicar, corre e posta-se de braços escancarados diante do carro ainda em marcha lenta. Antes que o motorista viesse atacá-lo com uma barra de ferro, uma cabeça de mulher sobressai da janela:

— És tu o Juca?

O motorista se desarma, os braços de Yuli pendem, a mulher exibe um sorriso amistoso.

— Ninon tem toda a razão, tu és muito bem-apanhado, rapaz! Agora sai da frente que estou com pressa. — E, para o motorista, como se nada tivesse acontecido: — Vamos, Jorge, que estou atrasada.

Yuli ficou por ali, atônito. Quem seria aquela mulher tão *chic* que sabia seu nome sem nunca terem se encontrado antes?

Seguiu para o tão ansiado encontro, aliviado por não tê-la encontrado com um outro homem, mas angustiado com essa possibilidade.

— Que bom que vieste. Tive tanto medo de que tivesses perdido o endereço. — Ninon exibia uma franca expressão de alegria por se reverem.

Yuli não contou tudo o que se passara havia pouco.

— Vi um carro saindo daqui defronte...

— ??

— Tenho o direito de sab...

A expressão doce de Ninon foi substituída por outra, severa e cortante:

— Não tens direito a nada. Recebo quem eu quero, como a ti, a quem recebo porque quero. Se quiseres é assim: tu não me perguntas e eu não te pergunto. Não me venhas com conversa de direitos...

Calor, frio, Yuli ia tomando a direção da porta.

— Fica! Eu quero... hoje te quero. Hoje. Fica?

26

Diógenes sentia o atraso da promissória amontoar-se como se escoasse pelo furo de uma ampulheta. A cada dia procurava nos jornais algum sinal da Casa Bancaria Couto & Irmão, que não mais se manifestou em qualquer veículo do Rio de Janeiro. Com certeza municiavam seus advogados para melhor instruírem o protesto de todo o contrato.

Não dormia mais as noites inteiras. Seu sono era entrecortado por terríveis pensamentos de ruína iminente, vergonha por ser apontado como otário, terror de ser execrado publicamente por sua derrota. A angústia só era mitigada quando seu juiz interior o acusava tão somente de otário, absolvendo-o de qualquer outro deslize: seu pecado foi o de acreditar em seus semelhantes; o de assinar um contrato em boa-fé, confiar excessivamente e se deixar burlar pelos notórios velhacos que nos vêm logrando desde os tempos do Império. Chegara a sua vez de integrar-se à legião que formava a pátria espoliada.

Em meio aos suores de suas alvoradas de pânico, pensou que poderia ser bem-sucedido se partisse para um lance audaz: procurar o inimigo. Em seu desespero, Diógenes achou que poderia negociar diretamente com seu credor. Quem sabe, face a face, ele pudesse se explicar, desfazer a má impressão, evidenciar as vantagens de ser poupado, oferecer uma permuta das promissórias ou parte delas por reclames. A *Folha* poderia se colocar ao dispor, levar a casa bancária às alturas, divulgar seus serviços, angariar depósitos e cobranças de e para outras praças. Afinal, eram homens de negócio, e os negócios falariam mais alto.

Sim, procuraria Luis Palhares Filho assim que amanhecesse e o expediente nos escritórios da banca iniciasse. Isso acalmou-o e lhe embalou alguns momentos de sono.

Ao acordar manteve a disposição de levar à prática a decisão da madrugada, apesar de temerária. Diógenes Braga decidiu fazer pessoalmente a ligação telefônica. Tomou o auricular e, depois de duas vezes desistir e finalmente decidir-se, a telefonista o atendeu na estação central, com o costumeiro "número, faz favor", e ele pediu quase aos sussurros e polidez afetada:

— Por obséquio, senhorita, ligue-me com Norte 1217.

Quando a telefonista, que sabia de cor praticamente todos os números importantes da cidade, perguntou confirmando, naquela sua voz caracteristicamente arrastada: "Com o bancastrirmão?", o coração de Braga o escoiceou como se ela estivesse anunciando essa ligação aos brados para toda a cidade.

O telefone do secretário de Luis de Couto Palhares Filho tiniu e a telefonista da estação central completou a conexão. Braga, com a voz que lhe era possível, controlando a respiração, pediu que o pusessem em contato com o Dr. Palhares Filho. O secretário informou que iria consultar. Não tardou a informar secamente que o Dr. Luis de Couto Palhares Filho não iria atender o Dr. Diógenes Braga. Qualquer contato, por cortesia dirigir-se ao Dr. Octacilio Almada Tavares, de Tavares & Alencastro, advogados, plenamente credenciados, os quais estariam à inteira disposição.

Mais uma vez tentou. Refez cálculos para ver de que forma poderia gerar os vinte e cinco contos da letra. Sua única fórmula consistiria em cobrir a cabeça e deixar os pés de fora. Suas contas eram impossíveis. Não poderia ficar sem seus profissionais. Só lhe restaria cortar o pagamento de papel, tinta e salários. Mais simples fechar o jornal. Mas fazia contas, mesmo assim: Pereirinha 1:200$000, Bernardo 800$000, ele mesmo, Diógenes Braga, oito contos. Total da folha de pagamento dos andares de cima e de baixo: 23:350$000. Papel, tinta, material de consumo, aluguel, vinte e seis contos. E se reduzisse o número de páginas, a tiragem? Talvez conseguisse mais uns dez contos. Mas era pouco e lento. Ele precisava de soluções já. Não seria por esse caminho.

Pereirinha, que chegava à redação, conseguiu vislumbrar as ruminações que Diógenes rascunhava sobre uma lauda. Braga percebeu sua aproximação e transformou aqueles cálculos em uma bola de papel, logo mandada ao lixo. Na primeira oportunidade em que viu Braga se ausentar por um tempo seguro, Pereirinha foi à sala do chefe e, com discrição, trocou uma bola de papel por outra.

Dona Herminia fazia questão de ser informada pelo filho de todas as etapas do caso Diógenes. Mas por motivos totalmente diferentes dos do filho, para quem o mais importante seria na medida do possível resgatar o nome do pai. Para a matriarca o que importava era restaurar os momentos de fausto e de glória de seus salões, poder declamar torrentes de nomes, sobrenomes e genealogias completas de seus convivas; embeber-se de elogios e olhares invejosos de outras gordas senhoras; ter a mão, oh! senhor embaixador, reverentemente beijada.

Ela apenas, e intensamente, desejava restaurar esses prazeres tão vergonhosamente ceifados.

Mas a realidade era que os salões não eram mais abertos à nata. Nos últimos tempos, apenas reuniões de família: Natal, aniversários (aí não incluídos os do velho Palhares) e pelo menos dois jantares mensais, que ela convocava "para não desacostumar a criadagem e manter a louça e a prataria limpas": comida impecável, serviço à francesa e, afinal, conversas familiares amistosas a não ser pelo tabu de se tocar no nome do patriarca deprimido e recluso. A cada vez que, por alguma remota razão, ele era mencionado, um mal-estar baixava sobre a conversa, as vozes assumiam um timbre mais grave e procurava-se rapidamente superar o assunto.

No último desses encontros, cerca de duas semanas depois da publicação do "Á Praça", foi levantado, a pedido de Dona Herminia, o caso *Folha da Capital*. Palhares Filho fez então um pequeno relato para atualizá-la a respeito dos últimos movimentos: o inopinado telefonema de Braga e suas tentativas de procurar o Banco do Brasil em sua desesperada busca por dinheiro para saldar a dívida.

— Precisamos alertar o doutor Cincinato e o Ministro Sampaio Vidal sobre as tentativas deste senhor de envolver o erário em suas falcatruas — disse a matriarca exibindo total intimidade com as rodas do poder financeiro — no caso, o Banco do Brasil e o Ministério da Fazenda — mesmo em um governo que acabara de assumir e de cuja elaboração ela esteve ao largo.

— A senhora irá fazer isso, mamãe? Acho muito oportuno — disse Palhares Filho, em fase de aprendizado intensivo sobre os componentes políticos de seu métier.

— Vamos juntos. Será boa oportunidade de te reapresentar como presidente da nossa casa bancária.

Os demais filhos, filhas, genros e nora acompanhavam interessados e silenciosos. Quando se abordava este assunto, a família se unia com a coesão de um grupo de correligionários.

— Filho, o contrato de empréstimo da *Folha* com os ingleses arrola as máquinas como garantia, pois não? Ele é fiel depositário do equipamento, imagino...

— Com certeza, mamãe, se sumir um parafuso vai para o xilindró. — E todos se deleitavam com essa expressão das ruas tão candidamente expressada por Luis Palhares Filho.

— Ah, que interessante. Então, se os executarmos ficamos com o título do jornal e as máquinas... — devaneava.

Dona Herminia mostrava um ar feliz, como fazia muito tempo não se via.

— Silvinho — e dirigia-se ao caçula bon vivant que, já bem entrado nos vinte anos, não conseguia escolher carreira —, tu não gostavas de fazer um aprendizado no jornal do Cost'Alves?

E, ante o olhar de espanto, quase pânico, do jovem mandrião, deliberou:

— Acho que a carreira de jornalista te cai tão bem... Andei falando com ele... Começas amanhã.

Os pequenos reclames e apedidos chegavam à redação da *Folha da Capital* manuscritos, em variados graus de abrutalhamento. Os rascunhos se amontoavam e ocupavam Yuli bem além das duas horas inicialmente contratadas. Sabendo disso, ele chegava mais cedo e, em havendo vaga em alguma das Linotype, ocupava-a para exercitar-se e compor diretamente. Do contrário, subia para as datilográficas. Frequentemente passava entre três e quatro horas diárias compondo os reclames, perdendo cada vez mais tempo naqueles que vinham com pedidos especiais de capricho gráfico, como os reclames do Theatro Lyrico e dos cinemas que lançavam as novidades.

Bernardo se encarregava de espalhar para outros profissionais de jornal que encontrava nas reuniões sindicais ou nas do recém-legalizado e imediatamente ilegalizado Partido Comunista do Brasil as qualidades daquele russinho que, nos seus vinte anos, "já sabia muito de secretaria gráfica":

— Tenho certeza de que, se for preciso, o menino senta na máquina e sai redigindo também. Dá gosto ensinar a ele. Um fenômeno. Melhor que o Sánchez, que foi para o *Estado*, lembram?

Os camaradas lembravam do jovem anarquista espanhol que tinha ido para São Paulo.

— Por que não convidas o russo para uma reunião?

— Tenho conversado com ele, acho que poderemos tê-lo conosco... Um desses dias...

Yuli preferia dar mais tempo ao jornal do que à caceteação das conversas choramingas que tinha que travar com lojistas de subúrbio. Mas essa preferência acarretava menos vendas e, portanto, menos comissões. Achou que era hora de falar com Pereirinha sobre dinheiro.

Procurou seu mentor e expôs-lhe suas razões. Pereirinha concordou plenamente e comprometeu-se a levar o pleito ao chefe.

Mas o momento não poderia ser pior. Diógenes tinha vindo de receber um seco não a um pedido de entrevista com o diretor da Société des Bâtiments Publics et Portuaires du Rio de Janeiro. O pedido fora encaminhado por um confrade do club de Mme. Charlotte, o Conselheiro R, membro de praticamente todos os conselhos de administração das empresas francesas no Rio de Janeiro, pródigas ao apoiar jornais e jornalistas que se alinhassem a seu lado na disputa com os ingleses por contratos públicos. R entregou uma elogiosa carta de apresentação a Braga para que procurasse a So-Bat. Logo em seguida, telefonou a eles alertando que a carta era apenas uma cortesia, não devendo ser acolhida seriamente. Diógenes Braga era "absolument pas digne de la moindre confiance".

Ao chegar à redação, Diógenes deparou-se com Yuli que conversava com Pereirinha e, pela primeira vez, dirigiu-se pessoalmente ao rapaz:

— Que fazes aqui que não estás trabalhando? Não te pago para que fiques de conversa fiada!

Pereirinha tentou, mas sua coragem não foi suficiente para se contrapor ao chefe. Yuli chegou a se conter para não esmurrar aquele meio-quilo de janota.

Em vez disso, preferiu trabalhar na oficina e, ao descer, espantou-se em se dar conta de que Bernardo já sabia do acontecido. "Isto, sim, é que é jornalismo", pensou com o humor possível, abstraindo-se do aborrecimento com Diógenes Braga e das alternâncias entre frio e calor provocadas por Ninon.

— Estás perdendo teu tempo aqui, Juca.

— Por quê?

— Tu podes te empregar em qualquer jornal por, pelo menos, uns trezentos a quatrocentos mil-réis, que é quanto se paga a um secretário gráfico iniciante. Tu não precisas aturar este sujeito a te tocar a rabeca em troca desta miséria que cá recebes.

E Bernardo curvou ligeiramente a cabeça indicando que diria algo muito pessoal e sigiloso:

— Chega-te cá: o Cost'Alves, tu o conheces? — Diante da negativa, continuou: — É jornalista de alto nível, já montou vários jornais e os foi vendendo e fazendo dinheiro. Burguês decente, paga direito, parece que se quer candidatar a alguma coisa. Está há um ano com um vespertino novo na praça, o *Democracia Brazileira*, cheio de gente de nome. As máquinas são velhas e a tiragem está parada nos seus dez, doze mil diários.

Yuli conhecia o jornal de vista. Nunca o tinha lido, mas o estilo visual era bem diferente da maior parte dos diários, monocórdios em suas páginas maçudas, quase sem ilustrações — inclusive a primeira —, reclames feios, sem imagens, massas visuais cinzentas, formadas por muito texto miúdo, pouca notícia e profusão de artigos de opinião ou teses abstrusas.

A *Democracia Brazileira* era o oposto: fotos e desenhos, notícias curtas, páginas que se liam rapidamente.

— Sou muito amigo do chefe de oficina de lá, nos encontramos sempre. Ele me disse que estão precisando muito de um secretário gráfico. Alguém que, como tu, seja capaz de resolver um problema da edição que surja na hora de imprimir, já no chumbo, quando nenhum dos editores ou repórteres estiver na casa e, evidentemente, o dono estiver roncando.

Olhou nos olhos do rapaz e arrematou, paternal:

— Tenho muito orgulho de ti. Gostava de indicar teu nome, tu me permites?

27

Mark iniciou suas viagens a São Paulo passando dois a três dias em um hotelzinho no Bom Retiro, de onde saía a procurar contatos com as maiores fábricas, levando amostras e mais amostras do que confeccionava.

Os produtos agradavam, os preços, não. Passou a avaliar os custos de produção em São Paulo e logo percebeu que tudo ali era mais em conta. Das costureiras aos tecidos e máquinas. Havia também uma espécie de orgulho paulistano que ele não conhecia no Rio de Janeiro. Preferiam comprar de algum produtor local, paulistano também, mesmo que mal falasse o português.

Evidentemente isso não impedia que Mark vendesse mais e mais, pois as fábricas se multiplicavam e muitas das melhores tinham o costume de oferecer a seus operários roupas de trabalho e uma refeição diária, conforme o turno. Mas os preços eram realmente uma barreira. A começar pelo fato de a sarja e o brim serem fabricados em São Paulo, viajarem de trem para o Rio de Janeiro, transformados em uniformes e novamente serem embarcados em um trem para a viagem de volta.

Com o tempo, Mark passou a ficar, semana sim, semana não, em São Paulo. E, à medida que a barriga de Simmy crescia, a caminho do sétimo mês, ela dava sinais cada vez mais evidentes de insatisfação, o que o angustiava. Não raro discutiam por causa dessas ausências, no que ela terminava chorando e ele calado, ensimesmado a um canto. Nessas horas, por mais amor que ele tivesse pela mulher, não podia deixar de achá-la excessivamente mimada, incapaz de lhe dar o suporte de que precisava para trabalhar. Nessas horas lamentava não ter casado com alguma imigrante como ele, pronta para enfrentar qualquer dureza. Durante uma manhã de sábado, mal reentrado de sua viagem, resolveu expor tudo que lhe ia pela cabeça:

— Os negócios em São Paulo vão cada vez melhor. Já tenho clientela formada, que gosta do que a gente fabrica. Não dá para morar no Rio e vender lá. Primeiro, porque o médico disse que tu ficas neurastênica quando eu viajo, chora a toda hora. Ele tem medo de que tu percas a criança. Segundo, porque o trabalho é dobrado, tudo fica muito caro e quase não ganhamos nada, só a freguesia. Terceiro, porque essas viagens estão acabando com meus pulmões, fico cuspindo fuligem, lá e aqui. Já estou começando a tossir. Daqui a pouco fico tísico.
— E, para provar o que dizia, assoou o nariz no lenço branco, deixando dois rastros negros de pó de carvão.

Simmy ficou impressionada:

— Não viajes mais! Não viajes mais! — Ela brandia isso como argumento a seu favor.

— É exatamente isso o que eu quero fazer. Vamos mudar para São Paulo.

E nem deu a ela tempo para argumentar:

— Já tenho bons amigos lá; visitei um apartamento térreo de três quartos, maior e mais barato do que este... sol da manhã; bem perto tem um galpão de quinhentos metros quadrados, dá para ir a pé, como aqui. Tem divisória para almoxarifado, tem força elétrica instalada, cabos elétricos novos, é entrar e trabalhar.

Ao parar de olhar para um ponto vago do infinito, percebeu que a mulher chorava copiosamente:

— Não vou me separar de minha mãe!

— Então tu ficas com tua mãe, se quiseres. Eu vou.

A pequenina Eva nasceu brasileira e paulistana, na Beneficência Portuguesa, cercada dos olhares esperançosos dos pais e avós maternos. O nome homenageava a irmãzinha de Mark e Yuli, assassinada pelos cossacos aos doze anos de idade. Que seu nome não fosse apagado da memória.

Mark trouxe não só a esposa como os pais dela, que teimavam em não se desagarrar daquela filha única. Ao fim, foram até úteis, pois a mãe liberou Simmy para ajudá-lo na fábrica, e o pai ajudava Mark na escrita e nos pequenos afazeres da firma.

28

O salário acertado entre Yuli e Cost'Alves para uma jornada diária das cinco às nove, descanso aos domingos, foi de quatrocentos mil-réis, um salto enorme. Como patrão, este era o oposto do anterior. Falava sem interpostos, mostrava-se francamente interessado no jovem a quem contratava. Admirava-se de como um garoto imigrante havia, em dois anos, subido tão prodigiosamente na escala da profissão.

Yuli contou-lhe da importância de Pereirinha como amigo e mentor, dos livros do Círculo Israelita de Leitura, os ditados entremeados de sinuca, da máquina de costura que lhe servia de escrivaninha, e de como tinha se sentido acolhido pelos colegas de jornal.

O ambiente na *Democracia Brazileira* era bem mais dinâmico do que na *Folha da Capital*. Também estava instalada em um sobrado, só que este era bem, bem mais chic, no miolo da Rua Uruguayana. Como defeito, a sinuca das redondezas cobrava preços proibitivos, mas isso era compensado pela profusão de bares e cafés na Galeria Cruzeiro, e pelas lindas mulheres que passavam incessantemente, ou baldeando-se entre as diversas linhas de bonde que lá tinham ponto final, ou procurando os carros de praça para chegar a algum lugar por acaso não atingido por este transporte onipresente.

O tipo de pessoas que frequentava a redação era igualmente mais refinado. Lá não havia os meninos das vendedoras de quitutes com as mãos lambuzadas de óleo, tampouco seria possível a alguma cocotte aguardar por ali o fim de expediente de algum jornalista. A única semelhança eram os indefectíveis clienteltchiks que apareciam para vender gravatas e colarinhos de celuloide. A toda hora passava gente das rodas intelectuais a trazer alguma matéria (encomendada ou não), gente das companhias de teatro a trazer bilhetes que Cost'Alves distribuía entre seus amigos, algum deputado que vinha cabalar alguma menção às suas intervenções na Câmara.

Ao contrário de Braga, Cost'Alves, por falta de um secretário gráfico em quem confiasse, ficava na redação até examinar a prova da última página do jornal. Nada ia para a impressora no térreo sem sua rubrica sob o "bom para imprimir" manuscrito na folha. Cost'Alves abria e fechava a redação todos os dias, e exibia o desgaste físico que isso acarretava. A contratação de alguém como Yuli, que se confirmava como um confiável auxiliar para cuidar do encerramento da edição, trouxe alívio. Parte dessas tarefas passaria, gradualmente, a ser transferida a ele. Devido a essas novas responsabilidades Yuli passou a conviver diretamente com o dono do jornal durante o período de aprendizado.

Uma característica que Yuli demonstrou foi, como classificou seu novo patrão, sua "orthographia photographica", pois, como aprendera o português a partir da palavra escrita nos jornais, gravou visualmente a grafia antes mesmo da pronúncia, e essa era uma importante qualidade para o bom desempenho das funções que passava a exercer. Conseguia descobrir erros de composição com facilidade, às vezes até mesmo no corpo miúdo das matérias, o que não era atribuição sua, mas dos revisores.

Cost'Alves o levava para todos os cantos da empresa, apresentando-o como o novo colega, sem nenhum dos apodos — judeu, russo, gringo — que sempre ouvira e os quais fingia não ouvir. Yuli só fez questão de manter um, e repetia a cada apresentação:

— Por favor, me chama de Juca.

O encontro seguinte entre Yuli e Ninon foi recheado de novidades, de parte a parte.

Ao abrir-lhe a porta, Bitu espantou-se ao ver a enorme transformação pela qual havia passado o antigo mascate. Transformação que se iniciou assim que Yuli passou a frequentar o novo ambiente de trabalho. No novo emprego logo se deu conta do quanto estava distanciado de seus pares pelo aspecto; antes não chegava a ter um parâmetro claro, pois Diógenes vestia-se de forma excessivamente engomada, sempre arrumado como se fosse almoçar no Hotel dos Estrangeiros; e Pereirinha era de uma formalidade dépassée, quase teatral, com suas abotoaduras exageradas, alfinetes de gravata, bigodes e cabelos aplastrados. Assim que recebeu a primeira quinzena de ordenado no novo emprego, Yuli saiu a comprar roupas novas, "a praso", em uma alfaiataria da Avenida Central, escolhendo os modelos que mais se pareciam com as roupas de seus confrades. Para culminar, foi a um barbeiro nas vizinhanças iniciar o processo de doma daqueles seus cabelos.

Porém foi ele quem ficou mais impressionado com a última conquista exibida por Ninon: um telefone, instalado em uma mesa entre poltronas na sala de visitas e, máximo do requinte, uma extensão ligada a seu *boudoir*. Quase rompeu a determinação de não perguntar como havia ela conseguido passar à frente na infinita fila que ansiava por este serviço, mas preferiu morder seus ciúmes e calar.

Assim que Ninon entrou radiosa na sala de visitas onde ele a aguardava, e percebendo que ele não tirava os olhos do aparelho, comentou, antes mesmo de oferecer-lhe um beijo:

— Não é lindo? — apontava para o moderno aparelho todo em *bakelite*, com detalhes em cobre no auricular e na coluna do microfone. — A partir de agora, para me ligar, é só pedir BM 9213, anote — e lhe estendeu um bloquinho de papel e um lápis.

Yuli anotava sem necessidade, pois já tinha de cor o número, e mais ou menos resignado a ter que, a partir desse telefone, marcar suas visitas com antecedência, Ninon emendou:

— Como estás lindo, que estampa, Juca, tu me deixas orgulhosa.

Yuli espantou-se com a maternalidade de sua... namorada?... protectrice?

— Tens que andar sempre assim, bem *chic*, neste teu novo trabalho, mon beau — dizia ela acariciando o peito de Yuli através da camisa, arrumando sua gravata, acompanhando com os dedos a lapela e chegando com as mãos até seu rosto: — Como estás lindo, quero mostrar-te ao mundo!

Nessa manhã não foram para a cama. Nessa manhã foram às modas.

— Bitu! — chamou ela para os fundos da casa. — Telefona para mandar vir um carro de praça, nós vamos sair.

Foi uma manhã e começo de tarde gloriosos, de lojas, cafés, caminhadas e cochichos sorridentes, enquanto recebiam olhares maldosos ou invejosos. E os olhares não faltavam. Os dois eram tipos tão diferentes que seria impossível passarem despercebidos.

— Muito bem, Juca, grande maroto, vi muito bem: passeando de braço com a moça mais bonita da cidade...

O comentário de Cost'Alves era carregado de bonomia, porém, mais ainda, de malícia, fazendo a todos supor que Yuli não seria nada menos do que o próprio Valentino escapado da fita O Sheik com letreiros em yidish. Yuli sentia-se prosa com esse tipo de evidência. Era benquisto. Suas qualidades profissionais, a personalidade extrovertida e absolutamente não ameaçadora o tornaram, em poucas semanas, uma espécie de mascote da casa.

Cost'Alves estava acompanhado de um outro jovem que denotava em cada detalhe sua origem aristocrática:

— Juca, te apresento o Silvio. Ele está começando conosco hoje. Trata-o bem porque, assim que ele aprender tudo, nos compra o jornal e vira nosso patrão — riu Cost'Alves, um pouco brincando, um pouco a sério.

O recém-chegado estendeu-lhe a mão muito amistosamente, embora não pudesse se refrear:

— Silvio Olavo de Couto Palhares.

— Yuli Woloshin — apresentou-se, retornando o olhar simpático, e tentando devolver tantos nomes quantos pudesse. Ficou devendo dois...

— Acho que vocês, que são uns garotos, vão se entender bem — completou Cost'Alves selando a apresentação. E para Yuli: — O Silvio está cometendo a imprudência de querer se tornar jornalista. Já lhe fiz algumas preleções introdutórias sobre o conteúdo editorial, o noticiário, os ineditoriais, como se apura uma notícia, algumas das modernas técnicas de como redigi-las, nada muito profundo, só uns bosquejos. Para primeiro dia, até já passou da encomenda. Para variar um pouco, tu podes mostrar-lhe a oficina, para que ele conheça os intestinos do processo de se fazer jornal e, enfim, o produto saindo acabado ainda cheirando... a tinta.

Riram, mas o bom gosto os impediu de explicitar ou explorar a piadinha. Afinal, viviam disso.

Yuli não conseguiu ignorar a barreira de classe e educação que surgia naturalmente dos modos e do olhar daquele aprendiz. Escorregou no tratamento:

— O senh ?!... tu ?!...

— Ora, Juca, tu. Tu e tu. Não me constranjas, não tenho culpa de ter nascido rico...

Essa autoapresentação quebrou definitivamente qualquer barreira entre ambos. Yuli entendeu e, a partir daí, aquele humor preencheu a distância entre eles:

— Então está bem, Silvio, já que é tu, então tira esse paletó, guarda a gravata dentro da camisa — e mostrou como fazer para que aquele penduricalho não se transformasse em uma armadilha de morte se fosse pego entre engrenagens —, enrola essas mangas bem alto e veste um guarda-pó, porque o lugar é quente, sujo, perigoso e barulhento. E fede... a tinta.

— Só?

— E eu adoro.

Ao abrirem a porta que separava o salão da redação da escada, que levava ao térreo e ao que seria o primeiro círculo do inferno gráfico descrito por Yuli, já se ouvia um fragor ritmado, uma sucessão de retinidos e rolares, uma coleção de trinca-ferros, dos mais agudos aos mais graves, que repetiam um único compasso, regular, imutável, à cadência de um por segundo, mais ou menos.

Ao terminarem a escada, um burburinho de operários os cumprimentava à sua passagem, sem maiores efusões, mantendo a distância protocolar devida aos dois enviados "lá de cima". Yuli passou então a explicar o processo, evitando complicações e traduzindo o jargão para uma linguagem inteligível por alguém que jamais tivera o mais remoto contato com qualquer tipo de trabalho:

— As matérias descem lá de cima nessa cestinha. Já vêm com a indicação da página em que deverão entrar e — apontando uns "x" marcados a lápis vermelho no alto das laudas —, dependendo de quantos "x" vierem anotados, se dá a prioridade na página. Três "x" vão para o alto, sem "x" nenhum só entram quando houver espaço na página. São chamadas de ficadas. Ficam guardadas — e apontou uma estante repleta de blocos de chumbo amarrados com cordão — esperando uma edição mais fraca.

— E quem marca os "x"?

— O Cost'Alves. Ah, ia me esquecendo: reclames são quatro "x".

Yuli dizia isso passeando por bancadas onde páginas eram montadas, os buracos sendo preenchidos até que tudo formasse um conjunto homogêneo e de leitura razoavelmente ordenada.

— Aqui não marcam o tamanho das letras (a gente chama isso corpo). Isso é escolhido pelo chefe de oficina, que vê como vai a página e decide de que forma fechar os buracos.

Mas o centro de atração era a fonte de onde vinha o coral de trinca-ferros: um par de máquinas gêmeas, imensas massas de ferro bruto ancoradas próximo às portas da rua, suas enormes rodas e engrenagens vivas rodavam expostas, num convite aos acidentes. Sobre cada uma delas, pendendo do teto, duas placas bem impressas, com os dizeres: "GENTE NÃO É LAGARTIXA. DEDO NÃO NASCE OUTRA VEZ". Na boca de saída do papel impresso, Nabuco, o chefe de oficina, avaliava a qualidade de impressão das páginas.

Na estrutura lateral de cada impressora vinha, em relevo "The Miehle Printing Press — Chicago — 1898".

— Velhuscas, não? — comentou Silvio.

— Mas infalíveis. Não quebram nunca. É claro que, se fossem rotativas, o serviço seria muito mais rápido e barato, e precisaria de muito menos gente.

A uma ordem dada com um gesto de Nabuco, a máquina estanca. O chefe mostra ao impressor em que regiões da página ele via defeitos de impressão. O impressor desapertava e reapertava aqui e ali a rama onde estavam dispostas as linhas de chumbo, apoiava um bloco de madeira sobre as linhas, batia sobre esse bloco com uma maça de madeira, acionava uma estridente campainha elétrica que significava "dedos não nascem outra vez" e mais um conjunto de folhas era impresso. Dois meninos de seus quatorze anos ficavam sobre uma plataforma, na parte traseira superior de cada máquina, e as alimentavam com folhas brancas que eles iam fazendo escorregar em escamas em direção às pinças que as tragavam para dentro da barriga da besta. Não fossem eles cair e virar notícia também, alertava Nabuco, no seu humor bruto.

Ao fim da visita, Silvio estava empolgado. Sentia um enorme desejo de tornar-se parte daquele pandemônio. A recepção que Yuli lhe oferecera, tão despretensiosa e amistosa, selou uma vocação e uma sólida amizade. A partir dali Silvio passou a respeitar aquele profissional, jovem como ele, que — informação que Cost'Alves lhe havia passado de antemão — aprendera sozinho a escrever na nova língua. Ao criar uma ocupação para o dândi ocioso que Silvio era, Dona Herminia acertara em cheio. Ela pensou que, na melhor das hipóteses, haveria alguém na família com um mínimo de informação para participar da administração do patrimônio a ser incorporado. Mas os resultados foram muito além do que a matrona poderia esperar. O janota das festas do Café Society estava se apaixonando pelo novo ambiente, abrindo mão dos ademanes de seu círculo de amizades, onde cada gesto deveria ser medido, cada palavra poderia ou melindrar, ou demonstrar inferioridade.

29

Diógenes Braga pediu a Mme. Charlotte que lhe reservasse uma sala discreta, onde não fosse incomodado de forma alguma. Ele havia acertado um encontro com o Senador Ludgero Cordeiro da Purificação, uma vitória, enfim, depois de tantas portas fechadas. Preferia não antecipar o que pudesse resultar desse encontro, mas o simples fato de o velho e temido chefe político — a quem favorecia com menções eventuais na primeira página da *Folha* — ter aceitado falar com ele já lhe dava o alento necessário para que pudesse dormir um pouco à noite.

A conversa havia sido marcada para as quatro da tarde, hora em que, na casa de Mme. Charlotte, não havia outros convivas que pudessem testemunhá-la. Como Braga e Cordeiro eram conhecidos de outras passagens, a conversa logo evoluiu para sua fase produtiva, sem maiores preâmbulos. Diógenes Braga oferecia a Cordeiro da Purificação muito mais do que as menções eventuais que lhe oferecera até então. Propunha apoiá-lo pesadamente durante toda a legislatura, com destaques na primeira página de qualquer manifestação sua no Senado; colocaria o corpo de repórteres e redatores da *Folha da Capital* a repercutir cada frase sua, transformando cada um de seus perdigotos em torrencial cascata.

Cordeiro ponderou que o nome de Diógenes Braga andava bastante desgastado e que sua oferta talvez fosse menos vantajosa do que ele supunha, até porque, pelo passo daquele andor, não teria jornal por muito tempo.

— Mas o que tu querias em troca?

Em troca Diógenes pedia ao parlamentar para levantar a bandeira de um projeto de lei garantindo a intangibilidade do patrimônio dos jornais.

— Como seria a redação?

— Nos considerando deveria ser mencionada a necessidade de se preservar a liberdade de imprensa, deixá-la a salvo de pressões e represálias de grandes forças da economia e dos trusts internacionais, garantir a saúde financeira das empresas noticiosas, coisas assim. A lei propriamente dita poderia ter a seguinte redação: artigo tal, parágrafo qual — é intocável, ou inviolável — temos que pensar na redação mais apropriada —, é intocável, ou inviolável, a integridade do patrimônio da empresa jornalística, não estando este sujeito a penhora, arresto, sequestro ou qualquer outra medida que vise o ressarcimento de dívida de qualquer natureza etc. etc.

Cordeiro da Purificação começou a rir alto:

— Estás com febre, Diógenes, não estás pensando direito. Não vou me expor a levantar essa questão no Senado, pois todos sabem que isso, agora, só interessa a ti. Os próprios donos de jornal — ia dizer "sérios", mas preferiu não ofender — não iriam querer nada desse tipo, pois nunca mais levantariam dez réis de mel coado em banco algum, daqui ou de fora. Deixa de tretas. Mas como gostas de um escarcéu... Estás devendo na praça, então, em vez de criar mais confusão, vamos resolver o problema de modo manso e pacífico.

Cordeiro era um velho prócer dos grotões do Nordeste. Conhecia tudo e todos nos meandros do poder, desde os anos finais do Império. Sabia tudo sobre todos: tinha em seu escritório um fichário, organizadíssimo, onde anotava fatos que pudessem abonar ou, de preferência, desabonar a conduta de quem fosse alguém. A memória, prodigiosa para seus setenta e tantos anos, o ajudava a transportar boa parte das fichas na cabeça.

— Tenho um caminho interessante, que pode ser muito útil no caso presente. — E emendou: — Pelo que sei, tens umas terras, uns pés de café, não tens? — perguntou Cordeiro, contando com uma resposta afirmativa.

— Meu sogro tem umas glebas acima de Vassouras.

— Sogro? És casado? Nunca soube, esses anos todos...

— Viúvo.

— Filhos? — perguntou Cordeiro, por cordialidade.

— Se tu não te incomodas, falamos disso depois, Cordeiro — cortou Braga.

— Pois... claro... minhas escusas. — E o velho parlamentar retornou desse desvão pessoal: — Procura meu amigo Juventino na Carteira Agrícola do Banco do Brasil, na sede, com uma carta que vou te dar, e acerta com ele um empréstimo em nome de teu sogro. O Juventino é meu, da minha cota. Tens que levar toda a documentação bem certinha: escrituras, avaliação juramentada. Se puder, duas. Declaração de um agrônomo atestando a extensão e idade do cafezal e a necessidade de sua renovação.

Cordeiro da Purificação explicou alguns detalhes que mesmo um jornalista bem informado como Diógenes desconhecia:

— Como bem sabes, o café está em risco de preço desde 1920. Houve o geadão de 19, em cima do fim da Guerra, justo quando a Europa voltava a beber café, e os preços dispararam. E sabe o quê? Não tínhamos café nos estoques. Mas isso todo mundo sabe. Agora as floradas estão boas, mas podiam ser melhores. O que só os interessados sabem, não sai nos jornais, é que está na hora de renovar muitos dos cafezais, que estão cansados. O Banco do Brasil é dos paulistas, o Cincinato é paulista, e os paulistas querem recolocar o café nos píncaros. Agora outra que tu não sabes: já remanejaram tudo quanto era possível remanejar e praticamente dobraram as disponibilidades para empréstimo aos produtores de café. Tiraram dinheiro da indústria, das estradas, de outras lavouras. Tudo para o café. Não vai faltar dinheiro para o café, principalmente em umas terrinhas fora de São Paulo, que é para eles não serem acusados de compadrio. Qual o tamanho da gleba?

— Cem alqueires.

— Mil e quinhentos? Mas que beleza! É um fazendão! Não te esqueças de mandar retificar a escritura…

— E como é a fiscalização? Vai alguém lá? Se forem, vai ser um vexame, aquilo é só pasto ralo, o café já foi há muito tempo…

— Tenho certeza de que o que tu tens é um carrascal que só dá xiquexique, com meia dúzia de vacas secas; mas deixa essa parte com o Juventino, que ele está lá para isso mesmo. O que eles querem eles terão: vistorias, pareceres, laudos, tudo em uns papéis bem datilografados, colecionados dentro de uma solene capa de cartolina com as armas da República, que, aliás, são cercadas de raminhos de café, tudo devidamente carimbado, juramentado, estampilhado, e esses papéis vão acumulando despachos sobre despachos, de mesa em mesa, até chegar ao caixa. — Cordeiro da Purificação riu do próprio encadeamento, que parecia uma linha de produção que em vez de fords produzia dinheiro.

— E como fazemos entre nós?

— Vais pedir cinco mil contos. Tu ficas com três, eu com mil e quinhentos e separa quinhentos contos para ajudar o Juventino a te ajudar.

— Mas é muito.

— Muito, o quê? O meu, o teu ou o do Juventino? Se não quiseres, não faças. Só te digo que eles estão procurando gente para emprestar. Estão com quase dois milhões de contos para colocar só este ano. O teu empréstimo não é nada. Bagatela. Teu risco é nenhum, só não podes descurar dos papéis. Dás a terra como garantia. Quando o banco for executar a dívida, tu entras na justiça, contestas, embargas, vais empurrando, faz a coisa se estender. Em geral isso termina em anistia. E, se tu não pegares uma anistia, entrega aquele pedregal e sai do espeto. Isso conserta a tua vida.

— E a tua...

— A minha, não, a minha não tem conserto... — e a gargalhada que o Senador soltou foi o único som que se ouviu fora daquela sala. — Agora, para bem de nós dois, não cita mais meu nome no teu jornal.

30

Não haveria qualquer dificuldade em Braga convencer seu sogro a entrar com o pedido de empréstimo no Banco do Brasil. Não precisara gastar um argumento sequer. Desde que a única filha se finara, vinte e tantos anos antes, o velho e solitário sogro de Braga passara a não falar mais, apenas lia, lia, ininterruptamente. Aos poucos, sem que qualquer doença aparente o causasse, deixou de andar, como se houvesse desaprendido de como fazer isso. Dois empregados, crias da casa, o moviam, tristemente sentado em sua cadeira, quando — e para o que — fosse absolutamente necessário. Nunca usou a cadeira de rodas guarnecida em palhinha que o genro lhe oferecera. Não só a cadeira: não tocava em nada que houvesse sido tocado por Braga. E, se era obrigado a tocar, como nos mantimentos que o genro lhe trazia, antes os fazia benzer por um dos empregados, mais versado nessas artes, segundo uma fórmula que ele mesmo criara:

> *Em nome do Pai,*
> *Te benzo, isolo e limpo*
> *da mão do sujo,*
> *do excomungado*

Mesmo os amados livros, que encomendava ao genro por bilhetes lacônicos, fazia questão que viessem embrulhados, embrulhos esses que eram desfeitos pelo criado, bentos conforme o preceito e, só então, os livros eram ansiosamente apalpados e folheados.

Em coisa de dez dias Diógenes aprontou toda a papelada, laudos, nova escritura com a área devidamente retificada e juramentada, todas as atestações ostentando fartura de carimbos, camadas de estampilhadas. O velho sogro assinou mudamente para abreviar ao máximo a presença daquele ser a quem silenciosamente odiava quase tanto quanto amava a lembrança da filha. Odiava ser ele seu único contato com o mundo, de quem dependia para estender sua vida de entrevado. Vivia assim esse velho, mudo, enlouquecido, alimentando-se de letras e ódios.

Das suas vastas terras, em outros tempos extensos cafezais, restavam um casarão em ruínas, glebas exauridas e invadidas de posseiros, amputadas a cada nova mordida do genro. Diógenes lhe dizia que era para o seu sustento, à guisa de satisfação e sentir nele um oponente a quem devesse engabelar. O velho não perguntava nada, não se opunha a nada. Diógenes trazia a documentação de venda de mais uma parcela e o sogro a assinava sem mesmo ler, apressado que estava em voltar a seu romance e rever a filha. Desta vez não foi diferente.

A relação de documentos que Juventino encomendara estava completa. Braga deu entrada ao processo de empréstimo quinze dias antes do prazo em que a primeira promissória completaria os noventa dias de atraso. Por recomendação do Senador, em momento algum Braga se encontrou diretamente com Juventino. Afinal, o nome que constava no pedido de empréstimo era o do sogro, alguém totalmente desconhecido, formalmente residente na Fazenda Remanso Novo, comarca de Vassouras. Os contatos entre Braga e Juventino ou se faziam por telefone, quando se anunciava usando um nome combinado, ou por estafeta, quando era para levar e trazer papéis.

A entrada de Bernardo, o chefe de oficina, no gabinete de Diógenes aquela tarde era algo incomum. Bernardo trajava sua roupa de trabalho, onde faltavam pedaços, devidamente substituídos por remendos, e onde não faltavam marcas de graxa e tinta. As reuniões de Bernardo com o patrão eram, rotineiramente, durante as manhãs das segundas-feiras, quando resolviam as pendências de estoque de matérias-primas do departamento gráfico, tais como papel, tintas, liga de fundição para as compositoras, contratação de um, demissão de outro. A estas reuniões Bernardo comparecia em suas roupas civis, antes de se trocar para o trabalho.

— Pois não, Sr. Bernardo — Braga impunha uma irrestrita formalidade no trato com os subalternos, quase que a dizer-lhes que não os queria em sua sala. — O que está acontecendo?

— Os colegas têm conversado lá embaixo e me pediram que os representasse para trazer cá ao senhor nossa preocupação com esse noticiário que está circulando de que a *Folha* será fechada ou penhorada, nós não sabemos bem. Todos temos família, como o doutor sabe, e essas histórias deixam todo mundo muito nervoso.

— Isto são boatos, não vai acontecer nada, são meus inimigos políticos que ficam espalhando essas histórias.

— Dr. Braga, acho que o senhor deveria confiar mais em nós, estamos todos ao seu lado, no mesmo barco.

Braga avaliou lentamente aquelas palavras, percebendo a oportunidade que se abria:

— Muito bem, digamos que os boatos sejam verdade, de que forma os senhores poderiam ajudar?

— Muito mais do que o senhor pensa. Já discutimos a situação da *Folha* no nosso sindicato e acho que poderíamos mobilizar muita gente...

Diógenes não poderia ouvir nada melhor. Sim, claro, mobilização operária, popular, barricadas em defesa da liberdade de imprensa. Resolveu pegar a corda que Bernardo lhe atirava:

— Fico muito emocionado com a solidariedade da classe operária à causa da liberdade de imprensa.

Bernardo achou que deveria deixar bem esclarecido este ponto:

— Ó Dr. Diógenes, com o devido respeito, o senhor não me leve a mal, mas gostava de lhe dizer que o sindicato não está defendendo o senhor, está defendendo os nossos empregos.

— Entendo perfeitamente — disse o patrão engolindo o que em outra situação ele tomaria como o máximo da insolência —, somos então companheiros de viagem, pois não?

— Perfeitamente, doutor, até a próxima estação.

A intervenção de Bernardo acendeu uma luz no obscuro caminho que Braga tinha pela frente. Até então ele sentia que o empréstimo do Banco do Brasil nunca chegaria a tempo de evitar a penhora. Ainda não havia nada palpável, a tramitação não era tão rápida como o Senador antecipara e, nos dias em que seu spleen estava mais negro, ele chegava mesmo a duvidar que o dinheiro sairia...

A ideia plantada por Bernardo era bem mais palpável. E servia a uma série de propósitos. Criava um ambiente de agitação popular que afetaria o andamento do processo de execução e penhora, e acrescentaria um ônus político a ser considerado em qualquer decisão judicial. Foi tomado pelo sentimento de uma revelação, uma epifania: decidiu lançar, naquele instante mesmo, uma campanha de subscrição popular. Claro, uma subscrição poderia levantar algum dinheiro de imediato... mas não só isso — e ele agora voltava a acreditar no dinheiro do Banco do Brasil —, a subscrição popular poderia disfarçar perfeitamente aquele navio de dinheiro que estava por atracar em sua vida. Claro, a subscrição popular, por ser anônima e em dinheiro sonante, poderia somar tanto quanto ele quisesse. Não haveria quem pudesse pôr em dúvida as origens do súbito surgimento de uns três mil contos.

Iluminado por aquela revelação, pôs-se a escrever, com a fúria e a certeza de um estudante prestes a salvar o mundo, um editorial que ocuparia as oito colunas de alto a baixo da primeira página, logo abaixo do título do jornal, na edição da manhã seguinte:

AO POVO:

COMO É DO CONHECIMENTO DE TODOS, A FOLHA DA CAPITAL TEM SIDO ASSEDIADA POR PODEROSAS FORÇAS ECONOMICAS QUE ORA AGEM ABERTAMENTE, NÃO ESCONDENDO SEUS VERDADEIROS DESIGNIOS, ORA ACTUAM POR MEIOS SUB-REPTICIOS UTILIZANDO INSTITUIÇÕES INTERPOSTAS, QUE NÃO SE PEJAM DE SUA CONDIÇÃO DE LACAIOS DO CAPITAL APATRIDA.

NO PRESENTE EPISODIO ESTAMOS SENDO VICTIMAS DE UM ENGODO PERPETRADO POR UMA EMPRESA ESTRANGEIRA QUE, TEMEROSA DAS REPERCUSSÕES QUE CERTAMENTE A ATINGIRIAM, REPASSOU A UM PROCURADOR NATIVO A SUA TAREFA DE MAGAREFE DOS BRAVOS LUCTADORES QUE SE ANTEPÕEM ÁS SUAS ACÇÕES LESA-PATRIA.

MAS, COM A AJUDA DE NOSSO BRAVO POVO, IREMOS RESISTIR-LHES AO ASSALTO. QUEREM ELLES DINHEIRO? POIS DINHEIRO TERÃO! ATIRAREMOS, ALTANEIRAMENTE, O VIL METAL ÁS SUAS FAUCES.

BRAZILEIROS!

A FOLHA DA CAPITAL ESTÁ INICIANDO, NESTE GRAVE MOMENTO DE SUA HISTORIA DE LUCTAS, UMA

CAMPANHA DE SUBSCRIPÇÃO POPULAR

QUE NOS PERMITIRÁ FAZER FRENTE Á AMEAÇA DO MOMENTO. MAIS DO QUE NUNCA, PRECISAMOS DO AMPARO DE NOSSOS LEAES LEITORES, QUE NUNCA NOS TEEM FALTADO COM SUAS MENSAGENS DE APOIO E ENCORAJAMENTO.

DEIXAREMOS DESDE HOJE NA PORTARIA DESTE JORNAL UMA CAIXA, ONDE PODERÃO SER COLLOCADOS OS ENVELOPES COM A COLLABORAÇÃO QUE A CONSCIENCIA DE Vas. Sas. DETERMINAR. SI PREFERIREM UTILIZAR OS SERVIÇOS POSTAES, Vas. Sas. PODERÃO ENVIAR SEUS DONATIVOS Á NOSSA SEDE, RUA SENADOR EUZEBIO, Nº 12 — PRAÇA ONZE, TRAZENDO EM EPIGRAPHE OS DIZERES

"PELA LIBERDADE DE IMPRENSA"

Vas. Sas. TEEM, OMBREANDO-SE A NÓS, A OPPORTUNIDADE DE TORNAR-SE HEROICOS COMBATENTES NA LUCTA PELA EMANCIPAÇÃO DE NOSSO POVO.

POR UMA IMPRENSA LIVRE
O OPERARIADO E O FUNCCIONALISMO DA
FOLHA DA CAPITAL

— Ó Pereirinha! Onde está o Pereirinha? — gritou ele para uma redação quase vazia seu grito de guerra.

Chamado na sinuca, Pereirinha acudiu o mais rápido que podia:

— Pereirinha, por favor lê isso. Vai sair amanhã em oito colunas. — Mostrou a prova tipográfica do editorial já composto.

O repórter leu e não pôde deixar de antever a grande agitação que se aproximava:

— Está forte, Diógenes, mas nossos leitores são gente de arame curto. Tu não estás contando com esse dinheiro para quitar tua dívida... ou estás?

— Pode não quitar, mas já é um alento, já ajuda. — E finalmente foi ao ponto que queria tocar com o repórter: — Quero que tu faças uma daquelas "A Opinião do Povo", muita gente, todos falando mal dos bancos, do grande capital...

— Da Electric também?

— Ainda não. Mas todos defendendo a liberdade de imprensa, enaltecendo a *Folha*, dizendo o quanto já contribuíram. Não exagera, cada um oferece de mil-réis a, no máximo, uns vinte, trinta mil-réis. Só um por dia oferecendo mais de cem mil-réis. Coisa bem popular.

Para o grosso dos leitores da *Folha da Capital*, acostumados à dose diária de perigos iminentes em meio a crimes hediondos, notícias de suicídios e longas chorumelas dos amigos da casa, não chegou a ser novidade mais esse chamamento à nação. Haveria sempre uns poucos que se deixariam comover e enviariam uns caraminguás, coisa de no máximo cinco, dez mil-réis. Seria pífio. Mas, como Braga bem antecipou, a soma resultaria em quanto ele quisesse.

31

A uma semana do fim do prazo, a sacada da *Folha da Capital* amanheceu com uma faixa estendida de ponta a ponta, com os dizeres

O POVO EM DEFESA DA FOLHA DA CAPITAL
SUBSCRIPÇÃO POPULAR — CONTRIBUA AQUI

Na rua, diante da porta, uma urna pousada sobre uma mesa aguardava o que Braga queria fazer crer seria uma torrente de donativos; algumas cadeiras destinadas a visitantes que não se sentavam, uma delas ocupada por um bêbado das redondezas; garotos em profusão distribuindo gratuitamente a edição especial do jornal que trazia na face o editorial "Ao Povo" e, ocupando todo o verso da folha, a criação literária de Pereirinha "A Opinião do Povo". Braga havia colhido pessoalmente alguns depoimentos reais de personagens da cidade aos quais tinha acesso, sempre prontos a falar com os jornais sobre qualquer assunto. Não se furtaram a enaltecer a *Folha* como "tradicional e fidedigno" órgão da imprensa, sempre ao lado das boas causas. Mas esses eram apenas seis nomes, mais ou menos conhecidos e que dariam credibilidade ao resto da página. Coube a Pereirinha completar a galeria de depoimentos, criando os mais variados e interessantes personagens, capazes, eles mesmos, de povoar qualquer bom folhetim da imprensa carioca. O tom geral dos depoimentos de Pereirinha era o de desancar os exploradores do povo e os representantes do grande capital. Em certas opiniões de leitores Pereirinha deixava fluir a indignação "contra esta tentativa covarde de querer calar aquela única voz, dentre os jornais burgueses, sensível aos reclamos do proletariado, dos necessitados e dos injustiçados", e variações em torno desses temas, com as devidas gradações nas ênfases. Pereirinha sabia perfeitamente ser socialista, quando queria.

Aquela edição da *Folha*, literalmente reduzida a uma folha e distribuída gratuitamente, logo pousou sobre as mesas que importavam. Do Catete ao gabinete do Juiz da …ª Vara Cível, ao delegado da 4ª Delegacia Auxiliar, especializada em policiar os movimentos políticos, passando por Tom Moore e Al Brougham, preocupados com as consequências sobre as negociações em torno da imensa jazida de ferro. Palhares Filho queria saber do escritório dos advogados Tavares & Alencastro quais consequências processuais poderiam advir no caso de grave agitação social, repassando logo os pareceres à sua mãe.

Cost'Alves reuniu-se com seus repórteres fixos e os colaboradores que conseguiu arregimentar àquela hora para estabelecer uma orientação de seu jornal frente àquela crise:

— Acho que não gostamos do Braga, concordam?

Os jornalistas confirmaram com uma assuada que não deixava qualquer dúvida.

— Mas eu pediria aos senhores para ponderar sobre a oportunidade que ele nos abre de falarmos sobre a calamidade que estamos vivendo, sobre o estado de sítio, sobre a censura que se instalou em diversos jornais, sobre a intervenção no Distrito Federal. Desculpem eu estar sendo óbvio, mas é sempre bom lembrar que nossa profissão só existe…

— Costa, não podemos atrelar a defesa da profissão e da liberdade de imprensa a esse sujeito. O Diógenes não vale nada. Ele não chega a ser imprensa, é apenas um pequeno meliante, um extorsionário, um punguista... — a intervenção foi do decano dos editorialistas, profissional que acompanhava Cost'Alves havia décadas e com quem poderia polemizar amistosamente sem o risco de ser considerado hostil ou impertinente.

— Mas o que ocorre é que o povo não tem essa visão. Para os leitores, o Diógenes é um lutador temerário que está sendo oprimido pelos grandes capitalistas e pelo governo de Arthur Bernardes...

— Digamos... — concedeu o velho jornalista — mas iremos ser pautados pelo que acha a massa boçal, conduzida por demagogos, por espertalhões?

— Não, não iremos. — Cost'Alves voltou-se para a meia dúzia de profissionais que lá estavam. — O que eu gostaria é de poder narrar os fatos sem querer convencer ninguém. Gostaria de pedir a todos os senhores o máximo de empenho, o máximo de empenho, repito, para cobrirmos esse episódio sem deixarmos que nossas opiniões pessoais sobre o Braga contaminem as matérias que iremos fazer. Não poderemos saber tudo, mas o que soubermos devemos contar.

— Não vamos poder dizer que o Braga é um escroque? — questionou um outro.

Cost'Alves esclareceu seu argumento:

— Neste episódio nem o mocinho usa o chapéu e o cavalo brancos, nem o bandido os pretos. O Braga, naquela escroqueria dele, transcendeu: resolveu partir para um confronto que não é só com os credores, é também com a justiça e com o governo, afinal. É uma aposta de três mil contos, dinheiro razoável, que ele pretende ganhar se conseguir sair disso como herói. E o governo, em sua estupidez, vai colaborar com ele.

E continuou, vendo que os jornalistas estavam atentos e receptivos aos seus argumentos:

— Aqui, da sacada dos meus quarenta anos de jornal, estou vendo toda a paisagem: o sindicato dos gráficos está louco por um banzé. Estou informado de que já tiraram posição dando apoio aos funcionários da *Folha*; vai ter agitação social permanente na porta da *Folha*. Os comunistas e os anarquistas vão estar lá, e os comunistas, pelo menos, sabem como trazer o povo com eles; no dia em que o Braga for citado vai ter polícia, confusão, vai ser o diabo. Estou sabendo também que a ação de penhora já está pronta para ser ajuizada no primeiro minuto do dia 29 de maio, quando se completarem os noventa dias de atraso. Acho que nossa postura deve ser a do puro relato dos fatos. Vou ser enfático. Senhores repórteres e redatores: vamos nos ater aos fatos. Vamos guardar nossa opinião para os editoriais.

— Mas, Costa, digamos que estivéssemos cobrindo a revolta da vacina: iríamos dar razão àqueles animais que não queriam ser vacinados porque tinham medo de ficar com cara de vaca?

— Mas é justamente isso: não precisamos dar razão a ninguém. Se contarmos exatamente o que se passar, vamos dar material às pessoas para elas mesmas concluírem.

E virando-se para o jovem aprendiz:

— Silvio, vais ter tua prova de fogo. Até tudo acabar, tu vais passar as manhãs na frente da *Folha*. E no dia 29 tu vais com um retratista.

— Mas Dr. Cost'Alves, aquele senhor é inimigo de minha família...

— Sei de tudo, não precisamos ir aos detalhes. Tens todo o direito de não aceitares, mas está aí uma boa oportunidade de saberes se tens ou não estofo de jornalista e também de exercitares teus padrões éticos: tu apurarás as informações e tu escolherás o que irás dar a público e o que omitirás. Tu sabes que ressaltar uma coisa e omitir outra pode mudar todo o sentido do que escreveres. Tu podes influir sobre o que as pessoas irão pensar.

O Ministro da Justiça saiu do despacho extraordinário convocado pelo Presidente Bernardes relendo pela centésima vez o editorial de Braga e acionando da própria antessala do gabinete presidencial, pelo telefone, o interventor no Distrito Federal.

— Dr. Aurelino, fui incumbido pelo Presidente de lhe transmitir que ele faz a mais absoluta e fechada questão de que a ordem seja preservada a qualquer custo neste caso da *Folha*.

— Senhor Ministro, Vossa Excelência pode asseverar ao Presidente que será.

Os dias que precederam a entrega da citação pelo oficial de justiça transcorreram pontilhados por uma quantidade incomum de gente que ia à sede da *Folha*. De desprezada espelunca jornalística, a *Folha da Capital* passou a ser alvo da curiosidade dos profissionais, que descobriam pretextos para visitar algum colega que trabalhasse lá. Nunca menos de cem pessoas se ajuntavam no trecho da Rua Senador Euzébio. Além dos desocupados e bêbados conhecidos, surgiam muitas caras novas, gente que evidentemente não era do lugar: estivadores do porto em seus andrajos, secretas em seus ternos folgados e chapéus de feltro, operários da estrada de ferro em seus macacões azuis, alguns estudantes da vizinha Faculdade de Direito e da Escola Polytechnica, mais distante, barnabés enfiados em seus paletozinhos-com-medo-de-peido. Vinham também muitos curiosos que se desviavam de seus caminhos, ficavam um pouco, queriam saber o porquê daquele povaréu, puxavam alguma conversa, falavam da carestia e iam embora. O ajuntamento passou a ser conduzido principalmente por membros do sindicato dos gráficos, os maiores interessados, e, em menor grau, por dirigentes de outros sindicatos, afins ou não. Comitês de vigília permanente foram criados. Folhetos de organizações políticas eram passados de mão em mão, assinados por siglas clandestinas que só emergiam quando acobertadas pela massa: a da Liga dos Anarquistas e a do PC-SBIC ou, por extenso, Partido Comunista — Secção Brasileira da Internacional Comunista. A cada novo panfleto, ávidos agentes da 4ª Delegacia Auxiliar de Polícia — que se imaginavam disfarçados entre o povo — apressavam-se a agarrá-lo e guardá-lo em seus enormes paletós, sem nem mesmo lê-lo. Eram quatro e, ao final dos primeiros quinze minutos do primeiro dia de barricada, estavam todos devidamente identificados. Fossem menos odiados, seriam até cumprimentados.

Bernardo, em nome dos operários da *Folha*, recebia os comitês de apoio e fazia pequenos discursos enaltecendo a solidariedade internacionalista da classe operária. Emoção especial demonstrou ao receber a visita de Yuli, vindo com uma pequena delegação de gráficos e jornalistas da *Democracia Brazileira*. Foi como receber um filho. Ao entardecer, quando deveriam ir a seus postos de trabalho nos diversos diários da cidade e dispersar aquela república livre e provisória, balbuciavam, punhos cerrados à altura do ombro, a primeira estrofe e o estribilho da quilométrica *Internacional*, que quase ninguém conhecia:

> *De pé, ó vítimas da fome!*
> *De pé, famélicos da terra!*
> *Da ideia a chama já consome*
> *A crosta bruta que a soterra.*
> *Cortai o mal bem pelo fundo!*
> *De pé, de pé, não mais senhores!*
> *Se nada somos neste mundo,*
> *Sejamos tudo, ó produtores!*
> *(Estribilho)*
> *Bem unidos, façamos,*
> *Nesta luta final,*
> *Uma terra sem amos,*
> *A Internacional!*

As edições se sucediam. Eram de apenas uma folha, voltadas a manter o clima de expectativa e a noticiar o montante arrecadado. Na realidade o dinheiro mal atingia quinhentos mil-réis, mas Braga o multiplicava, em seu noticiário, já no primeiro dia, a 2:845$320. O verso trazia, como sempre, "A Opinião do Povo", obra seriada de Pereirinha, que não se cansava de introduzir novos personagens a desancar urbi et orbi. Braga volta e meia ia à sacada para ver o povaréu embaixo. Poucas vezes as vistas se voltavam para ele, o que o deixava frustrado por perceber o quanto sua importância era absolutamente secundária naquele panelão fervente cuja tampa ele fizera apenas levantar. Mesmo ao entrar e sair de seu jornal ele mal era notado. Gostaria de ser cumprimentado pelas lideranças sindicais e partidárias que por lá estavam. Mas estas o ignoravam. O que ocorria era ele ser abordado por populares, os realmente populares, aqueles que vinham dos subúrbios acreditando nos apelos do jornal e que se aproximavam com a intenção de manifestar seu apoio e oferecer algumas palavras de estímulo e solidariedade. A esses, Braga tratava com uma atenção apressada, e terminava por deixá-los falando sozinhos.

O dia 29 de maio de 1923 amanheceu como o interventor Aurelino Leal sequer imaginava em seus pesadelos mais sombrios. Por garantia tinha mobilizado de véspera um destacamento de cavalaria formado de vinte soldados da polícia militar. Ocuparam a frente do jornal ainda de madrugada, impedindo a saída daqueles operários que resolveram lá passar a noite em vigília e ainda barrando a aproximação de quem chegava. Os trens da manhã, com suas levas de trabalhadores e funcionários, traziam um reforço substancial para a porta do jornal, muito mais gente do que nos dias anteriores, pois essa era a data que se anunciava como a do grande arrancarabo. Um grande contingente veio da própria Praça Onze, inclusive membros do incipiente núcleo judaico do PCB, que passaram a noite discutindo os termos de um manifesto de solidariedade a ser entregue ao chefe Bernardo e aos operários e funcionários da *Folha da Capital*. Outros imigrantes igualmente ligados a partidos políticos desde suas pátrias de origem, portugueses, espanhóis e italianos, moradores no bairro, vinham em pequenos grupos engrossar aquilo que, às sete da manhã, já poderia ser considerado uma multidão, para mais de mil pessoas. Por essa hora um tresnoitado Yuli e outros operários da *Democracia Brazileira* chegavam, sem sequer ter ido para suas casas, vindos diretamente do trabalho. Chegava também um reforço de mais uns dez polícias secretas em seus uniformes de ternos folgados e chapéus desabados que tentaram se dispersar na multidão. Manhã alta e a massa já poderia ser avaliada em três, quatro mil pessoas. Aguardavam, para qualquer instante, a chegada do oficial de justiça com a citação, o que ocorreu pouco depois. Sobre um caixote, diante da cavalaria, oradores se sucediam convocando o povo a manter-se fiel aos seus interesses, contra o capital, pelo socialismo, contra o estado de sítio, pela garantia de emprego, contra a justiça burguesa, por leis trabalhistas e mais contras e mais pores. Por volta das dez da manhã, um Ford preto que o jornalista plantonista Silvio Palhares logo reconheceu como sendo o carro de serviço de sua família, chegou precedido por soldados da polícia militar que iam a pé, abrindo passagem a ponta de mosquetão. Dentro, um palidíssimo e assustado burocrata trazia sua pasta de couro agarrada ao peito, entendendo agora perfeitamente por que os juízes preferiam atuar através de uma longa manus.

O automóvel chegou a um ponto a partir do qual não poderia trafegar mais, pois a barricada era de fato... uma barricada, feita de restos de diversos barris velhos cedidos pelo empório da esquina da Rua de Santanna. Sob o sol os barris emanavam um carregado miasma de arenque e repolho azedo. Do restaurante vizinho, velhas cadeiras quebradas que lá ficavam à espera de um conserto nunca providenciado também foram recrutadas para dificultar o movimento de soldados e cavalos. Quando o automóvel parou sua marcha, o rumor que subia do povo momentaneamente silenciou. O funcionário da justiça saiu do carro sobraçando a pasta e olhou para a sacada do prédio onde divisou a figura desafiadora de Diógenes Braga, que jamais se sentiu tão apoiado em toda a sua vida.

Defronte às portas cerradas da *Folha da Capital* havia o cerco dos cavalarianos, defronte ao cerco dos cavalarianos, havia o cerco de cadeiras quebradas e barricas malcheirosas, defronte a tudo isso compactava-se a multidão que fora lá com a finalidade de compactar-se. Compacta, tentava impedir a ação da longa manus da lei, da longa manus do presidente Arthur Bernardes, dos grandes capitalistas nativos, do gordo John Bull, dos bancos internacionais. Compacta tentava impedi-los de se abater sobre o emprego dos companheiros, e deixar ao relento um punhado de famílias operárias. Vozes emergiam da multidão gritando palavras de ordem identificadas com as diversas organizações políticas que ali estavam. Faixas desfraldadas enalteciam o socialismo, o comunismo, o anarquismo.

Os retratistas começaram a trabalhar, gastando avaramente a carga de chapas que traziam, alguns espocando os flashes de magnésio mesmo sob o sol para garantir que os movimentos não saíssem borrados nos negativos. Isso assustava ainda mais os cavalos. E os cavaleiros, pouco afeitos e mal treinados, mal conseguiam conter os animais que saíam do alinhamento e esbarravam no entulho da barricada. Os soldados que formavam a escolta do oficial de justiça ensaiaram abrir uma passagem na barricada e o povo se agitou, encaminhando-se para o confronto.

Nesse ponto um estampido se ouviu. Não um grande estrondo, mas uma explosão que seria potente se não tivesse dado chabu. Mesmo assim, foi um estampido audível por cima do ronco da multidão. Junto com o estampido, muita fumaça que vinha da linha dos cavalos, e logo sobressaíram os urros de dor de uma pessoa. Alguns animais empinaram e atiraram ao chão seus cavaleiros. Gente corria em direção ao — e fugindo do — centro do estampido, provocando esbarrões e conflitos entre os assistentes. Cavalarianos derrubados levantaram-se, procuraram conter suas montarias assustadas e salvar a cara do vexame dos apupos. Pipoco de flashes. Tudo ao mesmo tempo e sob os gritos de

— Bomba! Soltaram uma bomba!

— Jogaram uma bomba na cavalaria!

Logo uma pessoa meio desfalecida foi levantada por sobre a multidão, sua mão direita feita em pedaços pingando sangue por onde passava. Tratava-se de Gualterio Sánchez que ha venido traer una pequeña contribución de los camaradas anarchistas de San Pablo e, ao tentar detonar sua pequena contribuição, sofreu um acidente de trabalho.

Os cavalos se assustaram ainda mais, dispararam sobre a barricada e de lá recuaram. Um saltou por sobre os barris e atingiu pessoas do lado oposto. A uma ordem do capitão comandante do destacamento de cavalaria, os sabres saíram das bainhas, manuseados por tabaréus assustados e despreparados, que moviam seus cavalos a esmo e se chocavam sem método contra os pedaços de barris e cadeiras, até que os soldados a pé da escolta do oficial de justiça conseguiram abrir uma passagem por onde enfim escoaram os cavalos. Então foi um deus nos acuda, um pega pra capar. Toda a tensão represada, todo o ódio ao paisano incutido na soldadesca explodiu em fúria boçal. O saldo disso tudo ia se acumulando no posto da Assistência, à medida que iam chegando os feridos. Uns cinquenta: dois a bala de mosquetão, uns tantos com cortes dos sabres enferrujados, entorses, fraturas, quatro baleados a revólver, disparados por alguém trajando um terno folgado.

Ao mesmo tempo, na emergência da Santa Casa dava entrada um paciente ruivo, sangue saindo por um dos ouvidos, e brotando por lacerações ao longo do corpo, além de sinais de queimadura visíveis através dos rasgões na roupa. Não reagia a estímulo algum.

32

O anarquista amador achou que sabia o que fazia e, trêmulo como estava, acabou acendendo o pavio de seu petardo pelo meio, roubando-lhe o tempo de que dispunha para atirá-lo sabe-se lá sobre quem ou quê. Se sua incompetência o aleijou, também não cobrou dele mais do que isso. A bomba era malfeita, explodiu com força suficiente para arruinar sua mão, mas boa parte da energia da explosão escapou por frestas do pacote, e o resto de impacto foi se refletir sobre Yuli, ao seu lado, que sequer teve tempo de saber de onde viera o golpe que o atingira.

A primeira reação de Silvio Palhares foi correr para a fonte da explosão, onde viu o corpo desfalecido de Yuli sendo acudido e sacudido por populares e por ex-colegas da *Folha*. O chefe Bernardo organizava um grupo para levantar sobre suas cabeças Yuli e tentar levá-lo até a Assistência Pública, o que seria melhor para a causa, mas pior para Yuli. Silvio teve ideia melhor: mandou que o levassem para o Ford, onde o motorista — afinal, um empregado seu — não titubeou em obedecer às suas ordens, abandonando o oficial de justiça à sua sorte e rumando com o ferido para o Hospital da Santa Casa, onde o médico particular de sua família era chefe de clínica:

— Dr. Osório, peço-lhe que empregue o que for necessário, às minhas expensas, para salvar este meu amigo. Por favor, não poupe nada!

— Claro, Silvinho, faria isso de qualquer forma. Mas tenha certeza de que tudo será feito. — O "Silvinho" era prerrogativa do velho médico que o aparou e a todos os seus irmãos.

O caso de Yuli inspirava sérios cuidados. Externamente, lacerações na perna, coxa e antebraço direitos, que logo foram pensados. O mais preocupante, entretanto, era aquele sangramento pelo ouvido direito e sua total inconsciência.

CITAÇÃO NÃO CHEGOU Á "FOLHA DA CAPITAL"
AGGRIDE E FERE POPULARES A POLÍCIA

Conflicto generalisado na manifestação diante da "Folha da Capital" — Teve mão decepada o agitador anarchista — Attendidos na Assistencia mais de 50 feridos — Atacados a sabre os populares desarmados — Disparados tiros de mosquetão a esmo — Pisado por um cavallo o Official de Justiça — Não conseguiu entregar citação — Internado em estado regular — Juiz exige punição exemplar — Será instaurada Comissão de Inquérito — Gravemente ferido nosso confrade Juca Woloshin — victima da bomba anarchista acudida na Santa Casa.

O estilo da *Democracia Brazileira* era bem diferente do da *Folha da Capital*. Trazia para as primeiras linhas a essência do que viria em detalhes abaixo, no que adotava a recente técnica dos jornais dos norte-americanos. O texto de Silvio Palhares manteve-se tanto quanto possível dentro dos parâmetros de equilíbrio ditados pelo chefe da redação:

"Populares de diversas origens sociaes e moradores em diversos pontos da cidade vinham visitando a sede da "Folha da Capital" desde os primeiros dias.

> "Para hoje esperavam-se cerca de mil pessoas, mas este numero foi em muito sobejado... Immensa maioria formada por curiosos innocentes... Manifestações políticas inflammadas porem pacíficas..."
>
> ...
>
> "As forças policiaes mantiveram-se sob controlle até o momento da explosão da bomba nas mãos do anarchista espanhol Gualterio Sánchez ... tomadas pelo nervosismo e comandadas por capitão inexperiente ... atacaram a multidão. Louve-se muitos dos soldados que não investiram com furia egual..."
>
> ...
>
> "Nosso collega Juca Woloshin foi atingido pelo petardo, encontrando-se em comma na Santa Casa da Misericordia, sob os cuidados de prestigiosa equipe médica chefiada pelo Prof. Dr. Pedro Osório..."

A cobertura completa, com várias fotografias, saiu na edição das 17 horas de todos os vespertinos da cidade. Mas a da *Democracia Brazileira* foi, sem dúvida, a que mais equilíbrio demonstrou, sem adjetivar o povo como "agitadores a serviço dos interesses de forças políticas clandestinas" ou "arruaceiros profissionais contratados por um caloteiro" ou "povo esmagado pelos esbirros do capital".

33

Na calçada defronte à Santa Casa amontoava-se um grupo formado por diretores e militantes do Sindicato dos Gráficos, colegas enfatiotados da *Democracia Brazileira*, clienteltchiks da Praça Onze, desocupados e curiosos em geral, além do Sr. Knobl, da Associação Beneficente de Apoio aos Imigrantes Israelitas (o mesmo que havia recebido aquele menino ainda verde — *grinner*, como eram chamados os recém-chegados — um par de anos antes). Haviam sido impedidos de entrar e esperavam ansiosos por alguma notícia. Por lá estava também um polícia secreta em seu uniforme, tentando se passar por quem não era e identificar os visitantes.

O grupo abriu um clarão à passagem da mulher linda, loura, vestida como modelo da *Bazaar* e recendendo a Mitsouko, que saltou de um carro de praça e subiu apressada e decididamente a escadaria, à procura do chefe do plantão, conforme lhe instruíra Mme. Charlotte. A ex-patronne conhecia bem os usos da terra e o impacto que uma mulher rica e bonita produz ao dirigir-se diretamente a quem manda. Ninon vinha com Bitu, que não a deixou ir só e, pela simples presença, elevava-lhe a importânia.

— Recebi uma chamada telefônica da Santa Casa sobre um paciente que está internado aqui. O nome é Yuli.

De fato. Ao remover as roupas do paciente, as irmãs da Santa Casa encontraram o papel em que Yuli havia anotado o telefone de Ninon, bem como seu endereço. Aquela notícia provocou reações paradoxais em Ninon. Sentiu uma gastura por ser a referência de alguém que, se não era um estranho, não gostaria que fosse assim, tão próximo; mas sentiu igualmente uma enorme necessidade de ir ao auxílio de quem, ela pensava, não tinha ninguém mais por si.

— A senhora é parente do jovem ferido? — perguntou o Dr. Osório, claramente impressionado com a beleza de Ninon.

— Contraparente — interveio Bitu, abrindo as portas da compreensão ao formalíssimo médico.

Uma religiosa-enfermeira interrompeu:

— Doutor Osório, o doutor vai falar com os amigos do paciente que estão lá fora?

— Já vou ter com eles.

E voltando-se para Ninon e Bitu, em seu tom sempre formal, mas amistoso:

— As senhoras vieram dispostas a pernoitar junto ao leito do paciente?

Ninon admitiu essa possibilidade:

— Bitu, pegue o carro de praça e volte para casa. Eu fico. — E deu-lhe o dinheiro para pagar a viagem.

Bitu obedeceu, muda. O médico, como deferência ao pedido de Silvio, determinou à irmã-enfermeira:

— A irmã, por gentileza, providencie uma cadeira comum e uma preguiçosa ao lado do leito, para esta senhora. Quero também um biombo cortinado em volta.

A enfermeira partiu engolindo qualquer contestação. Quem era ela para discutir uma ordem do Chefe de Clínica Professor Doutor Pedro Osório.

E ele, despedindo-se de Ninon:

— A senhora já fala bem a nossa língua, imagino que a senhora seja...

— ...francesa — Ninon saboreava discretamente a admiração que essa revelação causa à elite brasileira.

— Ah, belle France — permitiu-se ele, talvez para elogiá-la, mais certamente por saudades de si mesmo, enquanto se afastava para passar as informações ao grupo de amigos no sereno.

As notícias da primeira noite não eram nada encorajadoras. As pupilas de Yuli reagiam com lentidão e sua sensibilidade era apenas às dores muito fortes que lhe eram infligidas como teste. O quadro era grave, talvez até desesperador.

Foi nesse ponto que chegou Silvio Palhares, com Cost'Alves. Como evidentemente não eram membros de quaisquer das classes sociais ou organizações étnicas ou políticas representadas diante do enorme portão do hospital, Silvio lançou um simples aceno ao médico e entraram, evitando fazerem-se notar mesmo por seus colegas da *Democracia Brazileira*.

Assim que se encontraram, o Dr. Osório o levou à enfermaria onde o leito já estava cercado pelo biombo. A visão de Yuli era chocante. Pelo braço esquerdo uma grossa agulha lhe entrava por uma veia e lhe carreava soro. Praticamente todo o lado direito do corpo do rapaz estava coberto por pensos, alguns dos quais ainda soravam sangue fresco.

— Foi muito costurado, seu amigo, nada muito sério, mas, além das queimaduras, foram muitos os locais lacerados.

— E o que se pode fazer, doutor? — Silvio não escondia sua angústia por ver seu amigo naquele estado.

— Em casos de coma, Silvinho, não há nada a fazer além do que já fizemos. Ele está sendo hidratado e alimentado por soro. No mais, é esperar que sua juventude e evidente força física o tragam de volta. O que provocou o coma foi uma pancada forte que ele deu com a cabeça, quando foi arremessado pela bomba. Já examinamos exaustivamente e não há qualquer sinal de fratura de crânio, o que seria um terrível agravante. Mas, em se tratando de coma, muito pouco se sabe. Já vi casos bem mais graves se recuperarem totalmente e outros, com sintomas aparentemente mais benignos, jamais acordarem. As circunvoluções do cérebro são misteriosas... — o Dr. Osório falava a Silvio como se estivesse se dirigindo a um aluno.

Silvio percebeu que a mulher que estava ao lado de Yuli não era da equipe de enfermagem. Ela tomava a mão de Yuli e repetia suavemente ao seu ouvido:

— Juca, sou eu, Ninon. Tu me ouves, Juca? Se me ouves aperta minha mão, aperta minha mão...

Notando a curiosidade de Silvio, o Dr. Osório decidiu apresentá-los:

— Silvio, Dr. Cost'Alves, queria lhes apresentar esta jovem senhora...

Ninon voltou-se para eles, estendeu a mão:

— Anne-Marie Duchamp.

— Silvio Olavo de Couto Palhares, seu criado.

— Emilio Cost'Alves.

— Graças ao Silvio, nosso amigo Yuli não está morrendo em uma maca da Assistência Pública, perdido entre as dezenas e dezenas de feridos do motim de hoje. — Dr. Osório fazia questão de mostrar seu desdém pela qualidade do atendimento na Assistência.

— O Yuli... o Juca, é um amigo muito querido. É meu colega de jornal.

— O senhor é um bom amigo, Sr. Silvio...

— Minha obrigação, madame...

hierosolyma est perdita hierosolyma est perdita! hep! hep! eva onde está eva hep! cossacos chegando chapinhar no rio corre procura eva não! foge! procuro sai sai sai voa pelos fundos voa pela janela foge longe ah macia a relva morangos amadurecendo tão bonitos tu colocas as letras nessa caixa ao contrário de trás para diante seguindo a frase até o começo fede tanto esse lugar alguém vomitou ao meu lado ah que nojo vou vomitar também o calor o calor o balanço do mar eva eva minha evinha o que fizeram com minha evinha um céu tão azul um dia tão bonito e meu pai e evinha e morangos como é bom chapinhar no rio e catar cogumelos junto aos abetos os vermelhos são os mais bonitos cuidado os vermelhos são venenosos matam vocês mataram deus vocês mataram deus judeusmatadeus tudo balança uma névoa está sobre a cidade mendel quer me bater bate tu nele judeu judeu mata o judeu corre para os fundos filho eu procuro eva de-pé-ó-ví-ti-mas-da-fo-me parã parã tararará prã fa-mé-li-cos-da-terra parã parã navio navioadeus pessoas pequenas adeus distante água água água boca seca sua mãe está morta mamãe morta hierosolyma morta ierushalaim repita comigo le shanah habaah b'ierushalaim o mar mar o rio teterev o rio o rio as montanhas do rio rio de janeiro de montanhas já comi tudo mamãe bom filhinho tropel cossacos bêbados cossacos bêbados escreva para mark filho vai para o brasil amerika sai daqui uma escuridão terra sem futuro sem futuro futuro ano que vem no brasil shanah habaah b'brasil um dois três esquiva um dois três esquiva punch esquiva trava esquiva jab esquiva clinch um ninon dois tu te encontras com outros? três da taqui vinhum be lixção belixção mendel vou te bater mendel boa camisa para escola não é cara não mark mala pesada mark usa roupa quente filhinho hoje neva muito vencedor yuli por knock out a salvação da humanidade é a greve geral é o partido vamos matar aula nadar no teterev está bom mãezinha evinha e seu sapatinho de verniz tão bonitinho não fale palavrões estou na minha casa e falo os palavrões que eu quiser casa comigo ninon como é gostoso o mar da glória morno o mar bom da glória muito prazer muito prazer muito obrigado pega o bonde fash'avor cemréis a secção salta na glória e que dia lindo mas que sol forte muito forte está cegando quero fechar os olhos tira o sol de mim!!

— A senhora vê como as pupilas dele agora contraem-se rapidamente? Era isso que queríamos ver. Finalmente ele reage à luz como esperávamos. Ótimo. Acho que teremos uma evolução positiva para este jovem. — O Dr. Osório retirou a lâmpada das proximidades dos olhos de Yuli.

Ao fim do terceiro dia de coma o médico falava para Ninon com seu imperturbável tom de professor. Até aquele momento, a reação pupilar de Yuli era lenta, o que somado a outros sintomas não dizia bem de seu prognóstico. A partir de agora, porém, o quadro mostrava uma evolução bem favorável.

— Juca, sou eu, Ninon — repetiu ela mais uma vez naquela vigília solidária de três dias. — Se tu me ouves, aperta minha mão.

Uma força que era pensada, mas até então não chegava às mãos, conseguiu, desta vez, vencer a solidão do cérebro e ir em direção ao outro lado. O indicador e o médio se manifestaram com um gesto tão tênue que não seria percebido por quem não estivesse lhe segurando a mão.

— Doutor, ele está mexendo os dedos, doutor, os dedos, eu senti.

34

Os acontecimentos do dia 29 de maio repercutiram por toda a cidade, exaltaram os ânimos na Câmara dos Deputados e no Senado, onde situação e oposição levantaram-se contra e em defesa de Diógenes Braga, malgrado sua notoriedade e a de seus métodos. Intervenção notável foi a do Senador situacionista Ludgero Cordeiro da Purificação, conhecido por enlevar-se ao ouvir a própria voz e que, neste episódio, proferiu notável peça oratória a favor do cumprimento da lei, contra a utilização de subterfúgios e recursos subalternos, cuja única finalidade seria a tentativa de Diógenes Braga de elidir-se da citação judicial.

O dia seguinte ao do confronto em frente à *Folha* deixou claro o arrefecimento dos ânimos. A mobilização popular murchou. A imprensa reduziu rapidamente o espaço dedicado a Braga. Apenas alguns militantes e os secretas notórios marcavam seu encontro diante da sede do jornal. Para os operários da *Folha*, a bomba havia sido uma estupidez cujo único efeito fora aterrorizar a população e esvaziar qualquer apoio ostensivo.

— Aprendam no que dá o voluntarismo pequeno-burguês! — bradava um furioso Bernardo aos seus comandados na oficina da *Folha*, aproveitando para explicar a doutrina leninista de ações decididas pelo centralismo democrático. — O que conseguiu este infeliz? Desmobilizar as massas... trazer antipatia para o nosso movimento. E deixar à morte cá o nosso Juca. — E, ao evocar o nome do colega e ex-aprendiz, aquele chefe severo, evidentemente comovido, deixou brotar todo o carinho que sentia pelo rapaz: — Logo o Juca, um garoto, o nosso Juca. — E concluiu, dispensando todas as categorias dos materialismos histórico e dialético: — Não há justiça nesse mundo, não há justiça! O mal feito não tem reparo!

— Mas o Sánchez quase morreu... — argumentou alguém.

— Pois devia ter morrido. — E abrindo ainda mais a comporta da emoção: — Aliás, não me falem mais deste jumento!

— Mas é um companheiro combativo e corajoso...

E, nesse instante, uma força que vinha de dentro, como um penedo rolando fragorosamente montanha abaixo, explodiu:

— O Sánchez... ora o Sánchez — e olhou para o alto, conclamando a musa dos impropérios: — ...o Sánchez que vá p'ros quintos... dos entrefolhos... da corna... da putaaaaqueopariiiu!

E foi com esta polifonia destemperada que Bernardo, enfim, restabeleceu a justiça pela qual tanto clamava.

A edição do dia 30 da *Folha da Capital* voltou um pouco mais alentada, com quatro páginas, totalmente dedicada a si mesma, trazendo fartas descrições dos acontecimentos da véspera, ilustradas por fotos compradas de outras publicações. A primeira página também ostentava a elegia, quase um necrológio, da pena do próprio Braga:

"Ao querido companheiro Iuri Volochim"

"...grande profissional de imprensa formado n'esta modesta universidade de jornalismo que é a Folha da Capital... De onde saiu, como soi occorrer aos de sua grei, attrahido pela deusa Pecunia, collocando-se fora do alcance desta modesta Folha... mas, reconhecido á sua casa de origem e ao risco da propria vida offereceu-se e a seu proprio corpo em defesa do direito da Folha da Capital de continuar defendendo os injustiçados... A Folha da Capital, na pessoa de seu director Diógenes Braga, não tem medido esforços para apoial-o e aos seus, n'um acto de solidariedade christã..."

A REDACÇÃO DA FOLHA DA CAPITAL

Ao ler esta peça, Pereirinha galgou mais um degrau na sua escala de desprezo por Diógenes Braga. Mas nem por isso deixou de compor mais um episódio de seu folhetim "A Opinião do Povo". Apenas não conseguiu encher toda a página, como antes.

No início da madrugada, depois de descansar da guerra sobre o corpo de Régine, sua preferida no rendez-vous de Santa Tereza, Diógenes resolveu tardar-se mais um pouco. O movimento da casa já era quase nenhum e ele, definitivamente cansado, decidiu que ia bem um Lepanto para arrematar e combinar com a fresca daquela noite. Pediu um a Mme. Charlotte. Pediu também que fosse deixado só na chaise longue recoberta por um belo e antigo Gobelin estampando um cão de caça com uma lebre entre os dentes.

Naquele country club libertino, aquecendo o bojudo copo de brandy espanhol com as palmas das mãos, reclinou-se para degustar aquele momento da vida. Rememorou por um bom tempo os altos e baixos pelos quais seu caso havia passado. Concluiu que estava na hora de experimentar alguém diferente de Régine. Que cargas-d'água dera em Pereirinha? Estava murcho, teria perdido o brilho de sempre? Deveria procurá-lo para conversar. Não, não seria mais possível continuar sem um secretário gráfico. Por que diabos ele estaria pensando em secretário gráfico com um copo de Lepanto na mão e tanta coisa boa para pensar? Seu jornal, ainda que pouco reconhecido pelo público, já poderia ser considerado um marco da imprensa da capital. Não poderia mais ser ignorado. Como protelar o atendimento ao oficial de justiça? Até que saia o dinheiro do Banco do Brasil. Protelar, retardar, delongar, procrastinar, estirar, prolongar, demorar, pospor, postergar, espaçar, prorrogar, dilatar, protrair, diferir, alongar, transferir. Que rica a língua portuguesa. Comprometeu-se consigo mesmo a promover uma seção de cinéma cochon para os confrades de chez Charlotte. Em um dia em que o Desembargador F passasse por aqui. Pensou que sexta-feira o jornal iria sair com oito páginas novamente. Régine e suas muxibas. Decidiu: chega de Régine, o Palhares é que estava certo: gente nova, sempre. Mas por que essa insistência em Régine?... Régine... Por que Régine?... Porque Regina se matara.

Pagou e saiu.

Resolveu que iria descer a ladeira a pé, prolongar a lembrança de Regina, pensar um pouco mais em sua ausência e em sua presença. Regina, tantos, tantos anos depois. Ressurreta na ladeira de Santa Tereza. Diógenes sentiu amargura, não saudade, amargura pela perda de Regina. Sequer a consideração de um bilhete, uma explicação, uma despedida. Pensou no filho que ficara nos fundos da casa. Pensou em não mais voltar ao rendez-vous, não mais ver Régine, ninguém. Deu ainda alguns passos lentos ladeira abaixo quando, vindas de trás de um dos automóveis estacionados, três pessoas surgiram:

— Dr. Diógenes Salusthiano dos Santos Braga?

— Pois não, cavalheiros... — procrastinar... pensou.

— Aqui está minha identificação — e o homem entregou a Diógenes uma caderneta verde, brazão da República gravado sobre a capa de couro e a folha de rosto.

Diógenes Braga folheou-a. Como imaginara, estava diante de um oficial de justiça da comarca do Rio de Janeiro em diligência evidentemente denodada e desinteressada — quanto teria custado?... Recomendá-lo aos superiores algum dia. Os outros dois, certamente policiais, estavam ali destacados como garantia ao bom cumprimento do mandado.

A Diógenes restou apenas lamentar ter sido interrompido em sua viagem aos quartos escuros de sua vida.

— Faça a fineza, doutor, assine a contrafé.

35

— Que me dizes, Luisinho, do andamento da nossa cobrança?

Dona Herminia de Couto Palhares presidia a mesa durante o jantar familiar e deu o tom da conversa. O assunto era inevitável. Os tumultos da véspera, as edições dos jornais, estava tudo ainda muito fresco para que fosse tratado apenas de passagem. Esse seria o prato principal do jantar.

Com a exceção previsível, a mesa estava completa.

— Como a senhora já sabe, aquele indivíduo conseguiu escapar da citação ontem. Mas já contratei dois investigadores da polícia para vigiá-lo. Estão com outro oficial de justiça atrás dele. Assim que se descuidar, ele será abordado. Isso é questão de horas.

— Mas essa confusão, filho, viu que turba? Isso não é nada bom. Os seus advogados, o que dizem?

— A senhora avaliou bem: isso pode tumultuar de alguma forma o processo.

— Pelo menos nosso risco é nenhum... — ponderou a matrona.

— E, de certa forma, ficamos credores morais dos ingleses... Mas o ideal seria podermos nos desforrar deste indivíduo.

Dona Herminia preferiu não aprofundar esse lado da questão e passou o assunto para o caçula:

— Fico feliz por ter acertado em minha previsão a teu respeito, Silvinho. Sinto que tu estás apaixonado por tua profissão...

Sua expressão manifestava o orgulho por ver que seu caçula finalmente encontrara um caminho, mas era um orgulho mesclado de desapontamento:

— Parece que te mudaste para lá. Cada vez que quero saber de ti, é lá que te encontro...

— É apaixonante, mamãe. A cada dia me sinto mais ligado...

— Cuidado para que não te apegues demais — interveio Felicia, a mais nova das irmãs.

— O que queres dizer com isso, Lucrécia? — Silvio fez um gesto teatral, como a proteger seu copo de algum envenenamento. Sabia que isso a irritaria muito.

Ela não se irritou desta vez. Felicia era porta-voz do que todos na mesa gostariam de falar:

— Faltaste colocar aquele patife num altar...

— "Aquele patife" — Silvio falou aspeadamente, acentuando sua concordância com a qualificação de Diógenes naquela mesa — foi mencionado em minha reportagem somente para informar que "aquele patife" não recebeu a citação judicial. — Silvio sentia-se desconfortável.

— Mas você não poderia ter dito que ele está zombando da justiça, dos credores? — Dona Herminia engrossava a comissão de inquérito que se formava.

— Mamãe, se eu escrevesse isso, estaria fazendo um jornalismo como o dele. O que tenho aprendido com o Cost'Alves (e agradeço à senhora por isso) é justamente separar fatos de opiniões. Quando o Costa mandou-me para a porta do jornal, ele sabia que eu tinha um interesse familiar na questão e me desafiou a exercitar meus padrões éticos. E, mesmo assim, temo não ter sido totalmente ético.

— Como assim? — perguntou uma incrédula Felicia. — O que faltou? Sugerir que lhe paguemos nós pelo transtorno que lhe temos causado?

— Não. Faltou dizer uma coisa que entre os jornalistas só eu sabia e calei: que o carro que o oficial de justiça usava e que era escoltado por policiais era de nossa propriedade, o que poderia dar a entender que prestamos favores à justiça. Ou vice-versa.

— Só faltava essa! — atalhou Dona Herminia, deixando tombar ruidosamente os talheres que segurava sobre o prato. — Criei um Catão!

— A senhora não tem razão. Afinal, preservei a nossa família e não falei do carro!

— Bem lembrado: e que sangueira era aquela no banco de trás? Teremos que mandar o carro para a oficina para trocarem o estofamento e limparem bem tudo aquilo... — Lucr... Felicia trazia mais lenha.

— Requisitei o carro para transportar aquele colega de trabalho que foi ferido pela bomba. Estão todos a par, não?

Felicia não se conteve:

— Irra, que nojo! Nunca mais entro naquele automóvel. Aliás, já estava na hora de trocar o carro de serviço, não é, mamãe? Tenho visto umas baratinhas superchics. Já imaginaram? Cores lindas, décapotables, pelas manhãs de sol, eu usando um vestido branco, com um foulard esvoaçante...

E, ao esvoaçar do foulard, a conversa desanuviou e encaminhou-se para a sobremesa...

Na manhã do terceiro dia, depois que Yuli apresentou a reação pupilar positiva e movimentos espontâneos frequentes e vigorosos, apenas Bernardo, Mark e o Sr. Knobl estavam à porta para receber a notícia. O Sr. Knobl havia feito chegar a Mark a notícia do que ocorrera a seu irmão, e Mark veio no primeiro trem, remoendo novamente suas lembranças, pronto para receber qualquer notícia. Agora ali estava ele, levado pelo Sr. Knobl até a porta do hospital. Encontraram-se com Bernardo que lhes informou que não seria possível entrar:

— Não pode receber visitas... só aquela contraparente e o colega da *Democracia* estão lá dentro com ele.

Mark percebeu o quanto ele e seu irmão haviam se distanciado. Enquanto Mark trabalhava incessantemente para ver a fábrica de roupas prosperar, Yuli se envolvia com o que ele considerava, num coletivo genérico, "malandros": trabalhava em um lugar chamado "Demokrátsie". Não poderia ter resultado em outra coisa...

Quando o jovem Silvio surgiu no portal da Santa Casa, eufórico, descendo a escadaria a galope, Bernardo, que já o conhecia, e percebendo a expressão de alegria, esmurrou a palma da mão com um incontido grito de "Mas ora viva!"

— Temos boas notícias! — gritou Silvio ainda do alto das escadas. — O Juca está se mexendo.

Mark ficou feliz, com a sensação de que fora ele quem trouxera a boa notícia. Não chegara a ficar magoado com o comentário de Bernardo, que lhe disse não saber que Juca tinha um irmão. Mas, enfim, quem eram Bernardo e Silvio, tão amigos?

— Posso ver meu irmão? — perguntou.

— Acho que vai ser possível, sim! — Silvio, com a autoridade que lhe conferia a intimidade com o chefe da clínica, chamou os três a entrarem. Silvio então os conduziu pelos meandros do hospital, sem pedir licença a quem quer que fosse, até chegarem a uma enorme enfermaria na qual um dos leitos estava cercado por um biombo de cortinado.

Lá estava Yuli, olhos cerrados, um lençol a encobrir-lhe os ferimentos. Ninon, ao seu lado, falou-lhe:

— Juca, seus amigos estão aqui! — e afastou-se do leito para deixá-los aproximarem-se.

Bernardo segurava seu boné, humilde, temeroso de se aproximar e fazer algo errado. Mark logo chegou junto a Yuli e, esquecendo os caminhos divergentes, lembrando dos tempos em que ainda era o irmãozão, começou a falar em yidish:

— *Yulik... bridl ... vos hobn zei mit dir gemacht? Ich bin du gekimmen tzu nemen dir. Kim mit mir tzu Sampaulo, kim vohnen mit mir.*

O rapaz mostrou evidente reação. Sua boca movia-se, mas as palavras não saíam. Ninon passou, conforme instruções do médico, uma gaze molhada nos lábios para que não ressecassem. Mark ainda falou algumas frases e o Sr. Knobl explicava para os amigos o que significavam. A certa altura, um som, quase um sopro, finalmente saiu:

— *Markl? Markl? Bist di du?*

36

Braga isolou-se em sua casa no alto de São Cristóvão, próxima ao Observatório, onde jamais fora visitado nos últimos vinte e tantos anos. Na verdade, ninguém sabia onde ele morava, pois nunca divulgava seu endereço. Quando necessário, informava como domicílio o nº 12 da Rua Senador Euzébio. Sua casa, senhorial e decadente, fora parte do farto dote trazido pela esposa. Agora era praticamente um esconderijo. Refúgio de suas solidões, onde guardava viva a lembrança da mulher morta. Um casal de velhos empregados vindos de Vassouras vivia por lá e cuidava que tudo não se arruinasse por completo.

Temperatura amena, cortinas bojando ao vento. No Rio de Janeiro o entardecer dos fins de maio é quando a luz não pode ser mais bela, o ar mais transparente, as cores mais nítidas. De seu sombrio escritório, através da janela ampla, Diógenes divisava o vale com seu casario e, mais ao longe, sobre a suave colina confrontante, o antigo Palácio Imperial encravado nos jardins da Quinta da Boa Vista.

A paisagem, que neste dia poderia ser apreciada como uma bela aquarela, inspirou-o a redigir a peça literária com a qual faria sua estreia nos autos do protesto e pedido de penhora dos bens da *Folha*. Pôs-se então metodicamente a enumerar as considerações de seu embargo.

CONSIDERANDO

Que a historia da Folha da Capital tem sido a de um independente e combativo órgão da Imprensa do Districto Federal, sempre pronto a denunciar actos attentatórios aos interesses da nacionalidade;

Que em decorrencia d'esta linha combativa, as restricções financeiras desde sempre acompanharam a vida da Folha, impedindon-a de modernizar-se e a seu machinario;

Que o Sr. Reginald Phineas Gross, ex-director-geral da Rio de Janeiro Electric Street Railway Company nunca escondeu a simpatia pela actividade da Imprensa e sua especial admiração pela modesta Folha da Capital;

Que era desejo expresso do mencionado Sr. Gross radicar-se definitivamente em nossa pátria e associar-se a uma empresa local;

Que o mencionado Sr. Gross offereceu ao ora embargante participar da renovação do parque graphico da Empreza de Publicações Folha da Capital Sociedade Lda., aggregando para isso o necessário capital;

Que este capital integralizar-se-hia mediante um emprestimo que o mencionado Sr. Gross se offereceu a obter junto a The South American & Caribbean Investment and Trust Bank;

Que como prova de seu comprommetimento o mencionado Sr. Gross aporia seu aval, como de fato o appôz, e, na qualidade de principal pagador, assumiria total responsabilidade pelo adimplemento do emprestimo;

Que entre as condições impostas pelo banco estava a de que o emprestimo fosse concedido necessariamente a uma pessoa jurídica, razão pela qual o foi á Empreza de Publicações Folha da Capital Sociedade Lda. e não ao mencionado Sr. Gross;

Que a certa altura da carência o mencionado Sr. Gross evadiu-se de nosso país, encontrando-se actualmente em local incerto e não sabido;

Que sua evasão accarretou súbito e inesperado encargo financeiro sobre a Empreza de Publicações Folha da Capital Sociedade Lda.;

E ainda

Que em decorrencia de sua denodada acção em defesa do interesse público a Folha da Capital grangeou ódio pessoal do ex-Ministro Luis Palhares;

Que a acquisição extemporânea do contrato de emprestimo, temerária, pois já em atraso, pela Casa Bancaria Couto & Irmão, autora da presente acção de execução, é eivada de motivações suspicazes;

Que a mencionada Casa Bancaria é propriedade da família do ex-Ministro, interditado por prodigalidade e gestão temerária;

E mais

Que a publicação "Á Praça", de 8 de março de 1923 em quatro matutinos desta comarca levou o pânico ás familias dos trabalhadores da Folha da Capital;

Que justa commoção popular se estabeleceu a partir dos apelos do operariado da Folha da Capital, com sérios prejuizos á ordem pública e á paz social;

Que tal justa commoção ensejou aos agitadores profissionais pretexto para organizarem uma gigantesca manifestação contra o bom andamento da justiça e, sobretudo, contra o governo saneador do ínclyto presidente Dr. Arthur Bernardes;

Que dita agitação acarretou graves ferimentos infligidos ao nobre Oficial de Justiça, impedido de cumprir o seu dever, além de a um jovem jornalista, actualmente entre a vida e a morte;

e, não menos importante,

Que a copiosa affluência de donativos para o pagamento da dívida, prova do apoio do povo ao seu jornal, nos permitirá, em havendo tempo habil, saldar os credores até o último ceitil.

Vem requerer:

A citação do Sr. Reginald Phineas Gross, na qualidade de devedor solidário e principal pagador.

A citação do Dr. Luis de Couto Palhares Filho, na qualidade de litigante de má fé, tendo vindo bater às attribuladas portas da justiça para usá-la como instrumento de uma mesquinha "vendetta" familiar.

A suspensão da penhora, para permitir a Empreza de Publicações Folha da Capital Sociedade L.da. recolher os donativos que já somam 18:143$490 e que continuam a affluir.

A renegociação do contrato em bases supportaveis pela Folha da Capital.

N. Termos ...

De uma de suas meninas, Mme. Charlotte soube que, nesta quinta-feira, o Desembargador F viria honrar sua modesta casa. A cafetina mantinha o que talvez fosse o melhor serviço de inteligência do Distrito Federal. Sabia extrair de cada uma das mimosas o que poderia interessar a algum cliente mais próximo, ou a quem quisesse demonstrar poder, prestar favores, receber favores.

Charlotte fez chegar por portador a ansiada informação a Diógenes: "Mon très cher D, votre ami est attendu ce soir." Era o que Braga precisava saber. Despachou o jovenzinho adamado que trouxera o bilhete. Chamou Schipa, enquanto tirava do armário da sua sala duas caixas razoavelmente pesadas e as entregava a ele:

— Ô Gigli — Braga gostava de brincar com o nome do serviçal —, tu sabes como manusear isso. Pega um carro de praça e vai à ladeira de Santa Tereza. Diz à madame que eu pedi que ela prepare a sala... ela já sabe qual.

E explicou-lhe demorada e detalhadamente, por várias vezes, como deveria deixar arrumada a sala e o equipamento, inclusive com um croquis que o próprio Schipa desenhou.

Diógenes Braga conhecia bem a arte de lidar com o tempo e, esta noite, chegou no melhor momento. Por volta das nove o lugar já estava concorrido. Quem tinha que vir, já lá estava. Como soía acontecer quando feriados eram encravados durante a semana, muitos personagens grados despachavam a família para alguma estância e ficavam na capital para adiantar o expediente. Não havendo espetáculo no Lyrico, ou mesmo algum sarau de família importante pela cidade que pudesse dividir os frequentadores de Mme. Charlotte, era previsível que a casa estivesse à cunha.

Ao ver entrar Braga, a patronne, interpretando seu papel, veio com sua oferta de Crémant:

— Mais quel plaisir Doctorrr Diogèeennnnnee...

E enquanto declamava sua fala sobre Charlotte ser a "Alegria das Noites Tropicais" Braga apenas levantou os sobrolhos à anfitriã, perguntando-lhe com o olhar se quem interessava estava lá.

— O senhor não podia chegar em melhor hora — falou ela também com as sobrancelhas, revirando sutilmente a cabeça, apontando para alguém remoto.

Passados os encontros casuais com outros convivas, os afagos nos rostos das cocottes, inclusive e sem maior interesse no de Régine, a quem não deu maior atenção, Braga, sempre atraindo os olhares e falando alto, lançou o convite a todos:

— Caríssimos comensais, hoje teremos cinema! — Abriu as portas de correr que separavam a sala do piano da saleta íntima, já arrumada com diversas cadeiras, chaises longues e, bem colocada, uma confortabilíssima voltaire.

As meninas já sabiam o que fazer e, num clima de algazarra, foram trazendo os clientes para a saleta, acomodando-os e acomodando-se elas ao lado, aos pés, sobre almofadas, cabeças apoiadas sobre os joelhos de seus pares. A voltaire ficou estrategicamente à espera. Braga muito casualmente pegou o Desembargador F pelo braço e trouxe-o para a cadeira de honra:

— Hoje tu presides a sessão, meritíssimo... vais julgar cada estripulia...

E Charlotte fez sinal para que a melhor cocotte da casa fosse sentar-se aos pés do jurisconsulto, vestida apenas de corset e caleçons.

O projetor Pathé já estava a postos e, assim que todos se acomodaram, Charlotte apagou as luzes e Braga ligou a máquina, que passou a exibir uma tremelicante imagem sobre um lençol.

A cena se passa em um consultório médico. Um ator magrinho e de fartos bigodes faz o papel do médico, o que fica claro, pois porta um espelho circular sobre a testa. Ele abre a porta do consultório e entra uma jovem senhora bastante farta de banhas e refegos. Cumprimentam-se, falam rapidamente. Entra o letreiro: "Qu'est ce que vous afflige?" Ela abre e fecha a boca, abana-se com um leque, como a dizer: "J'ai souvent des chaleurs." O sujeito com espelho na testa aponta para um biombo. Ela volta de trás do biombo apenas de camisola. A pintura em seus lábios forma um coraçãozinho. Ela pisca muito, parece encabulada. Abana-se incessantemente. O médico olha para a câmera, cofia os bigodes, levanta os sobrolhos para o espectador, enquanto esfrega as mãos: "C'est un cas facile", diz o letreiro. A jovem tenta ainda falar com o doutor, ele aponta para um leito: "Je vais vous examiner très profondement." A plateia ri, comenta. Clientes examinam discretamente as meninas; as meninas examinam discretamente os clientes. A paciente do filme está deitada e o doutor magriço passa a lhe acariciar os seios; ela finge se opor, ele ajusta o espelho e continua o exame. A cocotte do Desembargador traz suas mãos para que examine seus seios. O filminho continua com a paciente evidentemente mais satisfeita com o exame. As etapas seguintes demonstram os vários procedimentos adotados pelo cura-fogaços, ele agora trajando apenas sapatos e meias pretas, presas por ligas às canelas. E o espelho na testa. Ela, totalmente despida, exibe o amplo matagal que lhe cobre boa parte dos quadris. A paciente é colocada em posição para receber a sonda. A câmera mostra que se trata de uma sonda de forma e dimensões avantajadas para a mirrada criatura do doutor. Mme. Charlotte solta um "quel horreur" entre risinhos; a plateia agita-se, risos nervosos. Braga percebe quando a menina do Desembargador senta-se no seu colo, uma das mãos enfiada em suas calças, tentando achar a sonda que aplacará seus calores. Neste ponto, o rolo de filme acaba e Braga, a pretexto de trocá-lo, retira a tampa da lâmpada de projeção, iluminando feericamente o animado casal na voltaire. Logo troca o rolo, recoloca a tampa e outro filme ilumina o lençol. A história agora é sobre um pintor e sua inocente modelo...

Depois da seçãozinha de cinéma cochon, depois que os convivas se dispersaram, depois que as portas que separam a saleta da sala do piano foram fechadas, Diógenes passou a desmontar seu equipamento de projeção e guardá-lo em uma das caixas que mandara Schipa trazer. A outra caixa, Diógenes levou sem demora para o laboratório fotográfico da *Folha da Capital*.

Braga acompanhou a revelação das fotos que havia tirado. O laboratorista da *Folha da Capital* destacado para ficar de plantão à espera do chefe desconhecia o teor das imagens, mesmo tendo feito uma dúzia de contatos das chapas que seu patrão lhe confiara. Sob a luz vermelha, poder-se-ia precisar apenas a qualidade e a nitidez das fotos. E isso estava garantido: as fotos saíram bem iluminadas e nítidas. Durante a troca de rolos do projetor, quando foi aberto o casulo da lâmpada, foi possível a Diógenes entreabrir a caixa ao lado do projetor, apertar o disparador da câmera, trocar de chapa, fotografar de novo e de novo. Tirar três chapas seguidas do enamorado casal na voltaire foi como tirar a sorte grande. Mais ainda porque, em uma delas, podia se ver, com perfeição, um Desembargador F evidentemente feliz com a mão de sua cocotte perscrutando-lhe as calças através da braguilha e ele apalpando os seios expostos da menina. Agora era secar as fotos, guardar bem o negativo e marcar uma audiência na câmara cível que o Desembargador F presidia.

37

Voz de Mark, voz familiar, de irmão mais velho, voz que ouvia desde os primeiros dias de sua vida. As palavras em yidish, ouvidas nas músicas que sua mãe lhe cantava, nas discussões políticas que seu pai travava, esses foram os fiapos de um cordão que levaria Yuli para fora do labirinto de seu coma. Eram estímulos que lhe ecoavam sob forma de lembranças, cenas completas, que emergiam e se iam. Eram estímulos que pediam uma resposta. A resposta veio simples, emitida no mesmo som antigo, o da língua com a qual Yuli fora amamentado: "Markl, Markl... bist di du?"

Os olhos bem abertos de Yuli fixavam-se em Mark, depois em Ninon, em Silvio, nos amigos. Voltou-se mais demoradamente para Ninon, agora vestida com o despojamento de uma enfermeira, e, desta vez, reconheceu-a. Conseguiu apertar de fato suas mãos. Mas a boca, ainda desobediente como a de um bêbado, apenas engrolava as palavras que pensava torrencialmente.

— Nin... tu... va... eu... — impossível montar em ordem as palavras da frase, que morriam em balbucios ininteligíveis.

Havia ansiedade entre as pessoas em torno do leito. Para elas, Yuli, depois de abrir os olhos, deveria imediatamente levantar-se e andar, o que não poderia acontecer. Perceberam então que abrir os olhos e balbuciar sílabas era apenas a primeira etapa de um caminho de volta do coma que poderia ser bem longo. Foi a bruta e incontida euforia de Bernardo que quebrou o estupor geral:

— Ó menino Juca! Estás vivo enfim! Vê se acordas de vez que já está a dar horas de te vermos de novo! Os companheiros da gráfica te mandam votos de boa saúde!

À parte, o Sr. Knobl traduzia para o Dr. Osório o que Mark havia dito ao irmão. O médico, mesmo impressionado com o impacto positivo da presença de Mark, fez um gesto de negativa com a cabeça quando ouviu que queria levá-lo para São Paulo:

— Impossível ele viajar neste estado, senhor...?

— Knobl.

— Pois é, senhor... impossível. Ele sofreu um golpe sério no crânio e o balanço do trem pode trazer péssimas consequências. Ainda falta muito para que ele se recupere, e todo nosso esforço poderá ser perdido...

Lembranças remotas trouxeram Yuli de volta. Mas mantê-lo aqui foi resultado do empenho de seu recente e dedicado amigo Silvio Palhares. Ao recomendá-lo ao chefe de clínica e amigo da família, Silvio garantiu que Yuli receberia atendimento de excelência, reservado apenas a quem era alguém neste país. Atendimento que incluiu licença para a presença de Ninon junto a ele; enfermagem intensa, sobretudo para os profusos ferimentos que necessitavam limpeza permanente e frequente troca de curativos. Vencido o mistério do coma, restaria um bom caminho para que Yuli voltasse a ser a pessoa que era antes do atentado. Abrira os olhos e mexera os dedos. Tratava-se agora de reconquistar cada articulação, reassumir cada músculo, exprimir cada palavra de seu vocabulário. Por orientação do Dr. Osório, Silvio contratou um instrutor de calistenia do exército para ajudar Yuli a voltar a andar e revigorar os músculos. Mas isso só seria iniciado dali a vários dias, fora do hospital, em casa.

Mas que casa? A Pensão Vianna, onde continuava morando desde que o irmão se casara? Não. Aquilo não era casa. Yuli não tinha algum lugar ao qual pudesse verdadeiramente chamar casa.

Quando o tema "recuperar-se em casa" foi ventilado, Ninon sentiu-se desconfortável. Percebeu que cuidar de Yuli no hospital era algo a que ela se permitiu, em nome de não sabia bem o quê; mas abrigá-lo, tomá-lo como visitante... hóspede... duradouro?!? Não, isso, não. Era algo muito, muito distante de como ela se via, e do que pretendia. Nas horas que se seguiram ao despertar de Yuli, voltando a casa, Ninon começou a se imaginar, a se ver, rever, a se avaliar. Pôde, enfim, fazer uma retrospectiva de sua pequena e intensa trajetória, a partir do instante em que, como um semovente, fora levada de sua casa.

Desde que um apache a comprou do pai nos arredores de Rouen e a levou a Marselha, de onde partiu consignada a Mme. Charlotte, no Rio de Janeiro, ela não sabia almejar o que quer que fosse. Tudo o que ela havia sido ensinada era ser de seu pai e, mais tarde, ser do indivíduo que a comprou e a levou.

Nada de desejos, sonhos. Impensáveis o luxo de Paris ou um cantinho sossegado no reino dos céus. Impensáveis. Não eram para ela. Fora obediente a vida toda. Era continuar a sê-lo. Obedecer ao marchante era tão natural como obedecer a seu pai. Deixar-se possuir pelo marchante era da natureza das coisas como, tantas vezes antes, se deixara possuir por seu pai. Era lavar-se calada, limpar-se daqueles caldos esquisitos que os homens deixavam nela e continuar a vida do ponto em que fora interrompida.

Cruzaram a França de noroeste a sudeste, parando aqui e ali, hospedando-se em albergues degradados pagando a passagem e a comida com serviços. Por quase dois meses, à espera do navio, Ninon foi conduzida por aquele apache. Ele foi seu pai, seu homem e seu tutor. Talvez por capricho, talvez para passar o tempo, talvez para conseguir novas encomendas, ou mesmo pelo prazer de transmitir seu saber e experiência à menina, o atravessador dedicou-se a fazer desabrochar seus predicados, a domá-los e cultivá-los, transformando-a de uma simplória e vulgar gigolette em um belo projeto de cortesã. Ninon havia sido abençoada com um dom natural. Entendia as aulas práticas de seu tutor e logo se transformou de gado de sexo em uma profissional dotada e talentosa. Não chegava a desenvolver qualquer sentimento, bom ou mau: quer por seu pai, a quem já esquecera, quer pelo apache, de quem lembraria e a quem atribuiria, pelo menos, o crédito de ter sido alguém útil, dedicado a aperfeiçoá-la.

O que ela aprendeu especialmente bem foi a refinada arte de lidar com as fantasias de poder que os homens — mesmo os mais modestos — cultuam. O apache explicava como ela deveria fazer para que os clientes se sentissem mais poderosos e, assim, mais felizes. Mais felizes, garantia o tutor, os clientes voltariam para ouvi-la dizer as mesmas mentiras novamente e novamente. Aprendera que deveria manter o controle sobre si mesma, ou perderia seu poder de encantamento. Ela deveria se concentrar, portanto, em exercer seu poder sobre os poderosos.

Ao gozar pela primeira vez, com Yuli, ela perdera esse controle. Isso a confundiu: descobriu essa nova dimensão e apaixonou-se momentaneamente por ela. Apaixonou-se por desfalecer, perder o controle da situação e por encontrar, dentro de si mesma, fontes insuspeitadas de prazer e poder que a tornavam... simétrica? equivalente? equipotente?... ao homem. O que quer que fosse, ela se viu detentora do poder e da submissão que o prazer traz.

Considerou-se satisfeita com a explicação que ela mesma se deu de que sua extrema devoção a Yuli naquele transe era uma retribuição por ele tê-la levado a gozar. Agora ele voltava à vida dele e Ninon sentia-se quite e livre para voltar à dela.

Quando Yuli mostrou sinais evidentes de melhora e o médico já sinalizava com a alta, Silvio deixou a Ninon a iniciativa de levantar o tema da convalescença e da recuperação. Mas isso não ocorreu. Silvio não conhecia nada de Ninon. Por uma questão de respeito ao amigo, por achar que Ninon era a mulher de quem Yuli gostava, não havia mantido qualquer conversa pessoal com ela. Mesmo assim, em um momento em que Yuli cochilava, aventurou-se a perguntar:

— É a senhora quem vai cuidar dele quando ele sair do hospital?

— Acho que meu dever está cumprido... — Ecoava nesta evasiva uma conversa que havia mantido na véspera com Mme. Charlotte e que lhe ajudara muitíssimo a esclarecer definitivamente os próprios sentimentos. *"O que queres com esse teu russinho?"*, perguntava ex cathedra a cafetina, e, antes que a francesinha se embrenhasse em quaisquer devaneios, ajudou-a a entender a dimensão da questão: *"É um pé-rapado, não é? O que tu vais conseguir com ele? Vais apenas acabar com as tuas economias e terminar cheia de filhos morando de novo em Piedade... Foi para isso que nasceste?"* Essa aplicação prática do método socrático iluminou Ninon, e a fez superar assim todas as suas dúvidas: — "Não!"

O "dever cumprido" aguçou a curiosidade de Silvio, ao mesmo tempo que lhe aliviou o conflito que vinha alimentando por achá-la tão bonita e desejável.

— Mas a senhora...

— Somos apenas contraparentes...

— Bem, nesse caso vai ser meu o prazer de poder ajudar o Juca.

Na primeira oportunidade, disse a Yuli que dispunha de um apartamento — na verdade uma garçonnière — não muito distante da redação da *Democracia Brazileira*. Este apartamento estava à disposição de Yuli para sua recuperação. Dispunha de todos os confortos modernos, inclusive ducha quente, e em tudo poderia ser entendido como um lar.

Ninon, para desapontamento de Yuli, apoiou a ideia com entusiasmo. Isso a aliviava de ter que chocar Yuli, o que seria necessariamente doloroso para ambos. No estado em que estava, Yuli não chegava a avaliar o que significava esse entusiasmo de Ninon pela solução oferecida pelo amigo.

38

Juventino, contrariando as regras de discrição determinadas pelo Senador Cordeiro da Purificação, usou o telefone para solicitar um encontro com Braga. Seria no Paladino, bar na região dos grandes entrepostos atacadistas de gêneros alimentícios, próximos ao cais, lugar frequentado quase que exclusivamente pelos grandes comerciantes portugueses. Diógenes animou-se com a conclusão que se avizinhava daquele interminável processo de empréstimo. Só a ideia de desencalacrar-se e ao seu jornal da dívida em que se enfiara bastava para embalar seu sono.

Juventino não tardou em dizer a que viera:

— Dr. Diógenes, tomei a liberdade de procurar o senhor para lhe trazer uma notícia não muito agradável...

Os sentimentos de Braga refluíram da euforia à frustração, e daí ao ódio. Logo percebeu a mão de Cordeiro da Purificação nesta entrada em cena de Juventino.

— Dr. Diógenes — continuou o funcionário do Banco do Brasil —, não sei por que razão, mas nossa fiscalização interna examinou muito de perto o processo de empréstimo de seu sogro e foram encontradas algumas irregularidades graves entre os papéis que o senhor nos enviou. A irregularidade mais grave, entre outras, é a que envolve a falsificação de uma escritura pública, e — o senhor é advogado, o senhor sabe — isso é crime.

Diógenes julgava-se bastante ardiloso ao propor acordos a Cordeiro da Purificação. Mas percebia agora, de um golpe, que, perto do Senador, o jornalista era apenas um aprendiz de velhacaria, nada mais do que um malandrim amador. O Senador o tinha nas mãos e tomava-lhe o butim.

O funcionário do Banco do Brasil continuou:

— Os auditores queriam denunciar o senhor seu sogro à polícia, mas eu ponderei que se tratava de um senhor bastante idoso — e interrompendo seu discurso: — é bastante idoso, não é mesmo, Dr. Diógenes?

Diógenes disse que sim com a cabeça como quem dissesse "vou furar teus olhos!".

Juventino continuou:

— Foi o que eu imaginei. Nem ousei lhes dizer que se tratava de seu sogro, pois essa informação poderia atrair uma suspeição infundada contra o senhor. E isso, convenhamos, é o que o doutor menos deseja atualmente, não é verdade, doutor?

Era uma característica de Juventino a toda hora procurar a concordância de Braga para argumentos que o afundavam cada vez mais. Braga perdeu a calma e interrompeu com rudeza:

— É possível sermos objetivos? O que isso significa? Vai haver empréstimo ou não? O que é que muda?

— Isso depende.

— De quê?

— De um novo encontro seu com o nosso padrinho...

Novo encontro. Também vespertino, também sem testemunhas. Como da última vez, na sala íntima do casarão de Mme. Charlotte. Ao entrar, Diógenes deparou-se com um par de jagunços do Senador dizendo, com sua simples presença, tudo o que deveria ser dito. Eles abriram a porta de correr da sala íntima e deixaram Braga passar sem emitirem um som.

Na saleta estava o Senador, que se adiantara para preparar a recepção e saudou o jornalista com uma efusão estudada, mesclada de distância:

— Ora, meu caro doutor Diógenes Braga, como vai essa bizarria?

— Ótimo, Cordeiro, eu estou ótimo — mentiu Braga.

O Senador Cordeiro da Purificação ia bem. Mas mentiu também:

— Não vou tão bem como o doutor. Estou me sentindo abandonado de sua amizade. O doutor Braga angariou novos amigos e apoios políticos nos sindicatos, nos partidos revolucionários...

Era a última coisa que Braga esperava ouvir naquela sala.

— Eles não me apoiam, foi apenas uma confluência passageira de interesses. Apenas se aproveitaram de mim, da situação...

— Agora o doutor Braga serve consentidamente de escada para essa gente... o doutor Braga serra alegremente o galho no qual está sentado. Dá até para fazer uma caricatura: o doutor Braga sentado em um grosso galho, assoviando e serrando esse galho bem junto ao tronco.

O Senador insistia neste tratamento — "doutor" —, que cortava qualquer possibilidade de aproximação e deixava Braga ainda mais desconcertado. A tática do Senador era demoli-lo antes para ver depois o que faria com os cacos.

— E como foi seu encontro com o nosso Juventino? Proveitoso?

A carga chegara ao ponto de ruptura. Braga perdeu o controle e elevou a voz:

— Ora, Cordeiro, vamos deixar de teatro! O Juventino foi muito claro, tu queres te aproveitar de minha situação e mudar os termos de nosso acordo.

— Alto, meu caro doutor Diógenes Braga! Alto lá! Vamos manter o elevado nível de relacionamento que temos mantido até aqui e, sobretudo, o respeito devido a um Senador da República. Eu lhe trato de doutor e o doutor me trate de Senador. Ou Excelência, se preferir. O fato de eu conferir ao doutor Braga um tratamento republicano não deve ser confundido com qualquer tipo de familiaridade, ou de intimidade. — A voz do Senador, mesmo sem se alterar, trovejou no silêncio do rendez-vous.

Diógenes fechou os olhos, como que procurando alguma imagem interior que o apaziguasse, e engoliu a humilhação:

— Pois não. Que seja assim, Excelência. Quais são os novos termos?

— O doutor fica com mil contos e o resto é nosso. Será usado para aplainarmos o estrago que o doutor deixou na esteira do comício que em má hora promoveu na porta de seu jornal. O doutor não sabe a quantidade de inimigos que conquistou, no governo, na polícia... Isso encarece os procedimentos...

— Mas é só esse o motivo da inconformidade de Vossa Excelência?

— E o doutor acha pouco? Veja o doutor as coisas pelo meu prisma: uma coisa é eu favorecer um pequeno negócio de governo com um jornalistazinho chinfrim como o doutor, coisa de pequena monta, que não causaria espécie a ninguém. Outra, muito diferente, é eu estar metido em negociata com um inimigo do governo, um irresponsável capaz de tudo, um cachorro louco que morde a mão do dono — e modulando a voz para um tom mais amistoso —, o que me deixaria em situação indefensável diante de meus pares no legislativo e em outras esferas de poder, o doutor há de concordar...

O Senador, velho, imponente, falava andando pela sala, e gesticulava como se estivesse na tribuna. Usava um terno branco de linho, folgado o suficiente para tornar sua figura ainda mais espaçosa. Abriu o paletó para ajeitar as calças e deixou, neste gesto casual, entrever o cabo de madrepérola de um revólver cromado. Sua ultima ratio.

Fez uma pausa e deixou escorrerem um pouco mais as mágoas que corroíam seu coração:

— O doutor não confia nos amigos... Estávamos encaminhando uma solução que lhe atenderia e o doutor fez o quê?... Uma subscrição pública, um comício, um palco para a agitação... E mais: o doutor, ao invés de tomar agradecida e silenciosamente o dinheiro que lhe era oferecido — caído do céu, como maná de Nosso Senhor — e com ele pagar suas dívidas e resolver seus problemas, fez o quê? Fez essa petição. Uma petição para embatucar o processo e deixar ainda mais difícil meu apoio ao doutor... O doutor esperava o quê? Rapar os caraminguás dos leitores, descarrilar a ação de execução, e embolsar a dinheirama do Banco do Brasil? Tudo ao mesmo tempo? O doutor acha que no meio desse forrobodó todo ia receber esse empréstimo e ninguém ia saber? Não iria se o doutor ficasse quieto, mas com esse turumbamba... Vamos deixar claros alguns princípios republicanos, doutor Diógenes Braga: se o doutor estiver recebendo algum favor muito especial, agradeça e finja que nada aconteceu, não chame a atenção sobre si, para que os outros não descubram e façam fila; e, depois, uma vez que o doutor tenha recebido a benesse, saiba dividi-la e seja generoso: não se ganha sozinho. Eu queria — e frisou o "queria" — que o doutor pagasse religiosamente suas dívidas, ficasse com a titiquinha de seu jornal, publicasse os reclames dos gringos e desaparecesse de cena. Mas, não! O doutor resolveu dar espetáculo, ficar na berlinda. E ainda por cima ficar com tudo. Perdeu-se.

— Mil contos ou nada, agora, me fazem pouca diferença... — Diógenes deu de ombros e fez ver que estava abrindo mão do negócio.

O Senador voltou à carga:

— O doutor não está entendendo, o doutor vai arrumar problemas sérios... criminais... polícia... profusão de testemunhas... vai ser o fim.

— Mas foi Vossa Excelência quem sugeriu retificar a escritura.

— Palavras... vana verba... o vento leva; já atos são atos, mais ainda se lavrados em cartório. Foi o doutor quem o fez ou, como aprendi no seminário, *"tu fecisti"*. — O Senador bebia suas próprias palavras enquanto se lembrava das Jeremiadas decoradas em latim. E continuou: — Mas deixemos de lado as filigranas éticas e vamos ao que interessa: o jornal, o doutor já perdeu. Aquela petição? Será derrubada com um peteleco. Aliás, deixo ao doutor uma informação exclusiva: os Palhares, que já dispõem de excelentes advogados, estão sendo reforçados pelos advogados dos ingleses, os melhores do Brasil. Esperou alguns segundos para essa informação surtir o efeito esperado e desferiu: — Podes ficar com a generosa soma de mil contos de réis, o que já é um belo consolo, ou podes ficar sem nada. O doutor escolhe.

Braga ficou em silêncio, tentando avaliar suas possibilidades. O silêncio longo se estendeu até o momento em que o Senador decidiu fechar-lhe qualquer outra porta e encerrar seu quase monólogo:

— Doutor Diógenes Braga, eu soube de uma seçãozinha de cinema que o doutor promoveu quase que especialmente para meu dileto amigo e compadre — frisou o "compadre" —, o Desembargador F. Sei que o doutor deixou o Desembargador — um criançao, de tão inocente — bem defronte ao doutor. Sei de tudo. O doutor fique avisado: se o doutor estiver arrumando alguma patranha para cima do meu amigo e compadre o Desembargador F, alguma treta, algum engenho, vou ser obrigado a mandar dar cabo do doutor. E dependendo da maldade que o doutor tiver pensado não vou abrir mão deste prazer para ninguém, dou-lhe eu o tiro na cara.

Diógenes Braga dirigiu-se à porta de correr, começou a descerrá-la lentamente, gastando nisso as forças que lhe restavam. Controlou o tremor de suas pernas, recompôs o melhor que pôde a respiração para controlar o falsete que sairia de sua garganta estrangulada e, perdendo totalmente a altivez, concluiu a conversa:

— Aceito a opção dos mil contos.

Diógenes Braga desceu a ladeira de Santa Tereza com a cabeça em branco. Seu pensamento hibernara para evitar a dor. Tudo o que havia conseguido, seu jornal, as máquinas estonteantemente modernas, tudo lhe escapava como balão de gás da mão de um menino. Não pensar. Melhor não pensar nunca mais. Andou muito. Sem pensar. Sem rumo, até que a noite veio e, contrariando toda uma vida de chegar em casa todos os dias apenas para dormir, às vezes sequer isso, resolveu tomar um carro de praça para recolher-se cedo.

Os empregados não o aguardavam àquela hora e desculparam-se por não terem o que oferecer ao patrão para jantar. Mas Diógenes não queria comer. Pediu apenas chá e biscoitos no escritório. Acendeu a lâmpada de sua escrivaninha, e a luz verde que filtrava pelo mosaico de vidro do abat-jour deu ao ambiente uma nota triste. Era esse o tom que Diógenes desejava. Estirou-se na cadeira. Tomou um gole de seu chá e foi procurar, no fundo de uma gaveta, uma caixa muito antiga, amarrada com uma fita esmaecida e cuja cor era indefinível àquela luz. As marcas de oxidação e as dobras da fita, indeléveis como cicatrizes, mostravam que ela não era manuseada havia muitos, muitos anos. Desfez com cuidado o laço da fita, abriu cuidadosamente a caixa, afastou as bolas de naftalina e os ressequidos grãos de pimenta e passou a rever tudo o que quisera esquecer nos últimos vinte e tantos anos. Fotos. Organizadas em grupos amarrados com fitas estreitas, uma folha de papel sobre cada grupo, identificando o conteúdo com uma caligrafia redonda, cultivada, feminina. *"Mamãi e Papae, casamento a 12 de maio de 1870".* Sob essa identificação, quatro fotografias em grande formato, montadas em cartão rígido: os noivos graves, hirtos, sós e com familiares, todas tomadas em um mesmo atelier, as mesmas plantas em cachepots contra o fundo de pano preto, à guisa de decoração. Outro monte "*1ra. Communhão, Regina e Álvaro, 22 setembro de 1882*". Além do papel com a identificação, uma flor seca. Alvinho era o irmão mais novo. Na foto aparecia com asas de anjo e as mãos postas. Não vingara. Finou-se pouco depois, deixando tristeza imorredoura. Diógenes lembrava: na véspera do casamento fora com Regina ao túmulo do irmão deixar flores. Tristeza imorredoura. Outro amarrado de fotos, "*Visita ao Rio de Janeiro, junho de 1892*", diversas imagens, inclusive a preferida de Braga: Regina, livro aberto na mão direita, o braço estendido ao longo do corpo expondo as páginas à câmera, olhar sonhador como que vivendo o enredo do romance que lia. As mãos de Braga passaram a tremer ligeiramente ao abrir o monte com a identificação "*Casamento de Regina e Diógenes, Fazenda Remanso Novo, Vassouras, 12 de maio de 1893*", a mesma data de seus pais. Estava linda no longo vestido cuja cauda ocupava todo o chão diante da câmera e do qual ela emergia como uma cintilante escultura em seda. Suas mãos mantinham um pequeno bouquet e a cabeça era envolta por um véu. Apenas o rosto surgia. Revendo agora, Braga via nesta foto um prenúncio, o vestido era uma mortalha. Passou longo tempo revendo a imagem de Regina, lembrando os momentos que se passaram logo em seguida ao casamento. O ar sonhador ali registrado era a sua mais fiel expressão. Fora um tempo bom, ele como jovem advogado do interior, casado com a moça mais cobiçada por todos os filhos dos fazendeiros abastados das redondezas; o sogro e a jovem noiva eram amantes dos livros, das tertúlias e saraus, dos jogos florais. A mãe de Regina, naquela época ainda viva, sempre em luto pela morte do filho tantos anos antes, surgia sisuda em uma das fotos familiares. Braga não abriu o monte chamado *"Palacete de São Christovam, dezembro de 1894"*. Deteve-se sobre *"Baptismo de Alvinho (Álvaro Celestino de Magalhães Braga), Igreja de São Christovam, 5 de outubro de 1895"*. Ele não queria este nome, Regina e os sogros insistiram. Batizaram o menino com o nome do tio precocemente falecido. Alvinho. Tristeza imorredoura.

Foi assolado por uma imensa dor. Deu-se conta da hora, já eram quase dez da noite. Fazia semanas não via o filho. Estaria dormindo?

Levantou-se, foi para os fundos da casa. Saiu pela cozinha às escuras e atravessou o pátio traseiro iluminado por nesgas de uma lua minguante em direção a um pequeno chalé de um cômodo com apenas uma gelosia a permitir a entrada de ar fresco. Na ombreira, ao lado da porta, uma caixa de madeira, como uma pequena caixa de correio. De lá Braga tirou a chave do cômodo e o abriu.

Dentro, sob uma lâmpada elétrica que nunca era apagada, vivia Alvinho. Diógenes abriu a porta com delicadeza e lá estava o filho, sentado à beira do catre, bem-arrumado. Balançava o tronco suavemente, em movimentos curtos para a frente e para trás. As mãos estavam postas e encaixadas entre os joelhos. Não se virou para ver o pai. Balançava-se, balançava-se para a frente e voltava. Balançava-se, balançava-se. Alvinho era bem cuidado. Estava limpo, os cabelos cortados e penteados. Vestia apenas um camisolão de dormir, roupa com a qual passava a maior parte do tempo. O pai sentou-se a seu lado no catre e enlaçou-lhe os ombros. Isso fez com que Alvinho cessasse seus movimentos e, continuando a olhar fixo para um ponto no infinito, perguntasse, de uma forma entrecortada e repetitiva:

— Javol-javoltou-voltou-javoltou-mamãe-javoltou? Mamm-mamãe-mamãe-javoltouamamãe? — e continuou o ciclo de perguntas, agora apenas murmuradas, num cantochão infinito, ansioso por receber a resposta que o libertaria.

Diógenes acariciou-lhe as costas, os cabelos. Tomou-lhe as mãos que vieram sem resistência e, acarinhando-as, falou em um tom que Braga jamais usava, em momento algum, com quem quer que fosse, salvo ali, com seu filho, nos seus esparsos e dolorosos encontros:

— Mãezinha já vai voltar. Ela foi lá fora e já volta, filhinho, não demora e ela estará de volta... — dizia isso e não conseguia conter o choro, enquanto beijava as mãos do jovem. Saudade imorredoura.

39

O apartamento que Silvio montara com seu irmão mais velho ficava em um novíssimo edifício construído no estilo déco que era a voga das novas construções da cidade, com oito andares e guarnecido não por um, mas por um par de velozes elevadores. O prédio havia sido projetado para abrigar apenas escritórios, mas, ainda na fase de projeto, os dois irmãos compraram o último andar e o dividiram em dois grandes apartamentos, com vestíbulo, área de serviço e serviçais em comum. Ficava para o lado das Marrecas, junto ao Passeio Público. Linda vista para o Passeio e para o mar. No mais, discretíssimo.

Quando o convalescente Yuli foi trazido ao apartamento de Silvio, ficou extasiado. Nunca havia visto nada tão refinado, de tamanho bom gosto. A casa de Ninon, o ambiente mais refinado que conhecera até então, nem de longe se aproximava. Nem saberia descrevê-lo, pois sequer conhecia o que via: desde o amplo vestíbulo, com suas paredes revestidas de seda adamascada em grenat profundo, a mobília em radica italiana em tons de castanho e negro, os Shiraz, os Tabriz, o plafonnier Lalique, os abat-jours Tiffany, até a ala privativa, onde não faltavam uma moderníssima Electrola e uma estante repleta de discos. Para arrematar, uma enorme cama provida de um volumoso colchão de plumas. Sempre a postos, havia uma empregada faz-tudo que deixaria um xerez, um absinto ou uma chávena de chá com licor de menta na mesinha do vestíbulo e até poderia cozinhar, se o expediente se estendesse.

Yuli chegou ali por seus próprios pés, embora ainda claudicasse e, vez por outra, se apoiasse em uma bengala. Durante os dias que passou na Santa Casa, depois que voltou do coma, Yuli teve seus ferimentos cuidados, cicatrizados e postos a salvo de uma infecção. Mas não havia ali serviço de reabilitação dos movimentos embotados. Isso deveria ser feito em casa. E era isso que Silvio oferecia: casa.

— Vais ficar aqui por um tempo. Já dei instruções à cozinheira sobre a dieta que o médico prescreveu...

— ???

— Muita carne à inglesa, bem vermelha, ovos, leite. Para que te ponhas de pé rapidamente. E, nos intervalos, beef tea. Vais começar os exercícios logo. Amanhã à tarde vem o professor. É um brucutu, vai tirar o teu couro...

— Silvio, te devo minha vida... por que és tão bom comigo?

— Fui com a tua lata. Não me deves nada. — E passou a instruir Yuli sobre detalhes da casa: chaves, elevador, portaria, Passeio Público, a cozinheira Dona Especiosa:

— Meio surda, uma virtude. Quando a necessitares, é só acionar esse botão. Ah, a Electrola: ligas aqui... esperas uns minutos que ela esquente — e demonstrou o uso dos discos, com os quais Yuli só tivera contato nas visitas aos magazins refinados — e toma cuidado, porque quebram só de se olhar para eles.

Finalmente veio a instrução mais importante:

— Luis, meu irmão mais velho, vem aqui uma, duas vezes por semana... em geral à tarde, nunca à noite. Ele irá telefonar à Dona Especiosa para te alertar. Ele passa umas duas horas, não mais que três. Só te peço para nesse horário não dares o ar da tua graça para não constrangeres as companhias dele. Tu ficas na tua ala, sem tocar discos nem fazer grandes ruídos. Caso cruzes com ele, por alguma razão, aqui ou na rua, tu não o conheces (aliás, não o conheces mesmo...). O melhor, quando ele vier, é ires tomar uma fresca no Passeio, ou ires a uma sessão passatempo. — E lembrou-se: — Ah! Caso queiras telefonar, o aparelho fica na copa, nos fundos. — E deu-lhe o número.

— Posso abusar de ti?
— Tu não abusas...
— Me arrumavas uns livros, jornais?
— Terás uma biblioteca, amanhã.

Assim que Silvio o deixou a sós, Yuli foi explorar o novo ambiente. Ligou a Electrola, e repetiu o que aprendera com Silvio: colocou a girar um disco escolhido ao acaso e pousou delicadamente o braço sobre seu início. Funcionava! Ouviu-se, saindo de dentro da caixa, um som que ele só ouvira nas lojas:

I'm sitting on top of the world,
Just rolling along
Just rolling along...

O fox-trot encheu o lugar com sua cadência alegre. Yuli, sem entender patavina do que a letra dizia, olhava pela janela a paisagem majestosa da Baía de Guanabara e sentiu-se, apesar das dores e movimentos tolhidos, no topo do mundo. Veio-lhe uma enorme vontade de dançar. Reiniciou a música e prometeu a si mesmo convidar Ninon para um baile, assim que estivesse em condições.

Mas que convite, que baile?

Yuli deu-se conta do distanciamento de Ninon no hospital. Ela estivera lá, zelosa, mas o que restava era um sentimento de familiaridade, nada daquele enlevo, daquele entusiasmo das primeiras vezes. Soube que ela praticamente não se arredou do leito nos primeiros dias mas, assim que ele voltou a si do coma, as visitas de Ninon passaram a se esgarçar; cada vez mais espaçadas até que, nesta mesma manhã em que recebeu alta, o dia em que Silvio o levaria para a sua "estação de repouso", Ninon sequer estava lá. Mas então o que era feito da dedicação dos primeiros dias, daquele apelo à sua vida, à sua recuperação, os chamados a que apertasse sua mão? Não conseguia entender Ninon. Não conseguiria nunca.

Sem nada a fazer, telefonou para ela. E a conversa não poderia lhe trazer mais desassossego. Confirmava toda a sua apreensão. Agora eram apenas perguntas sobre sua saúde, como estavam as coisas na casa de Silvio, como era o lugar, se havia outras pessoas, outras mulheres, se Silvio trazia mulheres. Yuli, por mais que lhe doesse, preferiu entender toda aquela conversa como uma despedida. Lembrou-se de suas crises de ciúmes, suas variações térmicas, sua vigília diante da casa de Ninon. (Teria Mme. Charlotte comentado sobre o vexame a que ele havia se submetido em público, colocando-se à frente do seu carro?) Percebeu que, de fato, ele pretendia ser tão exclusivista como o velho Palha. E, na comparação, sairia perdendo, pois suas ereções furiosas não angariariam tão sincero amor quanto a insignificância de um broche de esmeraldas. Odiou-se por esta erupção de cinismo, logo convertido em derramamento de ternura: não, Ninon era apenas uma jovem como ele, marcada pela vida, sonhadora de um puro amor que a redimiria. Mas o que sabia ele da vida de Ninon? Ela nunca comentou sua história, ao contrário dele, que lhe contou todos os seus passos, do Rio Teterev ao Rio de Janeiro. Odiava-a e odiava-se por isso; a cada instante, frio e calor se sucediam, combinados à pétala que caía do eterno e universal malmequer.

Na manhã seguinte, antes do início do expediente nos escritórios que povoavam o edifício, Silvio surgiu com o brucutu e um carregador trazendo a caixa com livros, máquina de escrever, laudas, e os cacarecos de Yuli, inclusive suas roupas novas e o sapato velho, dentro do qual ele guardava seu último salário, tarecos que o amigo mandara virem da pensão.

— O que fazes, Silvio? Tenho meu quarto na pensão, tenho meu lugar, não posso me mudar para cá!

— Nem penses nisso! Vai ficando por aqui. Já combinei com meu irmão: quando eu precisar, uso o apartamento dele. Aliás, com essa execução da dívida do Diógenes, o Luisinho vai deixar de vir por uns tempos... evitar ser visto... já imaginaste o escândalo? Fica à vontade. Ofereço porque me dá prazer e não me custa nada!

Silvio oferecia com real desprendimento sua garçonnière. A amizade que estabelecera com Yuli fora instantânea e recíproca, baseada na juventude de ambos, na admiração de Silvio pela capacidade de aprendizado e crescimento do imigrante, na admiração de Yuli por aquela bonomia e generosidade naturais em Silvio e, sobretudo, baseada no bom humor e inteligência de ambos. Amizade consolidada, enfim, pelas insondáveis razões que tornam pessoas inexplicável e imediatamente simpáticas ou antipáticas umas às outras.

Mas a oferta vinha também salpicada de uma oculta necessidade de reparação. Silvio vinha se defrontando com o conflito de ter ardentemente desejado a mulher, namorada... o que quer que fosse, enfim, a amada do amigo.

Assim que foram apresentados, e que o Dr. Osório emitiu seu comentário tão sutilmente esclarecedor ("...contraparente..."), não demorou muito para Silvio, depois de algumas perguntas despretensiosas, descobrir que a bela senhora Anne-Marie Duchamp era, na intimidade, carinhosamente chamada de Ninon. O escândalo envolvendo seu pai e o nome de sua família ainda ia bem fresco. Não poderia ser outra, não haveria duas Ninons, tão assemelhadas, tão lindas, tão... Esta era a famosa Ninon, ou Ni-non, nas sílabas espumantes de sua mãe ou, ainda, "aquela francesinha da chácara da Piedade?...". Era ela, sem dúvida, e Silvio não conseguiu mais tirá-la de seus pensamentos durante os dias que se seguiram. Exibia-se o quanto podia, dentro dos limites que a situação impunha. Dirigia-se a Ninon no francês perfeito que aprendera no internato em Lausanne. Francês bem melhor do que o dela, aliás, que só se exprimia em jargon. Fez o possível para atrair sua atenção, até o momento em que se surpreendeu fazendo-se perguntas extremamente desconfortáveis: O que ele pretendia? Recolher os despojos do bom amigo que jazia ali semimorto? Reclamar a herança de seu pai? Que tipo de pessoa ele era? Lembrou-se imediatamente do desafio que Cost'Alves lhe fizera ao enviá-lo para a porta da *Folha da Capital*: *"Está aí uma boa oportunidade de exercitares teus padrões éticos."*

Para Silvio, naquele momento, o exercício dos seus padrões éticos significava deixar de procurar o olhar de Ninon e, sobretudo, evitar os que ele interpretava como sendo olhares de interesse lançados por ela. Restringiu as conversas ao protocolar. Nada que pudesse resvalar para o pessoal. Ninon percebeu a atitude de Silvio e colaborou elegantemente para que a relação entre os dois fosse mantida nesse plano.

Ao terminar os exercícios matinais Yuli não tinha mais nada a lhe ocupar o dia. Passou a explorar mais um pouco o seu novo lar. Ouviu diversos discos. Alguns em português, alguns em francês — a cujo som ele já se familiarizara — e uns tantos em inglês, língua que nunca ouvira até então, sequer no navio. Gostara principalmente daquele disco inaugural, cujos primeiros versos ele tratava de aprender.

Aim cítin ontó pofde uol

O que o fez lembrar-se do carnaval de 1921, quando o que conhecia da língua era pouco mais que um *be lixcão*. Tempo em que não conhecia Ninon.

Tentou ler, mas os livros que Silvio trouxera tinham tantas palavras desconhecidas que Yuli não se animou a continuar sem um dicionário. Pronto! Isso! Ótima ideia! Comprar um dicionário. Sair, levar uma vida. Estava havia uma eternidade naquele entrevamento. Arre! Saiu.

Ao léu do Passeio Público, por entre o arvoredo, sem saber o que fazer ou aonde ir — ainda era cedo para a visita que planejava fazer ao jornal —, Yuli deixou-se levar pelo instinto e, depois de vagar um pouco sem rumo, resolveu dar um estirão em um bonde e, sem que se desse conta, viu-se em uma rua quieta do Flamengo. Diante da casa de Ninon.

Acionou a campainha. Bitu veio nervosa. Disse-lhe que Ninon não estava. Saíra? Antes das onze? Yuli, entre gelado e fervente, forçou a entrada, afastando Bitu com a bengala. Entrou sob gritos de "para!" e "não pode!" e, portas adentro, ouviu a voz de um homem que dizia "não, não vá, Ninon!... Fica! Ele pode ser perigoso...". De quem seria aquela voz? Yuli não conseguiu especular muito. Surgiu uma Ninon envolta em um peignoir, desgrenhada, furiosa, deslumbrante:

— Acabou, Yuli, acabou...

Tinha que ouvir assim, diretamente, com todas as letras, com toda a clareza. Ela nunca o chamara de Yuli, era apenas Juca. "Yuli", entre os dois, correspondia a um adeus.

— Adeus, Yuli!

Ele estava exausto do esforço, mas manteve-se de pé; o corpo pouco lhe obedecia, as cicatrizes latejavam e teve medo que sangrassem novamente. Mas reuniu forças para virar-se e ir embora. Achou que claudicar seria uma forma de humilhação. Tentou andar o mais ereto que pudesse e não olhou para trás para não mostrar que estava chorando. Não viu que Ninon chorava também, sem soluçar.

40

Diógenes Braga poderia ser acusado do que quer que fosse, exceto de omissão ou displicência. Por mais que o processo de cobrança de sua dívida apresentasse claríssimos indícios de que seguiria seu curso inexorável até a penhora, Braga ia regularmente ao foro, em sua qualidade de advogado em causa própria. Procurava ganhar tempo aplicando metodicamente todo o vasto arsenal de chicanas que aprendera ao longo da vida. Mas não conseguiu grande coisa. Um mês, se tanto. Logo percebeu que uma cédula de cem mil-réis mimoseada ao escrivão para delongar alguma diligência era desequilibrada por duas ou três outras cédulas da parte contrária para agilizá-la. O coração do pobre escrivão pendia ora para um lado, ora para o outro. E sempre terminava por se decidir pelo outro. O fato era que tudo o que em um processo normal em uma vara cível brasileira levaria meses, anos ou mesmo décadas, neste levava dias... ou mesmo horas em certos casos. Essa celeridade inacreditável reduzia-lhe a capacidade de manobra. O melhor que conseguia era estender ao máximo as vistas aos autos que lhe eram legalmente facultadas, isto se os ditos autos não estivessem "no gabinete do meritíssimo para despacho", portanto inacessíveis no momento, ele que passasse mais tarde...

O que o movia era a esperança de os mil contos remanescentes do Banco do Brasil saírem a tempo de ele efetuar um depósito judicial para reforçar a interposição de mais algum recurso propondo pagar a dívida já vencida e sustar o protesto das promissórias vincendas (como ocorria agora). Logo percebeu que esse dinheiro do Banco do Brasil era uma quimera, só seria alcançada depois que o processo judicial se encerrasse e a Diógenes não coubesse mais qualquer manobra para manter o jornal.

Isso deixava evidente para Diógenes que o Senador Cordeiro da Purificação tinha interesses maiores, bem maiores do que o dinheiro que embolsaria. O que interessava ao Senador era a destinação do jornal: ele claramente manobrava para levar a *Folha da Capital* às mãos de seu futuro dono. Isso explicaria os argumentos artificiosos que lançara naquele encontro mortificante. Se não por isso, em que poderiam interessar a Cordeiro da Purificação as alianças políticas de Diógenes? A mudança nos termos do acordo — que tornariam impossível a quitação da dívida — se deveu a motivos maiores (ainda que resultasse ao Senador uma vantagenzinha subalterna) os quais só agora, e ainda incipientemente, Diógenes Braga conseguia vislumbrar.

Começou a achar que Cordeiro da Purificação estivesse concertado com os ingleses, os Palhares, ou ambos, por que não? Quem sabe ele teria revelado a eles algo como *"estou sabendo que Diógenes está conseguindo um bom negócio no Banco do Brasil"* e vendido seus serviços para aguar esses arranjos de alguma forma… Os ingleses podiam ter percebido que, em vez de pagar a jornalistas sempre inconfiáveis, seria um presente do céu embolsar um jornal já pronto, com aquela aparência de brigão, de independente, e cujos cordões eles pudessem acionar por pessoas interpostas que sequer se dariam conta disso… melhor ainda por isso vir em meio ao confronto com os americanos na compra de uma imensa jazida.

E a *Folha da Capital* caía de madura no quintal deles... Era só colher, trabalho nenhum. Vinha a calhar...

Este processo mostrava a Diógenes Braga que o tempo havia passado. Novos ingredientes se agregavam ao caldeirão da política. O Brasil não era mais aquele risível "Empire de là-bas", exótico, engalanado e desimportante. Tudo mudara desde a Grande Guerra, e não só por causa do café. Novas matérias-primas atraíam os olhares do mundo: não estava sendo criada uma Fordlândia de vinte e cinco mil quilômetros quadrados no meio do mato, para explorar borracha? Não estavam americanos, ingleses e franceses arrancando os olhos uns dos outros pelo minério de ferro? O mundo pós-guerra pulsava. Precisava de ferro, petróleo e borracha para alimentar os automóveis e preparar outra guerra. Diógenes percebeu-se um ratinho caído em um imenso triturador e via desabarem sobre si os gigantescos pilões dos interesses que perturbou por causa de um miserável calote de três mil contos, um golpezinho belle-époque no alvorecer da era dos panzer...

Em um vislumbre, concluiu que, até ali, sua vida havia sido poupada justamente por Cordeiro da Purificação: ao anulá-lo, garantiu aos seus parceiros não ser necessário meter-lhe uma bala nos miolos, como preconizado no manual de boas maneiras de Mr. Reginald Phineas Gross.

O passar do tempo transformou a garçonnière em uma gaiola sufocante para Yuli. Não por ele desgostar do luxo. Gostava, e muito. Mas sentia-se "*zaraza*", palavra que seu pai não cansava de empregar contra a nobreza feudal, contra os popes e, mais tarde, contra a nobreza vermelha. O som cortante que seu pai dava à palavra *zaraza* ecoava na memória de Yuli e o impelia a sair dali, a abrir mão dos laliques e da Electrola. Recusou-se a parasitar a boa vontade de Silvio.

Já havia voltado a trabalhar, seus movimentos estavam praticamente recuperados, as feridas cicatrizadas. Ninon, também uma cicatriz, ainda era um pouco sensível quando tocada, dor leve, passageira, nada que o arrastasse a tomar novamente um bonde até o Flamengo.

Quanto a Silvio, ultimamente só o encontrava na redação da *Democracia Brazileira*, de onde partiam para alguma noitada no High Life, lugar que finalmente veio a conhecer.

No dia em que a palavra "zaraza" passou a perseguir seus pensamentos, decidiu expor isso ao amigo:

— Acho que estou pronto para morar por minha conta, Silvio...

— Entendo. Acho que tu tens razão, não vou argumentar... embora tu saibas que a casa é tua...

— Sei, tenho certeza. Tu sabes também como te sou grato, mas preciso ter um lugar meu mesmo...

— Não te apresses, não precisas sair correndo.

Entre os dois havia cada vez menos meias palavras. As coisas eram ditas limpamente, a amizade se apurava.

Passou a procurar um novo lugar para morar. De volta à Pensão Vianna, à Praça Onze? Não. Não se animava. Praça Onze era uma etapa superada. Havia conhecido novos lugares que o atraíam muito mais. Mas isso representaria mais gastos. Talvez pudesse propor um acordo a Cost'Alves: alargaria suas horas de trabalho e participaria da reunião de fechamento todas as tardes. O diretor já havia aumentado seu salário de quatrocentos mil-réis para seiscentos mil-réis, em reconhecimento à sua capacitação como um profissional pleno, e agora, diante da oferta de elevação da carga horária e das responsabilidades, ofereceu-lhe um redondo conto de réis, belo salário para um rapaz solteiro.

— Já podes casar, Juca. Vai ser aquela loirinha felizarda com quem te encontrei uma vez?

— Ah, não, Costa, ela mira alto, eu sou pouco para ela… — A cicatriz em que Ninon se tornara deu-lhe algumas pontadas.

— Qual o quê! Podes ter certeza, Juca, tu não és pouco para ninguém — Cost'Alves tratava Yuli como a um filho.

Depois de alguns anúncios de jornal e indicações de amigos, Yuli terminou por encontrar um apartamentozinho de dois cômodos em uma das calmas transversais próximas ao Palácio do Catete, área da cidade fartamente servida por bondes. Procurou seus conhecidos na Praça Onze e rapidamente mobiliou sua nova casa. Embora os móveis nem de longe tivessem a mesma qualidade dos da garçonnière de Silvio, o estilo era bem parecido, obedecendo aos ditames da moda que vinha da Europa, uma mistura de madeiras em tonalidades marrom-escuro e castanho-claro. Em pouco tempo ele estava perfeitamente integrado à sua nova casa. Só sentia falta de uma Electrola… mesmo uma Victrola a corda já lhe bastaria. Mas isso ficaria para quando terminasse de pagar as prestações de sua mobília.

41

Duas horas transcorreram entre a constatação da camareira — *"Dona Herminia, Dona Herminia, o doutor Palhares está esquisito"* — e a elaboração do anúncio, publicado em quase todos os vespertinos da capital:

A família de
LUIS PALHARES
Advogado, Deputado Provincial, Senador da República,
Ministro de Estado
vem, sob o peso de incommensuravel dor, communicar
seu fallecimento occorrido hoje e conv...

Mal os primeiros telefonemas foram dados e a rede de informações irradiou-se cidade afora, multiplicando exponencialmente a notícia. Morto, o Ministro Luis Palhares finalmente despertou do estupor no qual imergira nos últimos tempos. Mais uma vez o fausto de São Clemente era objeto de admiração dos visitantes que afluíam em profusão. Automóveis sucediam-se palacete adentro, desembarcando gente na porte-cochère. Pessoas cada vez mais gradas iam chegando, obedecendo à precedência do atraso: os primeiros a chegar são os barnabés, os puxa-sacos quotidianos dos ministérios, os chaleiras de baixo coturno; com o passar das horas, vêm, nesta ordem, os sub-chefes, os chefes de seção, diretores de departamentos, chefes de gabinete de diversos ministros, o bispo ou bispo auxiliar, o representante do interventor no Distrito Federal, ministros e, ao final, para lá passar não mais do que uns trinta minutos, o representante de Sua Excelência o Presidente da República.

Todos vinham apresentar seu preito de admiração pelo defunto, personagem insigne que passara por todos os importantes episódios da história recente, desde o fim da Monarquia à consolidação da novel República. Tudo isso sem deixar uma marca, uma contribuição, um projeto, uma ideia sequer, nada. Apenas exerceu implacavelmente seu poder em benefício próprio e do grupo que eventualmente ali o colocara. Havia conseguido, ao longo de tantos anos, a proeza de jamais ter sido exposto em qualquer situação dúbia ou que desse margem à exploração política pela oposição, exceto a de montar casa para uma francesinha desfavorecida.

Mas a morte redimia as travessuras, pecados e crimes de Sua Excelência. Ele emergia daí como modelo de marido, pai, homem público e estadista.

Flores não paravam de chegar em profusão, fazendo reclame de amizades póstumas e intimidades insuspeitadas. Faixas negras faziam reclame de condolências, saudades eternas, da "turma de 61", do Senador fulano, do Ministro beltrano, da presidência do banco este, da empreiteira aquela. Discretamente serviçais recolocavam em exibição as faixas cobertas pelas que chegavam.

No vestíbulo e grande salão, os espelhos, quadros, esculturas e tudo o mais que pudesse ser entendido como mundanidade estava coberto por crepe negro. Filhos, nora, genros em luto fechado, alinhados, recebiam as condolências e, em alguns casos, aturavam resignados e estáticos os nem sempre pequenos discursos que prenunciavam o que se encenaria no dia seguinte, durante o enterro. Que ínfimo funcionário perderia a oportunidade de exibir sua facúndia diante dos chefes de seção, dos políticos provinciais e federais, das altas autoridades, ali, ao alcance da voz-embargada-pela-emoção-por-tão-irreparável-perda? Quem sabe algum deles poderia ter seu talento descoberto, vir a ser promovido, talvez mesmo convidado a carregar a pasta de alguém?

Em seu choro incontido, Dona Herminia não cabia em si de contente. O calor sufocante do salão, intensificado pelas janelas fechadas e forradas de crepe, não chegava a empanar o brilho do acontecimento. Afinal, que funeral recente poderia se comparar em afluência e fausto? Dona Herminia abria e fechava seu amplo leque negro, especial para lutos. Abria e fechava com a destreza de quem abre e fecha uma navalha. Entre lágrimas, a tudo supervisionava. A casa finalmente revivia. Trepidava. Todos os que eram alguém na Capital Federal lá estavam ou estariam em algumas horas. Autoridades civis, militares, eclesiásticas, intelectuais; donos de jornal, grandes comerciantes, banqueiros. Ah!, só Ruy Barbosa teve mais... E, para coroar seu contentamento, o Desembargador F oferecia-lhe uma informação recentíssima, a de que o Juiz da ...ª Vara lhe asseverara que, dadas as especiais circunstâncias, havia ultimado tudo o que fosse necessário para dar presteza ao processo e iria rejeitar in limine as razões de Diógenes Braga assim que vencessem os prazos legais das vistas e outras formalidades. A causa, portanto, estava praticamente ganha pela Casa Bancária Couto & Irmão. O jornal — título e máquinas —, tudo seria adjudicado integralmente aos credores, cumprindo-se, assim, a multa estipulada no contrato. À medida que se inteirava,

Dona Herminia ia abanando freneticamente o leque e, não se contendo em sua ventura, chorou copiosamente.

Passada a fila dos cumprimentos iniciais e oferecidas as condolências, os visitantes formavam grupos que se espalhavam pelo grande salão. Trocavam testemunhos e elegias, diziam da fatalidade, do inexorável fluir da existência e da perda irreparável que vinham todos lamentar. Exibiam expressões compungidas, olhar lutuoso, cantos da boca apontando para baixo, enquanto comentavam compungidos, sottovoce:

— ...já vai tarde o Palhares... — dizia um inconsolável correligionário, olhos semicerrados, cabeça oscilante, expressão de imensa dor.

Outro no grupo concordava gravemente com a cabeça e oferecia suas considerações, com a boca triste de um badejo, mal contendo o pranto:

— ...um grandessíssimo filho da puta...

Silvio Palhares, que fazia tempo havia afastado o pai de seus pensamentos, vivia, neste momento, sentimentos conflitantes. Ele e sua irmã Felicia, os caçulas, foram criados sob a influência quase que exclusiva da mãe. A matrona formava uma parede que isolava as crianças do marido e tomava todas as decisões relativas aos meninos por conta própria. O velho Palhares deixava as coisas correrem assim, pois cada tentativa sua de exercer sua paternidade era fonte de severo agastamento com a mulher. E isso ele evitava ao máximo. Salvo nas raríssimas ocasiões em que toda a família se reunia e ele exibia algum afeto canhestro, passando a mão na cabeça de um ou outro como se fosse um estranho em visita, o velho Palhares reduzia sua função paterna a presentes tão banais quanto ostentatórios.

O distanciamento chegou ao ponto de ele só ter sido informado de que seus dois caçulas iriam cursar o Lycée Lausannois durante um jantar, a um mês do embarque. Restava-lhe lançar um furtivo olhar de ódio impotente contra a mulher e emitir alguma platitude: "Ah, que beleza! Entao vão ficar internacionais os meus meninos, já era hora... tragam boas notas, hem."

Ao espremer a memória à procura de uma lembrança que pudesse resultar em uma lágrima, Silvio nada encontrava. Suas recordações com o pai eram vagas e desprovidas de emoções. Agora, diante daquele corpo no caixão, Silvio mal reconhecia a pessoa que, viva, conhecia menos ainda. A forma que encontrou de lidar com aquele momento foi ficar conversando aos sussurros com a irmã Felicia, procurando antecipar quem seria e o que diria cada um dos que se aproximavam para os pêsames. Cochichavam sem parar, às vezes imitando algum barnabé mais eloquente. O grande esforço dos dois irmãos era continuar a conversa e manter os rostos fechados para não mostrar o quanto se divertiam.

O único a sentir real a dor pela perda foi o filho mais velho. Os olhos vermelhos denunciavam a sua ligação com o pai morto. Foi o único a ter privado um pouco daquele homem inalcançável, quando este era ainda bem jovem e sua carreira ainda não o tinha arrebatado para as tribunas e os bordéis. Foi o único dos filhos a receber algum afeto e orientação.

Silvio recebeu a notícia da morte do pai durante uma reunião com Cost'Alves. Passado o choque inicial, aceitou, com algum alívio, o desfecho daquele drama que silenciosamente corroía a família. Pensou em Ninon. Bem ou mal, havia sido ela quem deflagrara esta situação; pensou no mal que involuntariamente Ninon causara; pensou novamente no desejo que ela lhe despertara; pensou que ela havia sido o amor de Yuli; pensou que ela havia sido a teteia de seu pai. Não quis mais pensar nela. Procurou Yuli na oficina, explicou o que se passava e desmarcou o jantar que haviam combinado no High-Life Club. Informado da morte do pai do amigo, Yuli ofereceu-se a acompanhá-lo, dar-lhe apoio, qualquer coisa em que pudesse ser útil.

— Não, não. Tu não imaginas a maçada que é. Não vais te sentir bem.

— Mas é teu pai. Não estás triste? — perguntava Yuli que pensava no próprio pai e se esforçava por preservar seu rosto na memória.

— Não, ele já estava mal há muito tempo. Foi melhor...

Neste momento Cost'Alves chamou Yuli à redação, o que, afinal, aliviou Silvio de ter que convencer o amigo.

— Não vou poder ficar... vou para o velório na casa da família do Silvio — disse Cost'Alves. — Vou pedir que me representes esta tarde no fechamento da edição. Vamos ter fotografia do Ministro no caixão, que já mandei fazer, temos outras no arquivo, caso tu prefiras. Não devemos esgotar a primeira com o Palhares, afinal ele era ex.

— Tu me achas em condições de fechar a primeira com os outros editores?

— Tenho plena certeza, do contrário não te incumbiria dessa tarefa!

Era o que Yuli mais queria. Ficou exultante com a responsabilidade de fechar a edição com os velhos batutas do jornal. Costa enfatizou que, fora o noticiário sobre o Ministro, o resto da página poderia ser livremente escolhido pelos editores e por Yuli.

Praticamente todos os vespertinos que estavam sendo preparados naquele começo de tarde tratariam do passamento do Ministro Luis Palhares na primeira página. Alguns, inclusive, se esmerariam, estampando fotos do rosto emergindo do esquife na câmara ardente, algodão nas narinas, cercado de flores, dando o mesmo destaque da *Democracia Brazileira*.

A exceção foi a *Folha da Capital*, que publicou uma nota na penúltima página, oferecendo ao Ministro o tratamento que se dá a um afogado anônimo que vem dar à praia.

Yuli participou da reunião do fechamento da primeira página dividido entre seu tardio ciúme do "Palha da francesinha" — assunto que necessariamente surgiu e foi longamente degustado, acrescido de comentários sobre o rendez-vous de Mme. Charlotte —, a solidariedade sincera ao amigo enlutado e o orgulho por estar participando do fechamento e ter sua opinião considerada, na qualidade de par dos veteranos. Tratou de equilibrar ao máximo sua emoção. Suas intervenções seriam voltadas muito mais a organizar visualmente a página e limitar o tamanho das matérias do que a influir seriamente no conteúdo.

— Temos uma foto do Palhares no caixão... damos na primeira ou dentro?

As opiniões se dividiram: a notícia era a morte, mas Yuli achava aquele rosto com flores em volta extremamente chocante:

— Acho que é muito forte para a primeira, não é do nosso estilo. Por que não damos uma foto dele vivo? A da posse no Ministério...

— Mas não podemos deixar de dar a foto dele morto, senão o leitor não vai acreditar que ele morreu mesmo...

— Vai na segunda página... — e passaram a decidir o quanto de texto iria acompanhar aquelas fotos.

O necrológio de Palhares já estava pronto havia tempo, desde que ele saíra de cena, no bojo do escândalo... Tratava-se de acrescentar uns poucos parágrafos de atualização e, talvez, algumas considerações pessoais do próprio Cost'Alves, caso voltasse a tempo.

— O que temos hoje, fora o Palha?

— Coincidência: temos mais um despacho no recurso do Diógenes Braga, lembram? Ainda não é definitivo, mas saiu bem rápido... Foi indeferido... Aos amigos, tudo!

— Que interessante, causa e consequência no mesmo dia, na mesma página... poderíamos dar na sequência...

— Melhor evitar. A família é amiga do jornal... Será que isso não equivaleria a falar de corda? Vai lembrar tudo o que se passou... Podemos dar a decisão dentro, na quarta página, longe do obituário...

Concordaram com essa solução, por se tratar de "família amiga".

O tema Palhares se esgotava:

— Temos aqui um telegrama internacional que pode merecer a atenção: tiroteio em Munich. Um bando tomou de assalto uma cervejaria... há feridos... ainda não se sabe quantos mortos. Foi coisa desse general desempregado, o Ludendorf, e do partido fascista alemão e aquele demagogo ridículo...

— ...dar isso na primeira? Isso não é importante...

— O Mussolini está fazendo escola... Acho que poderíamos dar na primeira, e completar com um artigo de fundo que já está dormindo na gaveta há semanas... É só fazer uma cabeça nova.

— Daqui a pouco esse movimento desembarca na Praça Mauá...

Yuli ousou intervir:

— Poderíamos dar só o começo do artigo na primeira, no pé da matéria, com um título do mesmo tamanho da matéria de cima, e o resto na quarta página...

— Por mim, nada a opor...

— Concordo. Vamos ter uma primeira animada...

Yuli sentiu-se incentivado por ter sua sugestão aceita e foi adiante:

— Acho que hoje não dá mais tempo, mas, para amanhã... por que não preparamos uma página de opiniões sobre o ministro?

— Opiniões sobre o Palhares, Juca? Queres perder o emprego? — Gargalhada geral. — Agora a sério: amanhã teremos o enterro, abrimos espaço para citar os presentes, damos umas frases dos discursos e... requiescat, Palhares.

— Concordo, por mais amiga que a família seja da casa, o caso não vai render mais nada. Ele era ex, e ex, meus caros, não é nada.

Nesse momento da conversa, o assunto derivou:

— Essa coisa de estender uma matéria me lembra o *Correio da Manhã* no ano passado... Cento e vinte dias ininterruptos... ininterruptos, um dia depois do outro e do outro... falando da interminável viagem de Gago Coutinho e Sacadura Cabral, repetindo num dia o que tinham publicado na véspera... a coleção dos títulos mais idiotas que a imprensa brasileira já ostentou: "Continuam os heróis do ar retidos pelo mau tempo", lembram?, "continuam...", isso lá é cabeçalho? E, no dia seguinte: "Heróis do ar ainda retidos nas Canárias", "ainda", e mais uma vez no dia seguinte, e no seguinte, sempre ocupando toda a primeira página: toda! E sempre trazendo a mesmíssima chorumela. Eu morria de vergonha só de olhar aquilo...

— Que imprensa mais provinciana...

— Dizem que tudo isso foi pago por uma fábrica de...

— Vamos terminar, se não não teremos jornal. Recapitulando: temos o Palha, o tiroteio alemão abrindo para um artigo de fundo; embaixo podemos dar as curtas: greve dos fabricantes de escovas, denúncias contra o monopólio do gelo, abusos dos automobilistas, com charge...

— Charge hoje, não... família amiga...

— Está bem, deixamos a matéria dos automóveis e a charge para depois de amanhã. Mas já temos material suficiente para fechar a primeira.

A reunião encerrou-se. Yuli desceu à oficina para passar suas instruções ao chefe da oficina mas, antes, perguntou ao decano:

— O que é requiescat?

Yuli sabia que Cost'Alves voltaria à redação para ver como saíra a edição. De fato, à noite, com o jornal já circulando, o editor chegou para cumprimentar Yuli e uns poucos que nunca se apressavam em voltar para casa.

— Já posso me aposentar: a primeira ficou bem sacudidazinha, interessante, parabéns…

Aquele elogio não era gratuito. Vindo de um perfeccionista, foi, talvez, o mais importante que Yuli receberia em sua vida profissional.

— Mas não fui eu, foram os editores…

— Não só. Tu deste muitas sugestões, eu soube. Além do mais, a paginação é tua. Ficou muito boa mesmo. Bem moderna.

Yuli agradeceu e, depois de um silêncio, quis saber do amigo:

— E o Silvio, está triste? Como é que está a família?

— Eu não diria que estão tristes. O filho mais velho, o Luis, está. Mas os outros… Desde o caso com o Diógenes que o Palha ficou desmoralizado diante da mulher e dos filhos. Ele vivia de pose. Com o escândalo afundou na tristeza. Nunca consegui entender… um sujeito tão arrogante, poderoso. E o que restou? A mulher o odiava, e os filhos, fora o Luis, não tinham lá muito apego a ele…

— O Silvio não gostava do pai? — Yuli estava evidentemente espantado.

— Gostava. À moda dele, mas gostava — Cost'Alves falou sem convicção.

— Acho que eu deveria ir ao enterro, ele deve estar precisando dos amigos...

— O Silvio disse que não é preciso, mas, se tu queres... Eu mesmo vou ter que ir, sou amigo da casa. Tu, se fores, pelo menos me fazes companhia. Se quiseres podemos ir juntos. Amanhã te pego de carro. Tens um terno escuro?

Os discursos eram intermináveis, como previsto. O sol, especialmente enraivecido nesta manhã, punia a todos. Cost'Alves e Yuli chegaram a dois discursos do encerramento: iniciava sua peça oratória o representante do interventor no Distrito Federal e, em seguida, falaria o representante do Presidente Bernardes, que encerraria a parte civil. Contando o serviço religioso, seriam pelo menos mais duas horas de tortura escaldante.

Yuli assustou-se com a grandiosidade de tudo aquilo. A simplicidade de trato de Silvio o havia iludido, fazendo-o subestimar a importância do amigo e a de sua família. *"Não tenho culpa de ter nascido rico..."*, mas que grande trocista. Yuli passou a se sentir constrangido, até envergonhado, por não se achar vestido corretamente em meio às melindrosas e aos janotas engomados, amigos de Silvio e de seus irmãos, em meio aos políticos, altos burocratas, financistas, a elite do Distrito Federal. Sentiu-se totalmente fora de seu meio. Seu refúgio foi a tranquilidade de Cost'Alves, que pouco se importava com roupas e vestia-se com sóbria simplicidade. Só a amizade a Silvio o mantinha por lá. Por seu gosto estaria na redação, ou melhor, na sinuca.

Foi quando se fez sentir a química das afinidades eletivas. No instante mesmo em que Yuli se aproximava da cerimônia, Felicia pôs-lhe os olhos em cima. Ela estranhou muitíssimo sua presença inusitadamente ruiva em meio àquele mar de morenidade. Ela estranhou-se também. Procurou não olhar mais para ele. Passava os olhos pelo ataúde, olhava ao seu lado o monólito negro de sua mãe a balançar freneticamente o leque, procurava os olhos de Silvio, um pouco distante dela, para logo, teimosamente, voltar a encarar aquele homem jovem, alto, forte e cujos cabelos o sol transformava em uma fogueira descontrolada. Não que ela se agradasse dele; ao contrário, o estranhava. Ele era tão diferente de tudo o que ela conhecia... Ostensivamente desajeitado, deslocado naquele lugar, frágil. E ela, tão blasée, tão acostumada a desdenhar olhares, a menosprezar candidatos, agora desejava que ele a olhasse. Enquanto a voz tremelicante do representante de uma autoridade qualquer lamentava tão irreparável perda, Felicia tentava fisgar com os seus os olhos de Yuli, e punha em prática a mágica do pensamento forte: *"olha para mim! olha para mim, seu abestado!"*. Mas a mágica não pegava.

Yuli, abestado com tudo aquilo, demorou-se a perceber as setas que a insistente Felicia lhe lançava. Tentava achar o amigo no meio da multidão, mas não o encontrou, pois Silvio estava engolido pela massa que o cercava. Yuli ficou parado no ponto elevado em que estava, de onde poderia ver a quase todos, e resolveu aguardar que tudo acabasse para se aproximar. Foi só então que percebeu o olhar fixo de uma jovem que, pela proximidade imediata do ataúde, pelo luto absolutamente fechado, era evidentemente alguém do círculo íntimo da família. O olhar era petulante, de quem manda e é obedecida. De quem está acostumada a desdenhar.

Yuli cruzou o olhar com o de Felicia e não o entendeu. Sentiu-se ainda mais deslocado. Aquela jovem bonita e classée evidentemente o estranhava e, claro, ela o censurava com o olhar por ele estar ali, invadindo aquele espaço de iguais, ostentando sua diferença.

Mas Yuli sentia-se compelido a cumprir um dever e iria ficar até a hora de se desincumbir de seu abraço no amigo e, só então, e o mais rapidamente possível, sair dali. Ela que o olhasse o quanto quisesse. E a encarou, senhor de si, pronto a desafiar aquele poder hostil. Aliás, ansioso por enfrentá-lo.

Felicia, voraz leitora de romances, imaginou então que, com aquele ruivo zangado, fugiria.

42

Uma tristeza verdadeira pairava, finalmente, sobre os Palhares na noite que se seguiu ao funeral. O jantar em torno de Dona Herminia no agora desolado casarão da Rua São Clemente foi a primeira reunião íntima ocorrida depois que o fantasma da casa enfim evolou-se. A realidade do pai morto finalmente se impunha, e uma sensação de desproteção sombreou a todos. Felicia e os dois irmãos compartilhavam um sentimento de desperdício do tempo em que ele ainda vivia; desperdício por não haverem... desfrutado? Não, seria pedir demais de alguém como Palhares... Solicitado? Sim, talvez isso, um sentimento de que eles poderiam ter solicitado um pouco mais da sua companhia, querido saber um pouco mais sobre ele, haver rompido a casca de poder que o isolava, insistido um pouco mais em tê-lo como pai. Mas era tarde. Não havia mais Luis Palhares, pai, vivo e esquecido em sua ala da casa. Sua história fora-se com ele, e seus filhos não teriam mais a oportunidade de saber, de fato, como fora sua vida, suas circunstâncias, suas experiências. O vazio estava lá a comprovar que, mesmo malquisto, anulado, substituído por aquela virago espaçosa, o morto fora sempre o pater familias, o provedor, o homem-da-casa, alguém de quem, a partir de agora, se poderia sentir a falta.

Silvio sentiu alguma inveja do irmão mais velho, que havia sido o filho predileto, o único a privar um pouco daquela pessoa distante:

— Tu conseguiste falar com ele nos últimos meses, não é, Luisinho? Ele só falava contigo...

— Falávamos pouco; eu ia ao quarto dele... era triste... eu perguntava como ele estava, e ele só respondia em monossílabos... Só falava um pouco mais quando eu dizia que precisava dele... Então eu inventava uma consulta, uma dúvida, por banal que fosse. Ele se animava um pouco, se interessava em saber do que eu precisava, oferecia conselhos... eram sempre conselhos inteligentes... perguntava como estavam todos e pedia para eu sair...

— Eu sinto falta desse sentimento que tu tens pelo pai... — Silvio falou e não conseguiu conter as lágrimas.

— Acho que tu tens esse sentimento também, Silvinho.

Felicia passou a chorar também, pela primeira vez. As duas irmãs mais velhas e seus maridos baixaram os olhos em silêncio, talvez contaminadas por este sentimento.

Dona Herminia, infensa àquela dor, não se perturbava. Ela, apesar das rendas negras e dos soluços, era a vitoriosa desse embate. Cortou o assunto para conduzi-lo para as novidades que o Desembargador F havia trazido. A família iria incorporar um jornal a seu patrimônio. Eram favas... Questão de tempo.

— Acho que devemos nos preparar com seriedade para assumirmos o... a... Como é o nome daquele pasquim? — fingia ter esquecido.

O tom de mofa, de descaso, chocou Luis. Não por ele ter qualquer apego à *Folha da Capital*, evidentemente, mas porque sentia na mãe uma alegria totalmente destoante do clima que se estabelecera na mesa. Luis sentiu que ela continuava a matar seu pai.

— *Folha da Capital*, mãe... *Folha da Capital*, a senhora bem sabe — respondeu Silvio, igualmente incomodado, ainda em lágrimas.

— Isso! *Folha da Capital*. Em nossas mãos deixará logo logo de ser um pasquim.

Ela continuou traçando táticas e estratégias e exibindo aquela animação que constrangia cada vez mais os filhos.

— Acho que teremos tempo para isso, mãe... — Luis procurava retornar a conversa ao pai.

Ela não se continha. Insistia:

— Antes mesmo de tomarmos posse deveríamos nos inteirar sobre qual a estrutura daquela firma, quem trabalha por lá, quem deve ficar, quem deve ser despedido... Como se fôssemos um exército a ocupar terreno inimigo. — E brandia o punho no ar como se, de fato, falasse a legiões. — Precisamos de alguém lá dentro para nos ir passando informações...

Nenhum dos filhos se manifestou. O silêncio fez o assunto morrer por aí e foi a vez de Silvio evocar o que se passava no pensamento de todos:

— Estou impressionado com o poder que nosso pai ainda detinha... Acho que para nós o poder dele sempre foi um dado da vida, como o sol, a chuva... Nós crescemos sem prestar muita atenção e acabamos por não dar valor a isso. Estou tendo a sensação muito estranha de ter sabido hoje quem meu pai realmente era...

As irmãs mais velhas não se manifestaram, apenas olhavam para a mãe à espera da linha de pensamento que elas deveriam adotar. Mas Dona Herminia nada disse apenas baixou os olhos. Temeu que os filhos a culpassem por terem perdido essa fonte de poder.

Silvio continuou:

— Luisinho, eu ouvi tanta coisa de ruim de nosso pai, tu achas que ele errou tanto assim?

— Muito. Acho que ele cometeu muitos erros. Muitos mesmo. Mas para mim sempre foi um grande conselheiro e sempre me ensinou a... — e Luis Filho encarou a mãe — respeitar a mamãe acima e apesar de tudo... Estive com ele umas poucas vezes depois daquela reunião... ele nunca me levou a mal por ter sido eu o porta-voz da família, e sempre que me aproximei ele me recebeu bem, nunca demonstrou qualquer sentimento contra a mamãe...

Essas revelações fizeram baixar um profundo silêncio que durou um bom tempo. Enfim Silvio voltou a falar:

— Quantas pessoas vocês imaginam que estavam lá, hoje, no... final? — Sentiu pejo em mencionar a palavra "enterro".

— Umas mil pessoas?

— Acho que até mais — Dona Herminia voltou a se animar: — Viram? Gente do mais alto gabarito e dos mais elevados ambientes da cidade. Da banca, da política, das grandes firmas, as famílias mais tradicionais...

— Até meus amigos do jornal foram. Tu viste o Cost'Alves, mãe?

— Claro que vi... bom amigo... trouxe um jovem... um tipo — e fez uma pausa para sublinhar mais ainda a palavra — bizarro... quem era?

— Yuli... aliás, Juca, que é como todo mundo o chama. Querido amigo meu. Trabalha no jornal. Foi muito gentil da parte dele vir me dar um abraço...

— Juca de quê?

— Woloshin, mãe, wo-lo-shin — escandiu Silvio, contendo o mais que podia a irritação com aquele tom que a mãe dava à conversa — o nome certo é Yuli Woloshin.

Dona Herminia elevou os olhos a Deus, perguntando "que diabo de nome é esse, agora?", pergunta que foi respondida por Silvio:

— Um imigrante, mãe. Russo.

Ela perdeu a calma, elevou a voz:

— Deveras? Um judeu, tu queres dizer. — E, depois de encarar o filho e proferir um discurso com o olhar, seus olhos voltaram-se novamente aos céus, procurando a nuvem que só chovia sobre ela.

— Se a senhora prefere, minha mãe, um judeu, sim! E muito bom amigo. Veio prestar solidariedade. Não vejo o que há de errado em ser judeu, japon... — Silvio estava visivelmente constrangido pela solidão em que se encontrava naquela mesa que, ele sentia, voltara a se transformar em um tribunal a julgá-lo por algum crime muito grave.

— Misericórdia! — sofria ela. — Misericórdia! Aqueles malditos protestantes arruinaram a tua cabeça na Suíça... má hora em que mandei a ti e tua irmã para lá! Na época eu não sabia, como eu poderia imaginar? Tanto me recomendaram, tanto me disseram que era uma educação refinada, que as melhores famílias... que engano... agora descubro que me voltas um...

nem sei... nem quero pensar... — mas pensou: — Tu, por acaso, te tornaste maçon? Um bolchevista?

Luis Palhares Filho olhou rapidamente o irmão mais novo, talvez surpreso com a revelação de que havia abrigado um judeu em sua garçonnière, mas sem o menor desejo de oprimi-lo por isso. Olhou para a mãe, que não cessava de pressionar o caçula, e, assumindo com naturalidade o poder moderador da casa, atalhou secamente:

— Acho que podemos parar por aqui, mãe! — E para Silvio, com quem, afinal, mantinha a cumplicidade de serem os únicos homens que contavam na mesa: — E já trabalha em jornal, esse Juca? Como é que pode? Ele fala bem o português?

— Aprendeu sozinho... Um crânio... muito competente, Luisinho, muito. — Silvio respondeu agradecido pela intervenção do irmão. — O Costa acha ele um fenômeno. Imagine que ontem fechou a primeira página com os velhos editores.

Silvio levantou-se apressado, foi ao vestíbulo pegar o jornal da véspera:

— Olha só, Luisinho! Olhem vocês também!

Uma das irmãs, que só falava para apoiar a mãe, mostrou seu mais profundo desdém para a profissão que empolgava o caçula:

— Não encosta isso em mim. Isso só serve para sujar as mãos e para as empregadas embrulharem lixo.

Felicia bem que estava gostando daquilo. Enfim descobria: o nome era Yuli, Juca. Finalmente ele ganhava uma identidade, assumia um lugar à mesa. Desde que o vira, roía-se de vontade de pedir detalhes ao irmão, mas, por absurdo que pudesse parecer, sentiu-se acanhada. Logo ela, encabulada, mesmo com Silvio, a pessoa de sua mais completa confiança. Agora se deixava levar por um solilóquio mental que a afastou de lá: *Tinha que ser judeu? Coisa mais extravagante... que absurdo... e ele também me olhou... que petulância... olhou forte... olhou duro... mas eles não se casam só entre eles? casar? que conversa é essa de casar? para de pensar!*

Dona Herminia não se continha e voltava à carga:

— Me daria tanta alegria se fosse um inglês, francês, alemão... Má hora em que te mandei para o jornal. Lugarzinho infecto... — O foco infeccioso havia migrado de Lausanne para o jornal: aí morava o demônio que sentara praça na mente de Silvio.

Dona Herminia havia embarcado em um moto-perpétuo, acuando Silvio incessantemente, culminando por constranger a todos na mesa:

— Tanto me esmerei na tua educação, me diga o que fiz de errado?

Sem refletir no que fazia, Luis Filho levantou-se em seu lugar, assumiu definitivamente o comando e cortou a conversa de forma incisiva e em um tom de voz que nunca fora empregado por ele naquele ambiente:

— Já chega, mãe! Chega! O que a senhora está pretendendo? Linchar o Silvinho?

A mãe calou-se, perplexa. Era a primeira vez que alguém a afrontava dessa forma. E logo um filho...

Todos olharam para Luis e, em silêncio, encerraram aquela reunião.

No dia seguinte, assim que chegou ao jornal, Yuli passou a admirar sua obra fugaz. Um editor não se conteve:

— Aproveita e admira teu trabalho, porque já está na hora dessa página ir forrar a gaiola de algum papagaio.

Yuli se iniciava nas profundezas do fatalismo jornalístico: *"... tanto trabalho para decorar embrulho de peixe..."*. Pela primeira vez doeu-lhe a constatação de que a sua página, aquela obra de arte que Cost'Alves achara tão sacudidazinha, já não valia mais nada, ninguém mais a veria, trabalho perdido, jornal de ontem.

Além de avaliar a disposição visual das capas dos demais jornais, coisa que fazia regularmente, agora prestava também bastante atenção ao conteúdo, às matérias, às fotos. Procurava colocar-se no lugar dos editores e buscava entender seus critérios ou, na maioria dos casos, sua total falta. Percebeu, por exemplo, que somente a *Democracia* dera na primeira página a tentativa de golpe na cervejaria em Munich. Isso demonstrava maior sensibilidade da *Democracia* ou a percepção, pelos editores dos outros jornais, de que o público não se importava com notícias internacionais? Constatava uma série de diferenças de tratamento e anotava-as em um caderno. Estava mais uma vez aplicando o método que aprimorara no aprendizado do português: estudar sistematicamente o que não conhecia. Assim como se ditava frases para aprender português, Yuli passou a desenhar páginas imaginárias para iniciar-se nesse aspecto da feitura do jornal, e, ao fim, dominá-lo.

Absorto em meio à comparação entre os jornais do dia, sentiu uma presença. Baixou as páginas do jornal que lia e levantou os olhos. Deparou-se com um olhar petulante, dois grandes olhos negros fixados sobre ele, em silêncio, aguardando o efeito da surpresa que iriam causar. Yuli surpreendeu-se. Levantou-se, súbito e deferente.

— Lembrado de mim? Tu me ofereceste tuas condolências ontem. Sou Felicia, irmã do Silvio. — Ela lhe estendia a mão.

— Lembro, claro... Meu nome é Juca — disse o abestado enquanto lhe oferecia um vigoroso aperto de mão.

Ele se admirava de que ela se lembrasse dele. Admirava-se ainda mais por ela, hoje, ostentar um ar amistoso... Como pode? Na véspera, o hostilizara; hoje lá estava, puxando conversa. Vá entender... Yuli também estranhou tamanha disposição para sair de casa, apenas um dia depois do enterro do pai. Silvio havia comparecido normalmente ao trabalho e estava apurando algum assunto na Câmara dos Deputados. Como sinal de luto ele usava apenas uma fita preta na lapela. Agora era Felicia que surgia por ali, trajando uma roupa em azul-marinho bem escuro, mas não preto, como seria de esperar.

Yuli se lembrou do luto ritual em sua família quando da morte da mãe: sete dias fechados, apenas recebendo visitas de vizinhos que vinham trazer-lhes conforto e comida. Aqui era diferente, gente mais desempenada: não saberia dizer se eram pessoas extremamente fortes ou se apenas os costumes é que eram diferentes.

— Como eu já disse ontem, queria que tu soubesses que fiquei muito sentido pelo Silvio... E também por ti. — Yuli não teve a menor hesitação em tuteá-la.

Ela deixou um silêncio reticente entre eles e procurou saber de Yuli:

— Meu irmão me contou o que se passou contigo. Tu foste ferido pela bomba, meu Deus. Que horror! Podias ter morrido. Te machucaste muito? Ainda dói? Como foi? — Uma torrente de perguntas amontoadas. Essa era a forma de Felicia mostrar interesse.

— Quase não lembro mais... Sinto um pouco quando faço certos movimentos e em certas horas do dia. Agora, por exemplo, não dói nada...

Yuli não tirava seus olhos dos olhos de Felicia, negros, harmoniosos, arredondados, contrastantes com os seus próprios olhos amendoados e que, ao sorrir, apertavam-se até quase se fecharem.

— Tu... tu esperas por teu irmão? Ele...

Ela cortou-lhe a frase:

— Ele demora?

— Acho que sim, saiu há pouquinho...

— Que bom!

Ele não entendeu, o abestado. A segurança de Felicia era capaz de tirar a segurança de qualquer homem que a confrontasse.

— Vi ontem que me olhavas... — disse ela.

Yuli desconcertou-se. Nunca tivera que enfrentar as malícias dos salões, as sutilezas do não dito, do sugerido, ele deveria se sair com algo sutil, mas não soube replicar com a resposta que ela aguardava:

— Peço desculpas se fui inconveniente, se te constrangi... — ele estava totalmente acuado, como se ela houvesse ido lá para lhe tomar satisfações pela afronta.

"*Abestado*", pensava ela, deliciando-se com o constrangimento de Yuli.

Ele não vestia paletó e a gola de sua camisa (ele não usava colarinhos de celuloide) estava desabotoada; isso, mais a gravata frouxa, davam-lhe um aspecto que Felicia não conhecia, o de alguém vestido informalmente na intimidade de seu trabalho.

— Tu só lês ou tens tempo para um sorvete de vez em quando? — a menina insolente brincava com ele como com um gatinho...

— Claro. Tenho tempo, sim!

— Convide-me, então... — e virou-se, certa de que o convite já estava feito.

A Yuli não restou senão pegar seu paletó e vesti-lo correndo, enquanto partia desabalado escada abaixo atrás de Felicia.

Queria saber tudo de Yuli. Como era sua antiga pátria, como ele tinha vindo para o Brasil, como aprendera a nova língua, o que era ser clienteltchik, como era um salão de sinuca, como ele foi parar em jornal, se ainda treinava box, como conhecera Silvio, de que livros mais gostou, se já tinha namorada. E a cada resposta de Yuli ela acrescentava mais perguntas, e algumas pitadas de sua própria biografia: um pouco do que aprendera durante seus estudos na Suíça, um tombo do cavalo na infância, sua facilidade para as matemáticas, seu amor à leitura de romances franceses. E tudo isso coube na meia hora que passaram na Cavé refrescando-se com sorbets coloridos e de formas divertidas.

— Acho que tenho que voltar ao jornal... — Yuli disse entre aliviado e pesaroso, ainda sem saber qual dos dois... — vamos indo? Quem sabe o Silvio já voltou?

— Ah, não vou mais lá. Vou até a Ouvidor, ver umas modas...
— Mas não vieste procurar o teu irmão?
— Tonto! — Ela riu alto.

No bonde, esta noite, indo para seu apartamento, Yuli não conseguia deixar de pensar em Felicia e no tratamento que ela lhe dispensara: "tonto". Mas que familiaridade era essa? Estaria ela debochando dele? Ou seria algo de carinhoso cuja sutileza no tom ele não conseguira captar? Seu affair com Ninon já lhe havia mostrado que ele simplesmente não conseguia entender a forma de uma mulher pensar. Agora surgia essa menina rica, criada em meio a meninas ricas em um internato suíço, a um tempo severo e cosmopolita, acostumada a ter todos os seus desejos atendidos imediatamente. Por que ela o chamara de tonto? Não atinava. Iria ser chamado de tonto até entender.

À noite, ao voltar para casa, Silvio encontrou a irmã absorta, ao piano, dedilhando trechos de Debussy, em um tempo extremamente lento, como não fazia havia muito tempo, desde que o pai iniciara sua autoextinção. Perguntou casualmente se ela fora procurar por ele na redação da *Democracia Brazileira*.

— Não. Fui conhecer o famoso Juca, o pomo da discórdia entre ti e mamãe.

Silvio não ficou desconcertado com o arrojo da irmã. Sabia que isso era algo que ela faria sem hesitar, se lhe interessasse. Só não esperava que Yuli a interessasse. Os dois irmãos eram muito unidos desde pequenos, passaram suas vidas trocando implicâncias e confidências, mas ele sempre a tivera na conta de maluquinha. Tinha a certeza de que, a qualquer momento, ela surgiria de braço dado com algum dos janotas do Jockey ou mesmo dos confins do Country Club e que as coisas seguiriam seu rumo natural. Mas... Juca? Este interesse era ininteligível, impossível, fora de todos os padrões que ele conhecia. O que teria ela visto em Juca? Uma coisa era ele, Silvio, ser amigo de um rapaz pobre, mas brilhante colega de profissão, amizade que pôde mesmo chegar ao ponto de lhe oferecer hospitalidade. Outra coisa era a aproximação de sua irmã que, a persistir, ganharia intensidade, intimidade, chegaria necessariamente ao carnal, as bocas se tocando, os corpos... tentou conter as suas divagações, e lidar com este novo sentimento em relação à irmã: ciúmes.

— E o que tu achaste de meu amigo? — ele mordiscava os lábios por dentro da boca, dando-se conta de que a irmã estava prestes a voar só.

— Não sei ainda, mas é interessante. É completamente diferente de todo mundo que conheci até hoje. É animado, cheio de planos. Teve uma vida movimentada... E ele ser judeu... Eu nunca havia conhecido um... não percebi nada de diferente... só aqueles cabelos... mas, lembra?, no liceu, tinha várias ruivas, lembra das gêmeas holandesas?... cabelos tão, tão vermelhos... elas eram ótimas, umas palhaças... — ela divagava em pequenos jatos impressionistas, as ideias somente tomando forma em conjunto.

— Doidinhas... — Silvio comentou sem interesse. Sentia-se inseguro... — Mas e o Juca, o que tu queres com ele?

— Nada. É que mamãe me deixou curiosíssima com aquela reação dela... parecia que falava do diabo em pessoa... não suporto quando ela implica com alguém... fica remoendo, remoendo — e aproveitou para conferir o sentimento com o irmão. — Aliás, não estou mais aguentando a mamãe. Está insuportável. Em tudo se mete. Ontem, contigo, foi demais, se não fosse o Luis passar-lhe aquele carão... Na primeira oportunidade, eu me mudo.

— Sinto a mesma coisa, Lucrécia, mas não sei se eu queria sair agora. O serviço aqui ainda é muito bom...

Foram jantar na copa, para evitar a mãe.

No dia seguinte Yuli acordou pensando em Felicia.

Na redação, ao ler os jornais, pilhou-se algumas vezes abaixando subitamente as folhas, esperando encontrar os olhos negros que o surpreenderam na véspera. Queria muito revê-los.

43

No mesmo ato em que destronavam o velho Palhares, todos os filhos, para os nomes dos quais os bens iam sendo passados, estabeleceram o irmão mais velho como presidente da casa bancária e a mãe como gestora honorária, mais ou menos informal, do patrimônio imobiliário. A princípio essa administração era apenas nominal. Dona Herminia não se desincumbia de suas funções com o zelo e assiduidade que seriam de desejar. E não era de estranhar, pois os imóveis nunca geraram grande coisa, pouco contribuindo para a receita familiar. O dinheiro que mantinha a família vinha mesmo era do banco e manava de forma mais ou menos mágica: a tesouraria da casa bancária se encarregava de todas as despesas de manutenção do palacete de São Clemente e de cada um dos filhos, sem limites, nem perguntas.

A ascendência que o primogênito naturalmente assumia sobre os irmãos — e que culminou com a desinteligência havida no último jantar — incitou Dona Herminia a desincumbir-se, de fato, de suas funções. Sem maiores consultas, cuidou de ocupar o máximo de espaço possível. Não passaria pela cabeça dos filhos, como em uma boa tragédia shakespeariana, destroná-la, a ela também? Que se cuidasse.

Passadas algumas semanas da morte do Ministro, assim que as formalidades do luto mais fechado se abrandaram, a matrona passou a incursionar pelos imóveis da família. Constatou que quase tudo fora largado desde que o velho Ministro iniciara seu ocaso. Vários dos aluguéis não eram recolhidos ou, quando o eram, estavam totalmente aviltados; dos terrenos vagos nos subúrbios, muitos foram invadidos; os pequenos prédios que o Ministro fizera construir em diversos pontos ao longo da via férrea apresentavam um aspecto miserável; os inquilinos improvisavam obras que os desfiguravam e os transformavam em pocilgas. Dona Herminia percebeu que, de realmente sólido, rentável, só havia o negócio bancário.

Sabia que o filho mais velho não era favorável à manutenção dessas propriedades. Ele não tinha a vocação de senhorio. Por seu gosto, venderia a maioria dos imóveis e aplicaria o resultado no banco ou em algum empreendimento mais dinâmico. Sua cabeça ainda estava bastante povoada dos exemplos que vira na América.

Mas, se os imóveis eram desimportantes, o que restava a ela? Quem sabe, no futuro, aquele jornal? Deixava de considerar a *Folha da Capital* como uma eventualidade e passou a se interessar pela importância que aquele diário poderia lhe trazer. Seu interesse se acendeu de tal forma que mais de uma vez fez passar o automóvel pela Praça Onze, parte da cidade aonde jamais ia, somente para ver ao longe o prédio do jornal e imaginar-se dando ordens por ali.

Em suas divagações sobre a Tomada da *Folha da Capital*, ocorreu-lhe convidar Cost'Alves a visitá-la para um chá. Queria ouvir suas ponderações sobre os melhores procedimentos para uma bem-sucedida ocupação que, tudo indicava, estava próxima.

Para o experiente dono de jornal não havia muito a ser feito:

— Eu não me preocuparia muito com os empregados. São corretos e trabalham pelo salário. Ao assumirem, os novos donos deverão deixar bem claro que não pretendem fazer mudanças no pessoal e que haverá melhorias nas condições de trabalho. De preferência o novo chefe deve ser alguém de fora, para não criar um clima de animosidade entre eles. Tenho certeza de que não haverá resistências. Não me consta que algum deles morra de amores por patrões em geral, muito menos pelo Braga. O Pereirinha, talvez...

— Quem é este?

— O cargo não é bem este, mas é uma espécie de chefe de redação; é o mais importante e experiente jornalista da casa... talvez seja sentimentalmente ligado ao Braga, assumiram a *Folha da Capital* juntos quando era apenas um jornaleco de quatro páginas... são mais ou menos contemporâneos. Mas o Pereirinha é um profissional absolutamente correto... nada faria para obstruir uma nova direção... Ele pode permanecer ou não, dependendo do novo chefe, e do que lhe for proposto, inclusive em termos salariais. Se sair, não lhe faltará trabalho. Será disputado pelos concorrentes. Eu o consideraria como uma excelente solução interna de chefia. É um sujeito às antigas, todos o respeitam...

Continuou a desfilar os valores da *Folha*:

— Há mérito no Braga. Ele conseguiu juntar gente boa para trabalhar com ele... Na oficina, o Bernardo é um chefe excelente, benquisto por todos. Competentíssimo. Acho que é dos únicos no Rio de Janeiro que conhecem a fundo aquele maquinário moderno. Aprendeu diretamente com os engenheiros franceses e americanos que vieram instalar os equipamentos. Gosto muito dele. É um sujeito politizado, ligado... — cortou sua divagação, pois percebeu que falava demais e poderia prejudicar o amigo.

Mas era tarde:

— Ligado a que, Costa? Tu não vais me dizer que ele é desses vermelhos...

— Não me entendas mal, Herminia, queria dizer que é muito ligado ao trabalho, é um grande profissional, adora o que faz. — Temeu por Bernardo.

Dona Herminia aparentemente satisfez-se com a emenda de Cost'Alves, mas não esqueceu o "politizado" da frase anterior e anotou mentalmente o nome de Bernardo para ser demitido assim que ela assumisse.

Coçava-lhe a língua o nome arrevesado daquele judeuzinho, juqui, iuqui... Juca. Morria de curiosidade, mas refreou-se de perguntar diretamente a Cost'Alves:

— E como está indo o nosso aprendiz em tua casa, Costa?

— Podes te orgulhar. O teu menino é um talento. Tem uma ótima redação, sem ser metido a literato. É interessado em aprender, tem uma mentalidade moderna, apura as notícias com precisão, sem frioleiras, sem invencionices. É certo que ainda está bastante verde e só o tempo poderá formá-lo, mas desde já seria um elemento precioso para uma futura administração da *Folha*...

Como Costa não chegava ao ponto que ela queria, insistiu, em sua entonação mais melíflua:

— Estou tão feliz pelo Silvinho estar fazendo novas amizades... Parece que ele ficou muito amigo de um colega de trabalho...

— O Silvinho fez muitos amigos. Aliás, por onde passa, só deixa amigos, é um dom... — Cost'Alves pensava agradar.

— Mas falo de um em especial...

— Ah! O Juca? Ficaram grandes amigos. Gosto de ver esses meninos. E tu sabes quem vai muito por lá também? É a Felicia... aliás, ela e o Juca sempre saem juntos para jantar... — E comentou, com a bonomia de quem faz um mexerico benigno. — Acho que tem gato nessa tuba... Ah, como é bom ser jovem hoje, que liberdade... Lembra, Herminia, nosso tempo?

Ela não queria lembrar nada. Seu cérebro congelava. Toda ela era apenas um imenso volume gelado.

— ...ah, é?... — foi tudo o que conseguiu exprimir em disfarçado desespero.

— A Felicia não te disse?

Ter estudado na Suíça com meninas das Américas e da Europa em uma escola que — por desconhecimento e para infelicidade da mãe — era leiga deixara Felicia exposta a influências das mais variadas. Batons, rapazes e perfumes eram, evidentemente, matérias eliminatórias. Mas havia também um professor de matemática, tão lindo quanto inalcançável, que despertou paixões e vocações (no caso de Felicia, ambas); havia a professora de filosofia, sufragista militante, em permanente estado de indignação com a condição de subserviência da mulher, em geral, e com a proibição ao voto feminino, em particular; havia os rapazes do distante bloco masculino que, apesar da estrita separação física e do risco de expulsão sumária em caso de transgressão, davam suas escapadas e conquistavam uns beijinhos furtivos; havia a professora de literatura, que iniciava sem piedade as meninas nas cruezas e delícias de Zola, Hugo e Balzac. Enfim, aquela boboca, que saíra do Rio de Janeiro lendo *A Moreninha*, voltava lendo *Nana*. Saíra uma menina provinciana e voltava uma mulher cosmopolita, suffragette, informada, voltava sabendo quem eram Einstein, Satie, Picasso, Freud.

E desde que voltara, havia quatro anos, sentia-se regredir. Aos poucos ia acumulando sua irritação com a modorra das conversinhas desinteressantes, com os namoricos idiotas nos clubs, com a dissimulação submissa das amigas a pais, namorados e maridos. Não falava disso. Guardava para si suas frustrações. Sentia-se fora de seu meio. Passou a considerar seriamente ir-se embora do Rio e se instalar na Europa — Paris? Berlim? — ou na América do Norte. Os jornais — dos quais ela e o caçula eram os únicos leitores na família — mal e mal deixavam perceber o tanto de coisas que aconteciam no mundo.

Ao dardejar o olhar sobre Yuli, transportou-se de volta ao internato, àquela babel de todas as línguas, à sensação de liberdade, aos beijos roubados. Ao conhecê-lo um pouco mais, decidiu que era ele a representação dessa liberdade pela qual ansiava.

Felicia não se contentou com a tarde de sorveteria. Yuli tampouco. Ela voltou no dia seguinte, e no seguinte, até combinarem que se encontrariam ao fim do horário de trabalho dele para assistirem a alguma fita, conversarem, jantarem. Passaram a se ver diariamente, e o que poderia ser um namorico fugaz ganhava consistência. Nem de longe a educação de Yuli se equiparava à de Felicia. Mas, paradoxalmente, ao invés de afastá-los, essa diferença os uniu. Ele pedia que ela lhe falasse sobre o Lycée, o que se aprende por lá, sobre os autores que lera, sobre o conteúdo das ideias que ela emitia com tamanha familiaridade. Já Felicia admirava em Yuli a rapidez ao assimilar essas ideias, conceitos e informações novos, e seu interesse em ler tudo o que pudesse sobre o que desconhecia. A cada vez que Yuli franzia a testa, como que espremendo a esponja de sua mente a absorver mais um conhecimento, a saciar a avidez de sua curiosidade, ela se encantava.

— Tu ainda vais fazer um curso superior...
— E tu também... aliás já devias estar cursando, Felicia. Tu és tão preparada... Por que não continuas a estudar? Já pensaste? Com a tua matemática, um curso de engenharia na Polytechnica...

Homem algum lhe dissera isso. Yuli a via como ninguém a via: valorizava sua formação ao invés de temê-la e menosprezá-la.

— E tu não tens medo de uma mulher sabichona?
— Medo? Por quê?

As conversas eram animadas, mas ficavam no campo da inteligência, das palavras. Não encontravam coragem de ultrapassar o limiar físico um do outro. Não se tocavam e, quando os olhos se fixavam por um pouco mais, logo eram baixados. Nem sinal da petulância e do enfrentamento iniciais. Uma enorme excitação se acumulava entre eles, só contida pela timidez de trespassarem a linha invisível, fazerem algo desastrado que pusesse a perder um sentimento tão sutil, raro, desejado.

No mais das vezes iam ao cinema. A escolha do que iriam assistir era sempre de Felicia, que acompanhava os lançamentos e os via praticamente todos. A fita dessa soirée seria

> ## « QUANDO O CORAÇÃO QUER »
> sete actos bellamente protagonisados por
> FRANCESCA BERTINI,
> secundada pelo galan GUSTAVO SERENA

no Cine Central, conforme apregoava o reclame na *Democracia Brazileira*.

— Essa fita tu vais adorar, Juca.

Como se Yuli precisasse gostar do filme...

Aos quinze minutos da sessão, iniciando-se o segundo rolo, Gustavo Serena aplica um estonteante beijo na Signora Bertini. Felicia ofegava. Seu coração disparou quando decidiu escorregar sua mão para que tocasse a de Yuli. Abestado, com medo de que fosse acidental, ele afastou sua mão. Felicia então não se conteve e deu-lhe um beliscão. Fora rompida a linha. No anonimato acolhedor do cinema passaram, enfim, a se tocar, pegar, apertar, a se inaugurar.

A descuidada revelação de Cost'Alves envenenou a alma de Dona Herminia. Arruinou todos os sonhos de grandeza que ela voltara a cultivar desde os portentosos funerais de seu pranteado. O que queria Felicia? Arrastar o nome da família na lama outra vez? A matrona se via novamente como objeto dos maldosos comentários de todos. Toda a recuperação moral e social, erigida a partir daquelas exéquias triunfais, se perderia irremediavelmente caso sobreviesse um novo escândalo. Onde estava aquela degenerada? Não tinha regras aquela fedelha? Não, nunca as tivera, com aquele seu narizinho empinado. Saía de automóvel, dona da cidade, ia aonde queria, Deus sabe aonde... Havia muito tempo deveria estar casada, cuidando de casa e filhos... Mas, não, ela não se achava uma mulher comum, a presunçosa... não tinha desembarcado da Europa com essa história de voto feminino?... Mas fora seu o erro. Reconhecia isso. Percebia o mal que o internato causara aos dois caçulas... estudar na Suíça era o máximo do chic, mas só muito depois de mandá-los soube que era uma escola leiga em um país cheio de protestantes, mas já era tarde e o poltrão do marido nada fez para trazê-los de volta. Também nada transparecia das cartas que os meninos mandavam, jamais poderia imaginar... Felicia não precisava desses estudos. Deveria ter ficado por aqui, onde não lhe faltariam pretendentes e, há quatro anos pelo menos, estaria casada. Agora os rapazes tinham medo daquela mulher sabereta... ridícula.

Deu ordens à criada de lhe avisar assim que a filha chegasse. Mesmo que fosse necessário acordá-la.

Felicia voltou daquele encontro ainda sentindo a emoção e o prazer de ter conhecido a pele e a boca de Yuli. Sentiu que se apaixonava e pensava no que fazer para ficar definitivamente junto daquele homem.

Em seu enlevo estava totalmente desprevenida para o assalto que sofreu assim que entrou em casa:

— Vou mandar deportar este gringo! — foram as palavras de recepção de Dona Herminia, que jamais usara gíria em toda a vida. Estava totalmente transtornada.

Felicia arrepiou-se como se estivesse diante de um assaltante. Todos os seus instintos se acenderam e naquele momento via a mãe como a uma inimiga. E como inimiga a tratou.

— Tu és gringa também! Esqueceste que tu nasceste em Portugal? Esqueceste que teu pai, para quem tu inventaste uma biografia grandiosa, cheia de mentiras, era um joão-ninguém, ele era o "&" do Couto & Irmão, um nada, e que foi o irmão dele, sem filhos, quem enriqueceu e te legou a fortuna? Tu não tens qualquer mérito, tu vives de empáfia, és vazia.

— Que atrevimento! Que modos são esses de te dirigires à tua mãe? Quem te deu o direito de me chamares por tu, onde está o respeito?

— Dá-te tu ao respeito e terás o meu respeito. Digo-te agora e guarda bem o que estou a te dizer: se tu fizeres alguma coisa para prejudicar a única pessoa por quem já senti amor, estarás trazendo desgraça sobre ti e sobre nossa família. — Sua voz era fria e, por isso, ainda mais poderosa. — Não medirei consequências. Fica avisada.

Herminia partiu para estapear a menina, mas não tinha agilidade para isso. O que conseguiu foi apenas exprimir um gesto patético, sua mão lançada ao vazio roubando-lhe o equilíbrio. O corpo disforme e sem apoio ia se estatelando quando Felicia, instintivamente e a custo, a sustentou, evitando-lhe a humilhação da queda, mas impondo-lhe a humilhação daquela ajuda. Herminia enfim chorava verdadeira e desesperadamente, com o braço apoiado sobre o ombro da filha, que a depositou sobre uma cadeira. Felicia ofegava e disse-lhe uma última frase, tomada por uma fúria santa, desconhecida, e que aterrorizou a mãe pela certeza de que se tratava não de ameaça, mas de uma maldição:

— Tu me perdeste. Tu nos perdeste a todos.

Aquela terrível discussão ecoou por toda a casa em meio à noite silenciosa. Duas criadas tudo ouviram e vieram acudir, mais pela curiosidade de ver a cena do que para oferecerem — ou poderem de fato oferecer — alguma ajuda. Chegaram a tempo de ver a patroa depositada sobre a cadeira em que fora deixada, a chorar de uma forma que jamais haviam visto. Trouxeram um copo de água com açúcar e saíram rapidamente. Silvio chegou pouco depois e, alertado pelas criadas, não pôde evitar ir ao encontro da mãe, ainda arquejante, na mesma cadeira na qual fora deixada. Imaginou que, de alguma forma, ela devia ter sido informada dos encontros de Felicia com Yuli e desatinara-se. Nada poderia ser mais devastador: se a simples amizade sua com Yuli era para a mãe uma desdita, o namoro da filha era uma catástrofe. Tentou saber algo do que se havia passado, mas a mãe nada falava. Foi bater à porta de Felicia, mas ela tampouco lhe respondeu.

Mal amanheceu e Felicia decidiu que era chegado o momento de sair de casa, como vinha pensando em fazer fazia tanto tempo. Não havia como alertar Yuli do que faria e resolveu arriscar mesmo assim: fez uma mala com o que achava essencial, inclusive uns poucos livros, e partiu em seu carro para o Catete.

Ao ver Felicia à sua porta, tão cedo, os olhos vermelhos e a mala aos pés, ele nada disse, apenas abraçou-a longamente e a deixou chorar mais, chorar muito, apoiando sua cabeça no torso nu. Passado esse choro trouxe-a para dentro do apartamento, onde ela entrava pela primeira vez. Passou-se um longo tempo antes de alguém emitir um som. Ao ver que os soluços amainavam, Yuli achou que Felicia já poderia falar do que se passara:

— O que te aconteceu? Brigaste em casa? Com tua mãe?

Fez que sim, ainda muda, despida de toda a altivez, frágil como uma criança espancada. Yuli pensou em animá-la e foi coar um café e fritar pão na frigideira, o que encheu a casa de aromas matinais. Essa atividade tão doméstica deu a Felicia uma sensação de normalidade e acolhimento que a acalmou. Ela tomava seu café, pensativa, recompondo-se como criança que se recompõe de uma surra, sentindo alívio por não apanhar mais.

Mas a surra mal começara. Da porta vieram murros e gritos:

— Polícia! Polícia!

Yuli foi até a porta e a abriu para logo receber voz de prisão de um policial franzino, com um bigodinho fino, acompanhado de outro, totalmente glabro e oleoso. Manteve-se calmo, não reagiu, nem sequer admitiu prevalecer-se de sua força. Felicia retomou seu aplomb natural e começou a berrar com o policial, exigindo explicações.

O policial de bigodinho consultou um papel:

— A senhora é Dona Felicia?

— Sou! Por quê?

— Temos uma denúncia... — e olhou para os dois com um arzinho safado — temos uma denúncia de... sequestro. Temos essa denúncia... a senhora sabe, são ordens... ordens a gente cumpre...

— Mas eu não fui seq...

— A senhora não tem que explicar nada para mim. Minhas ordens são de levar esse rapaz para a 4ª Delegacia e a senhora está liberada.

A subserviência do policial ao poder que emanava de Felicia foi a salvação de Yuli. Ela deixou seu carro diante do prédio de Yuli e exigiu ser levada pelos policiais a São Clemente imediatamente, de onde ligou para o irmão mais velho, o avisou do que se passava e implorou por ajuda.

Luis não nutria a menor simpatia pelo que ele achava ser um namorico da irmã, porém menos ainda pelos métodos que a mãe empregara para separar os dois.

— Jura, Luisinho, jura que tu vais mandar teus advogados para a delegacia agora, agora. Eles ainda estão a caminho.

— Podes ter certeza. Mas só se depois tivermos uma conversa sobre este teu namorado.

— Qualquer coisa, Luisinho, qualquer coisa que quiseres, mas entra em ação. Agora! Agora! Eles vão fazer alguma coisa de muito ruim com ele! Eu vi nos olhos deles. São maus!

Dona Herminia não aparecia, estava recolhida — ou antes, escondida — em sua ala. Melhor para Felicia, pois assim não se desviaria de sua corrida contra o tempo para salvar Yuli. Foi arrancar Silvio da carr a e pediu que a ajudasse, encontrando Cost'Alves, acordando-o, o que fosse. Era uma emergência de vida ou morte.

Mais uma vez a cadeia de transmissão de informações da cidade foi alimentada e a prisão do jovem jornalista Yuli Woloshin, acusado de sequestrar a herdeira de uma das mais tradicionais famílias da sociedade, foi amplamente difundida por todas as redações. Menos de uma hora depois da prisão, dois empertigadíssimos advogados do escritório de Tavares & Alencastro estavam na 4ª Delegacia exigindo a exibição do preso. Logo em seguida surgiu Cost'Alves, com Silvio e Felicia. Diversos repórteres de vários jornais se abalaram a testemunhar a nova ignomínia que se praticava sob o manto do estado de sítio. Boatos cruzavam a cidade de ponta a ponta, desde o que relatava Yuli ter sido morto ao reagir à prisão até a história segundo a qual ele havia sido embarcado para o "Inferno Verde", o terrível campo de concentração de Clevelândia, no Amapá. Ao ser finalmente apresentado aos advogados e à imprensa, Yuli exibia um hematoma no malar esquerdo e outras marcas de espancamento recente. Mas o estrago fora interrompido, não chegara a passar das preliminares, do aquecimento inicial. Mais uma hora e um terceiro advogado chegava com um habeas corpus, instrumento avaramente concedido sob aquele clima político, só conseguido pela crescente importância de Luis Palhares Filho junto aos círculos do poder, que envolveu um telefonema do Senador Cordeiro da Purificação ao Desembargador F: *"É um pedido do Luisinho, o filho do falecido Palhares, o banqueiro, não podemos negar... é nosso amigo... aliado..."*

Yuli ainda não imaginava de onde havia partido o raio que o abatera, apenas espantou-se com a importância que o caso tomou e agradeceu o apoio que recebia. Mas Felicia e os irmãos sabiam perfeitamente quem havia promovido aquela tentativa de assassinato.

— Juca, acho bom você passar uns dias lá no meu apartamento, até isso esfriar — Silvio falou-lhe discretamente, assim que puseram os pés fora da delegacia. — Nunca se sabe...

— Não, Silvio, não. Tu sabes que te agradeço do fundo de mim, mas não fiz nada e não vou virar um fugitivo. Obrigado, Silvio, te quero cada vez mais como a um irmão, mas vou para a minha casa. Tu sabes que não sequestrei tua irmã...

Felicia ouviu o fim do diálogo e interveio:

— Fui eu quem te sequestrou... Vou contigo. Não saio mais do teu lado. Eu serei teu habeas corpus.

Ao dar-se conta, Silvio estava conduzindo a irmã para casa... de Yuli. Engolia, com esta carona, seus ciúmes e conceitos. Acatava essa união que, mesmo para ele que se achava tão moderno, recendia a escândalo.

Mais tarde, ainda no mesmo dia, foi procurar o irmão mais velho para decidirem como conduzir todo esse caso. Luis surpreendeu-o:

— Não podemos aceitar esse comportamento de nossa mãe. Ela transformou em escândalo nacional o que seria um namorico inconsequente. Pessoalmente não aprovo a escolha da Felicia, mas aprovo menos ainda o que nossa mãe fez. Chamar a polícia? Envolver a nossa irmã nisso? Que estupidez... Agora, sim, ficaremos todos falados, e Felicia mais ainda. Isso é um horror.

Silvio também se importava com Yuli:

— Quase mataram o Juca, por nada, o pobre nem sabia por que apanhou... Se os teus advogados não agissem na hora, acho que mamãe teria conseguido o que queria.

— Quanto ao Juca, te peço desculpas, mas pouco me importa esse sujeito...

Silvio tomou para si as dores do amigo.

— Vais ter que te importar, sim. É meu amigo e estou começando a me irritar com esse rancor por ele ser judeu, ou ser gringo, ou ser teso.

Um silêncio infindável se seguiu. Preferiram não aprofundar essa divergência. Havia coisas mais importantes: um incêndio a rescaldar antes que se reacendesse. Luis informou Silvio de que a mãe queria ter uma conversa com ele no banco, à tarde.

— Silvio, gostava que tu fosses também. Estou esperando algum bote contra Felicia.

Assim que Silvio saiu, Luis ligou para o Senador Cordeiro da Purificação para agradecer a intervenção e ainda pedir mais um pequeno favor:

— ...Senador, o senhor sabe, minha irmã está muito abalada com isso tudo, pediria ainda que o senhor interviesse para que aquele rapaz a quem minha irmã se... afeiçoou... não sofra represálias... para que isso não aconteça novamente...

— Pode estar certo, meu jovem, nada mais acontecerá aos meninos... — E o Senador deixou sua marca: — Mas, se algum dia ela quiser anular o casamento...

A discussão travada no encontro com a mãe era exatamente a que Luis havia antecipado.

Dona Herminia não era movida por um sentimento de proteção à filha ou à família. O que a animava agora era o ódio:

— A Felicia não tira mais um tostão do banco. Quero deserdá-la.

Luis foi formal, ainda que não escondesse certo prazer no argumento:

— Não será possível, mãe. Ela é tão sócia do banco quanto a senhora. Aliás, mais do que a senhora: na partilha que fizemos, a senhora lembra?, as quotas do papai passaram para os filhos, em partes iguais. Ele tinha noventa e dois por cento das quotas e a senhora oito. Ao nos legar, ficamos, cada um de nós, com dezoito e poucos por cento. Mais do que a senhora, mãe. Felicia tem direito a dezoito e poucos por cento dos lucros ou das retiradas. E vou ter o prazer de pagar os direitos de minha irmã sempre que ela desejar. E, se a senhora insistir nessa posição, o Silvio e eu teremos de ficar contra a senhora.

A fonte de poder transitara do marido morto para o filho mais velho. A praga shakespeariana se abatera sobre Dona Herminia. Fora destronada.

44

Tom Moore, o diretor do South American & Caribbean, fez chegar a Palhares Filho um convite para um café na sede do banco inglês, na Avenida Beira-Mar, convite prontamente aceito.

O convidado chegou protocolarmente às cinco para as cinco da tarde, sabendo que isso seria anotado a seu crédito em seu dossier. Ao entrar na sede do Caribbean, Palhares sentiu-se dando um salto para o futuro. O ambiente em nada lembrava a austeridade monástica, pesada, de sua empresa irmã, a Electric. Pelas amplas janelas contemplava-se a Baía de Guanabara. Móveis norte-americanos e franceses, claros, moderníssimos, desenhados por arquitetos de vanguarda, transferiam a amplidão do mar para o ambiente, havia intercomunicadores elétricos entre chefe e assistentes (Palhares decidiu que iria instalar um igual em seu escritório e aposentar a campainha), enfim um lugar que estimulava a concepção de novas ideias.

Foi recebido com extrema cortesia e, em questão de segundos, Moore pessoalmente veio dar-lhe as boas-vindas à porta da sua sala. Cumprimentos efusivos, sonoros tapas nas costas (Moore não tinha a aversão de Gross a esta manifestação dos nativos), as perguntas de sempre, e o assunto se aproximava:

— Irish coffee ou algo mais afirmativo?
— Brazilian coffee.

Palhares Filho não tinha a mais remota intenção de perder seu foco. Isso ele aprendera com seus professores americanos: "não caia na armadilha da informalidade: se, durante uma reunião de negócios, no escritório ou em restaurante, a outra parte quiser beber, que beba. Tu bebes café: quanto mais desperto, melhor". Iriam iniciar a negociação da partilha do jornal, e Luis pretendia defender seus interesses munido de toda a sua sobriedade.

— Ótimo, que seja o excelente café brasileiro, vamos ao brazilian coffee — e ordenou pelo intercomunicador que o café fosse servido puro e forte.

Moore estava sinceramente impressionado — e falou sobre isso sem reservas — com a capacidade de articulação que a casa bancária havia demonstrado na condução do processo contra Diógenes. Tinha sido para ele uma aula prática de como se compunham e se interconectavam os interesses da elite nativa. A velocidade com que o venenoso recurso de Braga havia sido desativado ("*defanged*", ele disse em inglês) era fantástica. Seus advogados lhe deixavam permanentemente a par do andamento do processo e de como eram bem recebidas as alegações dos Palhares e mal, as de Braga. Se Tom Moore soubesse da simpatia do Senador Cordeiro da Purificação pela Casa Bancaria Couto & Irmão, da influência deste Senador sobre o Desembargador F e da ascendência do Desembargador F sobre o juiz do caso, ficaria ainda mais extasiado com a prodigiosa capacidade de os brasileiros cultivarem amizades. Mas isso Palhares preferiu que o inglês continuasse sem saber.

— Acho que brevemente teremos o jornal — iniciou Moore. — Nossos advogados acham que estamos em vias de superar as últimas formalidades. O Braga tem tentado de tudo... Há uns prazos legais, faltam ainda umas perícias de avaliação, outras tantas diligências inevitáveis, coisa de mais ou menos três meses. Tu achas que já poderíamos adiantar algumas providências com relação à incorporação dessa firma?

Palhares esperou um pouco antes de responder, criando um germe de expectativa. Moore já previa que a conclusão do acerto entre as partes não seria tão pacífica quanto o início. O que antes para Moore era uma limpeza no passivo financeiro, e sobretudo político, e para Palhares, uma vingança, mudou de caráter no decorrer do processo, sem que as mudanças de um houvessem sido comunicadas ao outro.

Pelo lado dos ingleses, a mudança consistiu na guinada que a matriz adotou em sua política de abordagem da opinião pública brasileira: perceberam que, da mesma forma como sobrepujaram os franceses, agora passavam a perder espaço para os americanos nas negociações da mineradora e outros negócios que apontavam no horizonte. O Board concluiu que necessitava dispor de um jornal totalmente confiável na Capital do Brasil. Um jornal que estivesse, direta e incondicionalmente, sob seu controle, e fosse comandado por alguém a quem eles pudessem oferecer tanto um relógio de ouro quanto um pontapé no traseiro. A *Folha da Capital* prestava-se perfeitamente a ser esse jornal.

Quanto aos Palhares, a mudança foi terem evoluído para muito além da vingança contra Diógenes Braga. A família aos poucos tomava-se de amores pela ideia de possuir um jornal, não apenas pelo prestígio que necessariamente iria daí resultar, e que era a grande motivação da matriarca (cuja opinião sempre era ouvida, embora cada vez menos acatada), quanto pelo negócio em si, negócio que prometia ser muito mais interessante do que os imóveis perdidos em deus me livre, dinheiro ganho sem infiltrações ou goteiras, sem inquilinos caloteiros, sem invasores de terrenos, e era isso o que motivava Palhares Filho, ainda que suas convicções fossem frágeis. Para fechar a contagem, havia os votos de Silvio, neófito acometido de paixão pela profissão, e de Felicia, este sempre apresentado por escrito desde que fora viver com Yuli, e que votaria por fidelidade e gratidão ao irmão mais velho em praticamente todas as ocasiões.

Moore via no silêncio de Palhares Filho, portanto, o germe de um conflito de interesses. Pelo contrato particular originalmente firmado, seria feita a divisão igualitária entre eles do que auferissem no processo de execução. Para isso, máquinas, título, contrato de locação do prédio, tudo enfim que constituísse o jornal deveria ser posto à venda, reduzido a moeda e dividido. Como à época do acordo não havia qualquer interesse dos Palhares pela atividade jornalística, Moore tinha como certo apenas que eles tentariam encarecer ao máximo sua parte para vendê-la e saírem felizes do negócio. Estava até autorizado a oferecer um premium por este quinhão:

— Meu caro Palhares, estou preparado a fazer uma oferta que me parece bem interessante...

— Ouço com prazer.

— O Board do South American & Caribbean tem interesse em manter o jornal funcionando. Por isso, compensaríamos mais do que proporcionalmente a família Palhares por sua parte...

Novo silêncio. Luis escolhia suas palavras:

— Nosso interesse neste jornal, quando fechamos o nosso acordo, se devia a razões de família, ao mal que nos foi feito, como tu já bem sabes. Nessa época tanto se nos dava o jornal continuar aberto ou fechado, desde que o Braga o perdesse. Ocorre que nossas razões, com o passar do tempo, se tornaram mais intensas e de natureza mais comercial, se me entendes... Como para vocês o que interessa é reaver o seu crédito, que tal invertermos essa equação e vocês nos venderem a parte de vocês?

— Entendo... e acho que, neste caso, temos interesses equivalentes. — Moore também escolhia as palavras.

Palhares sabia que, como negócio, o jornal era desprezível para os ingleses; só poderiam estar interessados na alavanca política que a *Folha* poderia oferecer. E, por não se tratar de uma questão meramente empresarial, isso encareceria a posição deles, pensava. Preferiu explorar outros aspectos da questão:

— E vocês considerariam uma gestão conjunta conosco?

— Seria um grande prazer, mas é uma questão nova que preciso submeter ao Board...

— E, no caso de vendermos, ou nos associarmos, quem compraria?

— Sempre disporíamos de uma empresa interessada... ou poderíamos criar uma ad hoc...

— Também temos o nosso pequeno Board... vou ter que consultá-lo para darmos mais um passo em nossas tratativas...

— Antes de encerrarmos, eu insistiria em que tu levasses ao teu Board nossa disposição de pagarmos um generoso premium pela parte da família... muito generoso...

— Tenha certeza de que isto é um argumento importante e será devidamente considerado... — A generosidade inglesa encheu o coração de Palhares Filho de ternura, abalando sua decisão de ficar com o jornal.

Dona Herminia sentia-se derrotada e desgastada depois do episódio em que utilizara a polícia para separar sua filha de Yuli. Todos na família, mesmo as tão subservientes filhas mais velhas, sentiram um repúdio instintivo àquela atitude da mãe e passaram a evitá-la. Não conseguia mais reunir a família para os jantares que oferecia: todos apresentavam desculpas para não comparecer. Tudo que seu ódio militante conquistara fora o afastamento de todos, e agora este ódio reduzia-se a um sentimento íntimo, mudo, petrificado. Silvio era o filho que ainda morava com ela e, ainda assim, mal o via. A última coisa que desejava agora era alargar o abismo entre ela e seus filhos, sobretudo o mais velho. A solidão lentamente a envolvia.

Luis percebia isso. Ao trazer-lhe o relato da reunião com os ingleses, exerceu o máximo de flexibilidade. Sobretudo quando percebeu que a mãe aferrava-se definitivamente à ideia de manter o jornal.

— Mas nem em sonho entregaremos o jornal a eles! Isso eu não vou permitir...

— Pense bem, mãe, eles se dispõem a pagar um bom ágio pela nossa parte. — E procurou enfatizar as vantagens de vender a participação. — "Um generoso premium", a expressão é deles. Poderemos negociar bem esse premium e recebermos uma razoável injeção de capital. Já imaginou? Reformar os prediozinhos dos subúrbios e passá-los adiante... A senhora não esqueça, ainda estamos saneando o banco...

— Não há o que pensar. Não é só o dinheiro imediato que conta, Luisinho, imagina o que poderemos fazer de negócios com um jornal na mão.

— Como assim, mãe? — Luis exibia uma exagerada inocência, oferecendo-lhe a oportunidade de pontificar sobre um tema em que era bastante versada.

— Aquela conversa com o Cost'Alves me abriu os olhos... — Ela não pôde deixar de exibir a amargura que a conversa lhe evocava. — Imagina só: o Bernardes, por exemplo, governa solitário, quase não tem imprensa ao seu lado, imagina como ele ficaria feliz se um jornal de prestígio no Distrito Federal o apoiasse. Sem dúvida encontraria muitas formas de agradecer. Amanhã vai-se o Bernardes, sobe outro... a mesma coisa... Acho que tu devias ouvir um pouco as histórias do Costa... Agora é que podia ser útil aquele estafermo de teu falecido pai, ele saberia como tirar partido de um negócio como esse...

Os olhos de Palhares Filho fuzilaram, mas ele preferiu não abrir essa frente de divergência. Suas convicções sobre esta questão estavam longe de serem firmes e, depois de um bom tempo de argumentação, foi reconquistado para a ideia de que banco e jornal fazem uma boa trinca com política.

As reuniões seguintes com os ingleses continuaram inconclusivas sob o ponto de vista da hegemonia de uma das partes. Enfim concordaram com a gestão conjunta, que tanto Dona Herminia como Londres tiveram de engolir. Para a gestão do jornal fundaram a Casa Publicadora Nichteroyense, cuja composição societária era dividida meio a meio entre os Palhares, de um lado, e duas firmas brasileiras desconhecidas, indicadas pelo Caribbean.

Os meses passavam rápidos, a decisão judicial estava praticamente pronta, e a escolha da equipe de comando da nova administração não se definia. Da parte dos Palhares, já estava decidido, Silvio iria como os olhos e ouvidos da família. Tentaria conciliar sua condição de aprendiz com a de patrão de seus mestres... Mas não havia ainda solução para o nome que comandaria a redação. Tentaram sondar Pereirinha. Enviaram-lhe um telegrama solicitando que entrasse em contato com Luis Palhares, mas, durante o encontro, sua reação foi absolutamente inesperada:

— Não tenho nada a tratar com os senhores neste momento. Até decisão judicial em contrário o meu patrão é o Doutor Diógenes Salusthiano dos Santos Braga, que é quem paga meu salário e a quem devo satisfações profissionais. Caso os senhores estejam necessitando de meus serviços, por favor solicitem ao Doutor Braga. Quando este vínculo se desfizer, estarei à disposição para conversar com os senhores — e retirou-se com sua brilhantina, pommade hongroise, alfinete de gravata, abotoaduras.

Silvio, que a tudo assistia mudo, ficou impressionadíssimo com a altivez daquele romanesco representante do século 19. E, conversando mais tarde com o irmão, decidiram que Pereirinha seria o novo chefe da redação. Alguém em quem se poderia confiar. Restava convencer os ingleses, já que, provavelmente, não gostariam de ter profissional tão altivo no comando do jornal.

Luis queria saber mais sobre Pereirinha, mas Silvio não tinha grandes informações, fora haver sido ele mentor e benfeitor de Yuli. Mas sempre poderia se informar com o amigo mais tarde, no jornal.

O encontro dos dois na redação da *Democracia Brazileira* esta tarde foi inusitado, Yuli estava eufórico. Assim que Silvio chegou, foi recebido por Yuli com um abraço, como se não se vissem havia longo tempo:

— A Felicia está te convidando para jantares lá em casa hoje. Tu podes? Diz que tu podes!

O convite era surpreendente. Silvio havia se acostumado a não mais ver a irmã no palacete; se acostumara a saber por Yuli que ela estava bem e que levavam, enfim, uma vida feliz, graças à intervenção dos irmãos; Silvio também já se acostumava a encontrá-la no jornal, ao fim do expediente, esperando pelo...
— nunca se decidia se marido, namorado, amante ou o quê...
— enfim, esperando por Yuli; acostumara-se a lidar com toda a revolução de conceitos que lhe torvelinhava os miolos desde o início do namoro. Teria de se acostumar agora à ideia de receber um convite da irmã para jantar... na casa dela.

— Claro que posso! — Silvio preferiu então deixar o assunto Pereirinha para mais tarde, para ser falado a três, e não correr o risco de passar a noite em mudo estupor.

O apartamentozinho dos dois era simpático, mas em nada se poderia comparar ao padrão de vida ao qual Felicia estava acostumada. Silvio reviu a irmã neste novo ambiente como se ela fosse uma outra pessoa. Percebeu em Felicia traços que antes não reparava, uma expressão de dona de si, de uma adolescência finalmente encerrada, uma mulher a inaugurar uma nova família. Não era mais a irmãzinha, a Lucrécia das implicâncias... Percebeu que não havia espaço para rememorações privadas que deixassem Yuli de fora. A intimidade dela agora era com o seu homem.

Silvio também estava mudado. A experiência que acumulava com o dia a dia do jornal, num aprendizado que não se encerrava nunca, ia temperando seu espírito. Sua redescoberta do pai, a intervenção em defesa de Yuli, os embates interiores e familiares, o exercício dos critérios éticos o transformavam em um adulto.

O que se manteve foi o humor:

— Não me diga que cozinhaste o jantar...

— Claro que não, seu bobo!

Ela foi à cozinha trazer a autora, que veio enxugando as mãos no avental:

— Alcina, este é o meu irmão.

Era de fato um lar. Havia fogo, cozinhava-se, não era algo provisório como a garçonnière ou, como o irmão mais velho imaginava, um "brincar de casinha".

O jantar transcorreu feliz, boa conversa, um pouco das histórias de Pereirinha, até que Yuli, na primeira oportunidade, lançou o convite:

— Silvio, tu nos honrarias em aceitar ser nossa testemunha de casamento?

Eram muitas superações para um só dia.

— Vamos casar, Silvinho, a vizinhança está falando, desde aquele negócio da polícia. Nós até pensamos em mudar daqui, mas este apartamentozinho está tão bom, é tão agradável... e tem sempre essa agitação do Palácio do Catete... os proclamas já estão correndo.

— Então? Aceitas? Vou convidar o Cost'Alves também, mas antes queria convidar a ti.

— C-cl-claro, claro — engasgou-se e desengasgou-se. — CLARO! Longa vida ao casal! — Silvio emocionava-se, a ponto de chorar, surpreso com sua própria emoção.

Yuli tirou da minúscula cristaleira dois cálices e a garrafa de vodca para brindarem ao momento. Silvio perguntou a Felicia se ela não tomaria um pouquinho também.

— Não posso... estou grávida.

45

Previsível como um eclipse, o título, a empresa e as máquinas da *Folha da Capital* foram adjudicados à Casa Bancaria Couto & Irmão. Ao chegar à redação da *Folha da Capital*, Diógenes Braga tinha a lhe aguardar um oficial de justiça, que lá estava para lhe entregar mais uma intimação. Esta era para que comparecesse ao juizado da ...ª Vara com a finalidade de tomar ciência do despacho do MM. Dr. Juiz na Ação etc. etc. Braga recusou-se a assinar na rua. Convidou o funcionário da justiça a subir até o seu escritório para lá entregar o documento. Diógenes insistiu em assinar a contrafé em sua sala. Queria um mínimo de dignidade para terminar tudo aquilo. Como já constatara pessoalmente em suas visitas ao foro, o juiz indeferira quase todas as diligências por ele solicitadas. Aos inimigos, a lei: a tramitação foi inacreditavelmente rápida. E ali estava o oficial, a longa manus do juiz, o qual, por sua vez, era a longa manus do Desembargador F, este do Senador Cordeiro da Purificação, este dos Palhares, e estes dos ingleses.

Logo em seguida chegavam advogados dos Palhares e da Casa Publicadora Nichteroyense, acompanhados de mais um oficial de justiça e munidos dos documentos que os habilitavam a oficialmente tomarem posse da Empreza de Publicações Folha da Capital Sociedade L$_{da}$. A passagem deu-se com a elegância possível. Braga ofereceu mesas e cadeiras da redação para que os representantes dos novos proprietários se acomodassem. Pediu que comparecessem à redação todos os profissionais da administração, os jornalistas presentes e o chefe

Bernardo. Pereirinha não estava. Apenas os jornalistas menos graduados adiantavam matérias do dia seguinte.

Braga fez apenas uma apresentação quase casual, embora a garganta lhe apertasse demasiadamente para poder falar com naturalidade. Pediu que todos continuassem trabalhando, uma vez que eles deviam fidelidade apenas a seus empregos. Ninguém emitiu um som. Diógenes Braga pediu licença aos novos administradores e foi para a sala que ainda era a sua.

A edição daquela tarde rodava na oficina do térreo. Não trazia qualquer matéria que desse ao público alguma informação sobre a troca de propriedade do jornal, era apenas uma edição corriqueira, com seus acidentes, a profusão de suicídios que a *Folha* se esmerava em publicar, seus reclames, seus apedidos, as intermináveis lucubrações de amigos e políticos. Esta edição trazia um ensaio intitulado *"Civilização e Raça"* que associava uma a outra através de *"differenças cephalométricas"* entre os indivíduos, bem como uma associação entre o *"grao de civilização e a pureza de sangue aryano"* de seus habitantes, que ocupava boa parte da primeira página e invadia toda a segunda. E também na primeira página, algo que parecia notícia mas era o anúncio de um filme:

ESTARÁ NO RIO
[foto]
BENITO MUSSOLINI

Á frente dos seus legionários, os celebres "camisas pretas" que o levaram ao poder, na "jornada facista" e todo o Rio vae vel-o em "O Facismo" esplendido film em 5 detalhados actos

Hoje no "PARISIENSE"

Subia até a redação e a sala de Braga o som frenético das campainhas de alerta e daquela imensa locomotiva que cuspia papel impresso. Som, para Braga, mais melodioso até do que o das óperas a que adorava assistir no Lyrico. Ficou por lá, inacessível em seu camarote, deleitado, distinguindo cada um dos instrumentos que formavam aquela orquestra, o sibilar dos rolos entintadores, o baixo profundo das calandras, a matraca furiosa da dobradeira-cortadeira, o tilintar dos magazines de tipos das Linotype, os dós de peito de Bernardo dando ordens por sobre a polifonia. Ficou por lá, quedo, totalmente absorto, ouvindo até o último exemplar ser impresso, até que a algazarra dos meninos jornaleiros na porta se tornasse um murmúrio distante, até que os roncos dos pequenos caminhões e as rodas metálicas dos burros sem rabo se afastassem, levando seus repartes de jornal para os bairros. Tudo ia silenciando, até que os ruídos voltaram, ocasionais, dizendo que os operários passavam à faina de limpar a máquina, cuidando ciosamente de que seu ganha-pão funcionasse perfeitamente no dia seguinte. Afinal os ruídos cessaram de todo, fim de turno, silêncio, solidão.

O momento da decisão chegara. O momento sempre chega. E passa. E logo é passado, uma lembrança. Diógenes sentiu-se vivendo o lapso de eternidade que transcorre entre o acionamento da alavanca e o corte da lâmina. A ameaça, enfim, se cumpria, não havia mais espera, não havia mais futuro. Toda aquela construção, toda a ideia de um jornal seu, essa fonte de poder e influência, logo se tornaria passado. Paradoxalmente, Diógenes sentia-se aliviado. A lâmina iniciava seu caminho sem volta.

Desceu à oficina e viu o chefe Bernardo conferindo ciosamente a limpeza da rotativa e das outras máquinas que faziam o jornal diário. Bernardo tinha um maço de estopa nas mãos, sujas de tinta e graxa. A presença de Diógenes ali era absolutamente incomum. Ele somente lá descia para acompanhar alguma visita e ostentar suas glórias mecânicas. Nunca ia só. Diógenes lançou um demorado olhar sobre os bronzes, os ferros, os chumbos. Tudo limpo e polido. Bernardo cumprimentou-o, constrangido, perguntou se precisava de alguma coisa. Fez uma expressão como se dissesse: "o que se há de fazer?" Como resposta, apenas um pedido inusitado:

— Liga a Marinoni. Quero ouvir essa música.

A *Democracia Brazileira* trouxe, no dia seguinte, uma bem apurada matéria de Silvio Palhares:

> **«...A faina de limpesa das diversas machinas já havia sido concluida e os operarios encaminhavam-se á Central do Brazil para ganhar o rumo de seus lares. Na graphica restava apenas o funccionario Bernardo Nuno Manhães, chefe da officina, o qual, atendendo ao talante do patrão do qual se despedia, collocou em acção a portentosa machina impressora.**
>
> **— Augmenta o giro! — ordenou o patrão.**
>
> **Bernardo Nuno obedeceu. Toneladas de ferro e aço dos cylindros giravam precisos, a uma velocidade que se aproximava dos limites de segurança recommendados pelo fabricante.**

O Dr. Diógenes Braga — o qual achava-se fora do campo de visão do funccionario Bernardo Nuno — conforme relatou este — foi até a caixa de ferramentas e de lá subtrahiu uma grande chave ingleza. Percebendo que algo de anormal succedia, o graphico virou-se a ponto de ver seu patrão prestes a atirar a ferramenta contra os cylindros em alta rotação, o que destruiria a machina e certamente iria causar terríveis consequencias a elles dois, que estavam nas proximidades.

O chefe Bernardo Nuno, um gigante perto do franzino Dr. Diógenes, facilmente o conteria. Elle correu em direcção ao patrão, mas não a tempo de impedil-o de atirar a pesada ferramenta. A chave atingiu a juncção dos cylindros pressores forçando os mancais a um limite que estes não supportaram, rompendo-os e liberando os formidaveis rolos de aço, que se desprenderam girando desgovernadamente. O chefe Bernardo Nuno conseguiu se desviar em tempo, mas o Dr. Diógenes Braga foi attingido com toda a força, soffrendo morte horrível.

O chefe de officina, que a tudo assistiu e de tudo participou, foi quem nos relatou com absoluta exclusividade os factos aqui narrados e asseverou ao repórter da *Democracia Brazileira* que o Dr. Diógenes Braga, ao final, ao expirar, apenas balbuciava: "lindo, lindo..."»

A *Folha da Capital* extraordinariamente não circulou. A *Democracia Brazileira*, que apresentara a melhor cobertura para os fatos da véspera, estava aberta na página dos faits divers sobre as mesas importantes do Distrito Federal. Luis Palhares telefonava a Moore para saber como iriam imprimir o jornal e mandava Silvio — que pediu a ajuda e companhia de

Yuli — para avaliar os estragos no equipamento. Os malandros e boêmios nos cafés comentavam o grande praça que tinha se ido de forma tão grandiosa e tomaram um paraty em sua homenagem. O Senador Cordeiro da Purificação leu a notícia e sentiu-se feliz por ter aumentado sua quota no empréstimo para cinco mil contos (teria apenas o trabalho de fazer uma outra procuração). Continuou lendo a página, encontrou o que procurava e ligou para seu chefe de gabinete:

— Quero uma entrada para hoje no Variedades. Primeira fila ao centro. Diga que é para mim... Também quero uma corbeille de rosas... vermelhas... umas quatro dúzias... quatro, não, cinco. Com um cartão.

Ao pé da matéria vinha o reclame de uma auspiciosa estreia:

Estrea ★ HOJE ★ Estrea

A IMPAGAVEL E OUSADA
BURLETA DE COSTUMES

A NOIVINHA IMPACIENTE

Com a bellissima e famosa Star internacional

★★ NINON DUCHAMP ★★

E magnífico ELENCO - Lindas GIRLS

★HOJE ★Estrea ★No VARIEDADES★

Este livro foi composto na tipologia Minion Pro, em
corpo 12/16,9, e impresso em papel off-white 80g/m²,
no Sistema Cameron da Divisão Gráfica
da Distribuidora Record.